太平廣記鈔

태평광기초 3

〈지식을만드는지식 고전선집〉은
인류의 유산으로 남을 만한 작품만을 선정합니다.
읽을 수 없는 고전이 없도록 세상의 모든 고전을 출판합니다.
오랜 시간 그 작품을 연구한 전문가가
정확한 번역, 전문적인 해설, 풍부한 작가 소개, 친절한 주석을
제공합니다.

太平廣記鈔

태평광기초 3

풍몽룡(馮夢龍) 엮음
김장환(金長煥) 옮김

대한민국, 서울, 지식을만드는지식, 2024

편집자 일러두기

- 이 책은 명나라 천계(天啓) 간본을 저본으로 교점한 배인본 중에서 번체자본(繁體字本)인 웨이퉁셴(魏同賢)의 교점본[2책, 《풍몽룡전집(馮夢龍全集)》 8·9, 평황출판사(鳳凰出版社), 2007]을 바탕으로 하고 기타 배인본을 참고했습니다. 아울러 《태평광기》와의 대조를 통해 교감이 필요한 원문에 한해 해당 부분에 교감문을 붙이고, 풍몽룡의 비주(批注)와 평어(評語)까지 포함해 80권 2584조 전체를 완역하고 주석을 달았습니다. 《태평광기》는 왕샤오잉(汪紹楹)의 점교본[베이징중화수쥐(中華書局), 1961]을 사용했습니다.
- 《태평광기초》는 총 80권으로 되어 있습니다. 이 번역본에는 편의상 한 권에 원서 5권씩을 묶었습니다. 마지막 권인 16권에는 전체 편목·고사명 찾아보기, 해설, 엮은이 소개, 옮긴이 소개를 수록했습니다.
제3권은 전체 80권 중 권11~권15를 실었습니다.
- 국내에서 처음으로 소개됩니다.
- 해설 및 주석은 독자들의 이해를 돕기 위해 모두 옮긴이가 붙인 것입니다.
- 옮긴이는 독자들이 이해하기 쉽도록 각 고사에는 맨 위에 번역 제목을 붙였고 그 아래에 연구자들이 작품을 찾아보기 쉽도록 원제를 한자 독음과 함께 제시했습니다. 주석이나 해설 등에서 작품을 언급할 때는 원제의 한자 독음으로 지칭했습니다.
- 옮긴이는 원전에서 제시한 작품의 출전을 원제 아래에 "출《신선전(神仙傳)》"과 같이 밝혔습니다. 또한 원문 뒤에는 해당 작품이 《태평광기》의 어느 부분에 실려 있는지도 밝혀 《태평광기》와 비교 연구할 수 있도록 했습니다.
- 본문에서 "미 : "로 표기한 것은 엮은이 풍몽룡이 본문 문장 위쪽에 단 미주(眉注)이고 "협 : "으로 표기한 것은 문장과 문장

사이에 단 협주(夾注)입니다. "평 : "으로 표기한 것은 풍몽룡이 본문을 읽고 자신의 평을 추가한 것입니다.
- 한글에 한자를 병기할 때 괄호 안의 말과 바깥 말의 독음이 다르면 [ ]를 사용하고, 번역어의 원문을 표시할 때는 ( )를 사용했습니다. 또 괄호가 중복될 때에도 [ ]를 사용했습니다.
- 고대 인명과 지명은 한자 독음으로 표기하고 현대 인명과 현대 지명은 국립국어원의 중국어 표기법에 따라 표기했습니다.

차 례

권11 환술부(幻術部)

환술(幻術)

11-1(0199) 천독 등의 나라 사람(天毒等國人) ···· 1023

11-2(0200) 연해 지역의 부인(海中婦人) ······ 1028

11-3(0201) 천축의 호인(天竺胡人) ········ 1029

11-4(0202) 조진검과 섭 도사(祖珍儉·葉道士) ···· 1031

11-5(0203) 주진의 노복(周眕奴) ········ 1032

11-6(0204) 황공(黃公) ············ 1034

11-7(0205) 관 사법(關司法) ·········· 1035

11-8(0206) 호미아(胡媚兒) ·········· 1039

11-9(0207) 양선현의 서생(陽羨書生) ······· 1043

11-10(0208) 후훌(侯遹) ············ 1048

11-11(0209) 서역승 난타(梵僧難陀) ······· 1051

11-12(0210) 장화(張和) ············ 1055

11-13(0211) 양양의 노인(襄陽老叟) ······· 1061

11-14(0212) 청성산의 도사(青城道士) ······ 1065

11-15(0213) 중부현의 백성(中部民) ······· 1068

11-16(0214) 판교점의 삼낭자(板橋三娘子) ····· 1071

권12 이인부(異人部)

이인(異人)

12-1(0215) 행영(幸靈) · · · · · · · · · · · · · 1079

12-2(0216) 유목(劉牧) · · · · · · · · · · · · · 1081

12-3(0217) 조일(趙逸) · · · · · · · · · · · · · 1083

12-4(0218) 신종(申宗) · · · · · · · · · · · · · 1089

12-5(0219) 양나라의 사공(梁四公) · · · · · · · · 1099

12-6(0220) 장엄(張儼) · · · · · · · · · · · · · 1110

12-7(0221) 단구자(丹丘子) · · · · · · · · · · · 1112

12-8(0222) 청계산의 도인(淸溪山道者) · · · · · · 1117

12-9(0223) 회창 연간의 미치광이 술사(會昌狂士) · · 1121

12-10(0224) 주준과 가옹(朱遵·賈雍) · · · · · · · 1124

권13 이승부(異僧部)

이승(異僧) 1

13-1(0225) 강승회(康僧會) · · · · · · · · · · · 1129

13-2(0226) 지둔(支遁) · · · · · · · · · · · · · 1140

13-3(0227) 불도징(佛圖澄) · · · · · · · · · · · 1143

13-4(0228) 스님 도안(釋道安) · · · · · · · · · · 1164

13-5(0229) 구마라습(鳩摩羅什) · · · · · · · · · 1171

13-6(0230) 배도(杯渡) · · · · · · · · · · · · · 1180

13-7(0231) 스님 보지(釋寶志) · · · · · · · · · · · · · 1183

13-8(0232) 통공(通公) · · · · · · · · · · · · · · · · 1189

13-9(0233) 아 전사(阿專師) · · · · · · · · · · · · · 1192

13-10(0234) 조 선사(稠禪師) · · · · · · · · · · · · 1194

권14 이승부(異僧部)

이승(異僧) 2

14-1(0235) 현장(玄奘) · · · · · · · · · · · · · · · · 1203

14-2(0236) 만회(萬回) · · · · · · · · · · · · · · · · 1205

14-3(0237) 승가 대사(僧伽大師) · · · · · · · · · · 1210

14-4(0238) 일행(一行) · · · · · · · · · · · · · · · · 1214

14-5(0239) 무외(無畏) · · · · · · · · · · · · · · · · 1223

14-6(0240) 명 달사(明達師) · · · · · · · · · · · · · 1225

14-7(0241) 화엄 화상(華嚴和尙) · · · · · · · · · · 1227

14-8(0242) 홍방 선사(洪昉禪師) · · · · · · · · · · 1233

14-9(0243) 회향사의 미치광이 승려(回向寺狂僧) · · · 1249

14-10(0244) 나잔(懶殘) · · · · · · · · · · · · · · · · 1253

14-11(0245) 위고(韋皐) · · · · · · · · · · · · · · · · 1257

14-12(0246) 스님 도흠(釋道欽) · · · · · · · · · · · 1260

14-13(0247) 공여 선사(空如禪師) · · · · · · · · · · 1261

14-14(0248) 스님 사(僧些) · · · · · · · · · · · · · · 1262

14-15(0249) 혜관(惠寬) · · · · · · · · · · · · · · · · 1263

14-16(0250) 소 화상(素和尙) ・・・・・・・・・・・・1265

14-17(0251) 회신(懷信) ・・・・・・・・・・・・・・1267

14-18(0252) 흥원현의 상좌(興元上座) ・・・・・・・1269

14-19(0253) 현람(玄覽) ・・・・・・・・・・・・・・1270

14-20(0254) 상주와 위주 사이의 승려(相衛間僧) ・・・1272

14-21(0255) 서경업과 낙빈왕(徐敬業・駱賓王) ・・・・1276

권15 석증부(釋證部)

석증(釋證)

15-1(0256) 아육왕의 상(阿育王像) ・・・・・・・・・1283

15-2(0257) 서명사(西明寺) ・・・・・・・・・・・・1285

15-3(0258) 배휴(裴休) ・・・・・・・・・・・・・・1287

15-4(0259) 비숭선(費崇先) ・・・・・・・・・・・・1288

15-5(0260) 도엄(道嚴) ・・・・・・・・・・・・・・1290

15-6(0261) 혜응(惠凝) ・・・・・・・・・・・・・・1293

15-7(0262) 굴돌중임(屈突仲任) ・・・・・・・・・・1296

15-8(0263) 손회박(孫回璞) ・・・・・・・・・・・・1305

15-9(0264) 형조진(邢曹進) ・・・・・・・・・・・・1310

15-10(0265) 연주의 부인(延州婦人) ・・・・・・・・1313

15-11(0266) 진주의 철탑(鎭州鐵塔) ・・・・・・・・1316

15-12(0267) 대합조개에서 나온 불상과 계란(蛤像・鷄卵)

　　　　・・・・・・・・・・・・・・・・・・1318

15-13(0268) 유성(劉成) · · · · · · · · · · · · 1320

숭경상(崇經像)

15-14(0269) 조문창(趙文昌) · · · · · · · · · · · 1325

15-15(0270) 신번현의 서생(新繁縣書生) · · · · · · 1328

15-16(0271) 괵무안(蒯武安) · · · · · · · · · · · 1330

15-17(0272) 장 어사(張御史) · · · · · · · · · · 1332

15-18(0273) 위극근(韋克勤) · · · · · · · · · · 1338

15-19(0274) 사마교경(司馬喬卿) · · · · · · · · · 1339

15-20(0275) 진문달(陳文達) · · · · · · · · · · 1340

15-21(0276) 우이회(于李回) · · · · · · · · · · · 1341

15-22(0277) 강중척(康仲戚) · · · · · · · · · · 1343

15-23(0278) 견행립(开行立) · · · · · · · · · · 1345

15-24(0279) 왕은(王殷) · · · · · · · · · · · · 1347

15-25(0280) 이허(李虛) · · · · · · · · · · · · 1348

15-26(0281) 전 참군(田參軍) · · · · · · · · · · 1355

15-27(0282) 손함(孫咸) · · · · · · · · · · · · 1358

15-28(0283) 송간(宋衎) · · · · · · · · · · · · 1362

15-29(0284) 삼도사(三刀師) · · · · · · · · · · 1367

15-30(0285) 풍주의 봉화대 군졸(豐州烽子) · · · · 1369

15-31(0286) 연주의 군장(兗州軍將) · · · · · · · 1372

15-32(0287) 해외 무역 상인(販海客) · · · · · · · 1374

15-33(0288) 사문 법상(沙門法尙) · · · · · · · · · 1376

15-34(0289) 비구니 법신(尼法信) · · · · · · · · 1377

15-35(0290) 오진사의 승려(悟眞寺僧) · · · · · · 1379

15-36(0291) 이산룡(李山龍) · · · · · · · · · · 1381

15-37(0292) 반과(潘果) · · · · · · · · · · · 1384

15-38(0293) 석벽사의 승려(石壁寺僧) · · · · · · 1386

15-39(0294) 스님 개달(釋開達) · · · · · · · · 1388

15-40(0295) 손경덕(孫敬德) · · · · · · · · · · 1390

15-41(0296) 동산의 사미승(東山沙彌) · · · · · · 1392

15-42(0297) 장흥(張興) · · · · · · · · · · · 1394

15-43(0298) 왕법랑(王法朗) · · · · · · · · · · 1396

15-44(0299) 우등(牛騰) · · · · · · · · · · · 1397

15-45(0300) 스님 징공(僧澄空) · · · · · · · · 1401

15-46(0301) 양양의 노파(襄陽老姥) · · · · · · · 1404

15-47(0302) 한광조(韓光祚) · · · · · · · · · · 1405

권11 환술부(幻術部)

환술(幻術)

11-1(0199) 천독 등의 나라 사람

천독등국인(天毒等國人)

출'왕자년(王子年)《습유(拾遺)》'

[전국 시대] 연(燕)나라 소왕(昭王) 7년(BC 305)에 목골국(沐骨國)에서 내조(來朝)했는데, 이는 바로 신독국(申毒國: 인도)의 다른 이름이다. 시라(尸羅)라는 이름의 도술사가 있었는데, 그의 나이를 물었더니 140세라고 말했다. 그는 석장(錫杖)을 메고 병을 들고서 그 나라를 출발한 지 5년 만에 마침내 연나라 도성에 도착했다고 말했다. 그는 현혹술을 좋아했는데, 한번은 손가락 끝에서 3척 높이의 10층탑을 나오게 했다. 이어서 그지없이 아름다운 여러 하늘의 신선들이 당개(幢蓋)를 나열하고 춤을 추면서 탑을 둘러싸고 돌았는데, 그들은 모두 키가 5~6푼 정도였고 노랫소리는 진짜 사람과 같았다. 시라가 물을 뿜어내 안개를 만들면 몇 리 사이가 어두워졌고, 잠시 후 다시 숨을 내쉬어 빠른 바람을 일으키면 안개가 모두 걷혔다. 또 손가락 위의 탑을 불었더니 그것들이 점차 구름 속으로 들어갔다. 또 왼쪽 귀에서 청룡을 뽑아내고 오른쪽 귀에서 백호를 뽑아냈는데, 처음 뽑아낼 때는 겨우 1~2촌이었다가 점차 8~9척까지 커졌다. 잠시 후에 바람이 불고 구름이 일어나자, 그가 한 손으로 지

휘했더니 용과 호랑이가 모두 그의 귓속으로 들어갔다. 또 입을 벌려 해를 향하자, 깃털 덮개 수레를 탄 사람이 교룡과 고니를 몰고 곧장 입 안으로 들어가는 게 보였다. 그가 다시 손으로 가슴을 누르자, 옷소매 속에서 요란한 천둥소리가 들렸다. 다시 입을 벌리자, 아까 보았던 깃털 덮개 수레와 교룡·고니가 차례대로 입 속에서 나왔다. 시라가 한번은 햇볕 아래에 앉아 있을 때, 그 모습이 점점 작아지더니 어떤 때는 늙은이로 변하고 어떤 때는 갓난아기로 변하다가 갑자기 죽었는데, 향기가 방에 가득한 가운데 때때로 맑은 바람이 불어와 그를 스치면 다시 살아나 이전의 모습과 같아졌다. 그의 주술과 현혹술은 신괴함이 끝이 없었다.

진시황(秦始皇) 원년(BC 221)에 건소국(騫霄國)에서 옥을 잘 조각하는 예(裔)라는 이름의 화공(畵工)을 바쳤다. 그가 단청을 입에 물고 있다가 땅에 뿜으면, 즉시 도깨비나 귀신, 괴물 등 여러 가지 형상이 완성되었다. 그가 돌을 조각해 온갖 짐승의 형상을 만들면 그 털이 마치 진짜와도 같았는데, 그렇게 만든 모든 동물들의 가슴 앞에 명문(銘文)을 새기고 연월을 기록했다. 또 일찍이 땅에 비단을 펴 놓고 그림을 그렸는데, 사방 1촌의 크기 안에 사독(四瀆)[1]과 오악(五

---

1) 사독(四瀆) : 장강(長江)·황하(黃河)·회하(淮河)·제수(濟水)를

岳)과 열국(列國)을 다 그려 넣었다. 또 용과 봉황을 그리면 뛰어오르고 날아오르는 모습이 마치 비상하는 것 같았다. 이것들에는 모두 눈을 그리지 않았는데, 그렇게 하면 필시 날아가 버리기 때문이었다. 진시황이 탄식하며 말했다.

"조각하고 그린 형상이 어떻게 날아가거나 달려갈 수 있단 말인가!"

그래서 화공에게 옻칠로 두 마리의 옥호랑이에게 각각 눈 하나씩을 그려 넣게 했는데, 열흘이 지나자 사라져 어디로 갔는지 알 수 없었다. 산택에 사는 사람이 말했다.

"두 마리의 백호를 보았는데, 각각 눈 한쪽이 없었고 서로 붙어 다녔으며 털빛과 모습이 늘 보던 것과는 달랐습니다."

이듬해에 서방에서 백호 두 마리를 헌상했는데, 둘 다 눈 한쪽이 없었다. 진시황은 우리를 열어 살펴보고 이전에 잃어버렸던 호랑이가 아닐까 의심스러워 찔러 죽였다. 호랑이의 가슴 앞을 검사해 보았더니, 과연 원년에 옥을 조각해 만든 그 호랑이였다. 미 : 기이하도다!

남쪽 변방에 부루국(扶婁國)이 있는데, 그 나라 사람들은 기묘한 재주와 변화에 뛰어나서 크게는 운무를 일으키고

합해서 부르는 말.

작게는 가는 터럭 속으로 들어갔다. 그들은 금옥과 짐승 털과 새 깃털을 엮어 옷을 만들었으며, 구름을 토해 내고 불을 뿜어낼 수 있었다. 그들이 배를 두드리면 마치 천둥 치는 것 같은 소리가 났다. 어떤 사람은 코끼리·사자·용·뱀·개·말의 형상을 만들기도 했고, 어떤 사람은 손바닥 안에 온갖 짐승을 만들어 놓고 즐기기도 했는데, 짐승들이 그 사람의 손가락 사이에서 이리저리 뒹굴었다. 그들이 만든 인형은 키가 몇 푼이었다가 다시 몇 촌으로 늘어나기도 했는데, 그 신괴함이 순식간이었다. 당시 악부(樂府)에서 모두 그 기예를 전수했는데, 후대에 이르러도 여전히 끊어지지 않았다. 민간에서는 그것을 파후기(婆侯伎)라 불렀는데, 이는 부루(扶婁)의 음이 와전된 것이다.

燕昭王七年, 沐骨之國來朝, 則申毒國之一名也. 有道術人名尸羅, 問其年, 云百四十歲. 荷錫持瓶, 云發其國五年, 乃至燕都. 喜衒惑之術, 於其指端出浮圖十層, 高三尺. 乃諸天神仙, 巧麗特絶. 列幢蓋鼓舞, 繞塔而行, 人皆長五六分, 歌唱之音, 如眞人矣. 尸羅噴水爲雾霧, 暗數里間, 俄而復吹爲疾風, 雾霧皆止. 又吹指上浮圖, 漸入雲裏. 又於左耳出靑龍, 右耳出白虎, 始入¹之時, 纔一二寸, 稍至八九尺. 俄而風至雲起, 卽以一手揮之, 則龍虎皆入耳中. 又張口向日, 則見人乘羽蓋, 駕螭鵠, 直入於口內. 復以手抑胸上, 而聞衣袖之中, 轟轟雷聲. 更張口, 則向見羽蓋·螭鵠, 相隨從口中而出. 尸羅常坐日中, 漸漸覺其形小, 或化爲老叟, 或變爲嬰兒, 倏忽而死, 香氣盈室, 時有淸風來, 吹之更生, 如向之形. 咒術衒惑, 神怪無窮.

秦始皇元年, 騫霄國獻刻玉善畫工名裔. 使含丹靑以漱地, 卽成魑魅及鬼怪群物之象. 刻石爲百獸之形, 毛髮宛若眞矣, 皆銘其臆前, 記以年月. 又嘗以絹畫地, 方寸之內, 寫四瀆·五岳·列國之圖. 又爲龍鳳, 騫翥若飛. 皆不得作目, 作必飛走也. 始皇嗟曰:"刻畫之形, 何能飛走!"使以淳漆各點兩玉虎一眼睛, 旬日則失之, 不知何在. 山澤人云 : "見二白虎, 各無一眼, 相隨而行, 毛色形相, 異於常見者." 至明年, 西方獻兩白虎, 皆無一目. 始皇發檻視之, 疑是先所失者, 乃刺殺之. 檢其臆前, 果是元年所刻玉虎也. 眉 : 奇!

南垂有扶婁之國, 其人機巧變化, 大則興雲霧, 小則入纖毫. 綴金玉毛羽爲衣服, 能吐雲噴火. 鼓腹則如雷霆之聲. 或又爲巨象·獅子·龍蛇·犬馬之狀, 或於掌中備百獸之樂, 宛轉屈曲於指間. 人形或長數分, 或復數寸, 神怪倏忽. 於時樂府皆傳此伎, 至宋[2]代猶不絶. 俗謂之婆侯伎, 則扶婁之音訛耳.

* 이 고사는 《태평광기》 권284 〈환술·천독국도인(天毒國道人)〉, 〈건소국화공(騫霄國畫工)〉, 〈부루국인(扶婁國人)〉에 실려 있다.

1 입(入) : 문맥상 "출(出)"의 오기로 보인다.

2 송(宋) : 《태평광기》 명초본에는 "말(末)"이라 되어 있는데, 문맥상 보다 타당하다.

11-2(0200) 연해 지역의 부인

해중부인(海中婦人)

출《투황잡록(投荒雜錄)》

연해 지역의 여인들은 염미법(厭媚法 : 사람을 홀리는 술법)에 뛰어났는데, 북방 사람 중에 간혹 그런 여인을 아내로 맞이하기도 했다. 비록 봉두난발(蓬頭難髮)하고 허리가 구부정한 여인일지라도 남자로 하여금 자신을 지독하게 사랑하게 해 죽더라도 후회하지 않게 만들었다. 미 : 규방의 염미법이 때때로 있었는데, 어쩌면 그 유법(遺法)인 것 같다. 만일 남자가 여인을 버리고 북방으로 돌아갈 경우 바다가 요동쳐서 배가 나아갈 수 없었기에 결국 스스로 되돌아왔다.

海中婦人善厭媚, 北人或妻之. 雖蓬頭傴僂, 能令男子酷愛, 死且不悔. 眉 : 閨中厭媚法時有之, 或其遺也. 苟棄去北還, 浮海蕩不能進, 乃自返.

* 이 고사는《태평광기》권286〈환술·해중부인〉에 실려 있다.

11-3(0201) 천축의 호인

천축호인(天竺胡人)

출《법원주림(法苑珠林)》

진(晉)나라 영가(永嘉) 연간(307~313)에 천축국의 한 호인이 강남(江南)으로 건너왔는데, 그는 환술을 부릴 줄 알아서 혀를 잘라 내고 불을 토해 낼 수 있었기에 가는 곳마다 사람들이 모여들어 구경했다. 그는 혀를 자르기 전에 먼저 혀를 내밀어 사람들에게 보여 준 다음에 칼로 잘랐는데, 그러면 땅에 유혈이 낭자했다. 이어서 잘라 낸 혀를 그릇 안에 넣어 돌아가며 사람들에게 보여 주었는데, 살펴보니 혀의 반쪽이 여전히 그 안에 있었다. 잠시 후에 그것을 집어 도로 입에 넣고 붙이면 잠깐 사이에 처음처럼 되었는데, 그가 정말로 혀를 잘랐는지는 알 수 없었다. 한번은 비단 천을 가져와 사람들에게 주며 각각 한쪽 귀퉁이를 잡게 하고는 그 가운데를 잘랐다가, 잠시 후에 두 조각을 합치고 주문을 걸었더니 비단 천이 도로 붙었다. 또 종이와 끈, 실 따위를 가져다 불속에 던졌는데, 사람들이 함께 지켜보았더니 그것이 완전히 불타 버렸다. 이어서 그가 재를 걷어 내고 그것을 꺼냈더니 아까 그 물건 그대로였다.

晉永嘉中, 有天竺胡人來渡江南, 有幻術, 能斷舌吐火, 所在人士聚觀. 將斷舌, 先吐以示衆, 然後刀截, 血流覆地. 乃取置器中, 傳以示人, 視之, 舌半猶在. 旣而還取, 合續之, 有頃如故, 不知其實斷否也. 嘗取絹布與人, 各執一頭, 中斷之, 已而取兩段, 合視之, 絹布還連續. 又取書紙及繩縷之屬, 投火中, 衆共視之, 見其燒爇了盡. 乃撥灰擧而出之, 故向物也.

* 이 고사는 《태평광기》 권284 〈환술・천축호인〉에 실려 있다.

11-4(0202) 조진검과 섭 도사

조진검 · 섭도사(祖珍儉 · 葉道士)

출《조야첨재(朝野僉載)》

    당(唐)나라 함형(咸亨) 연간(670~674)에 조주(趙州)의 조진검은 요술(妖術)을 지니고 있었는데, 대들보 위에 물동이를 매달아 놓고 칼로 베면 줄은 끊어졌지만 물동이는 떨어지지 않았다.

    당나라 때 능공관(陵空觀)의 섭 도사가 칼에 주문을 걸고 병자의 배 위에 복숭아나무와 버드나무를 가로로 올려놓고 있는 힘을 다해 베면, 복숭아나무와 버드나무는 잘라졌지만 병자의 몸은 조금도 다치지 않았다.

唐咸亨中, 趙州祖珍儉有妖術, 懸水甕於梁上, 以刀斫之, 繩斷而甕不落.
唐陵空觀葉道士, 咒刀, 橫桃柳於病人腹上, 盡力斬之, 桃柳斷而肉不傷.

* 이 고사는 《태평광기》 권285 〈환술 · 조진검〉과 〈섭도사〉에 실려 있다.

11-5(0203) 주진의 노복

주진노(周眕奴)

출《명상기(冥祥記)》

위(魏)나라 때 심양현(尋陽縣)의 북쪽 산에 사는 만족(蠻族)은 사람을 호랑이로 변하게 하는 도술을 가지고 있었는데, 털 색깔과 발톱과 몸통 모두가 진짜 호랑이와 같았다. 마을 사람 주진에게 노복 한 명이 있었는데, 그를 시켜 산에 들어가 땔감을 해 오게 했다. 노복의 아내와 누이동생도 함께 갔는데, 산에 도착하자 노복이 두 사람에게 말했다.

"너희들은 잠시 높은 나무 위로 올라가거라. 내가 할 일이 있다."

아내와 누이동생은 그의 말대로 했다. 이윽고 그가 풀숲으로 들어가고 나서 잠시 후에 누런 얼룩무늬의 커다란 호랑이 한 마리가 풀숲에서 나왔는데, 뛰어오르며 포효하는 모습이 너무나 두려워서 두 사람은 몹시 겁에 질렸다. 한참 후에 호랑이는 풀숲으로 돌아가더니 얼마 후에 다시 사람으로 돌아와 두 사람에게 말했다.

"집에 돌아가서 절대 말하지 마라."

그러나 나중에 그 일이 점차 드러나자, 주진은 노복에게 독한 술을 먹여 잔뜩 취하게 만든 다음에 사람을 시켜 그의 옷을 벗겨 자세히 살펴보았으나 다른 점이 전혀 없었다. 다만 상투 속에서 종이 한 장을 발견했는데, 호랑이 한 마리가 그려져 있고 호랑이 옆에는 부적이 있었다. 주진이 몰래 그것을 챙기고 노복을 불러 정신 차리게 한 뒤에 물었더니, 노복이 마침내 자초지종을 자세히 얘기하며 말했다.

"예전에 만족들에게 쌀을 사들이겠다고 요청한 적이 있었는데, 한 만족 사부가 이러한 부적이 있다고 말하기에 베 3척, 쌀 한 말, 닭 한 마리, 술 한 말을 주고 그 술법을 전수받았습니다."

魏時, 尋陽縣北山中蠻人, 有術, 能使人化作虎, 毛色爪身悉如眞虎. 鄕人周眕有一奴, 使入山伐薪. 奴有婦及妹, 亦與俱行, 旣至山, 奴語二人云: "汝且上高樹去. 我欲有所爲." 如其言. 旣而入草, 須臾, 一大黃斑虎從草出, 奮越哮吼, 甚爲可畏, 二人大怖. 良久還草中, 少時復還爲人, 語二人: "歸家愼勿道." 後漸露, 周乃飮奴醇酒, 令熟醉, 使人解衣詳視, 了無異. 唯於髻髮中得一紙, 畫一虎, 虎邊有符. 周密取之, 喚奴醒, 問之, 遂具說本末, 云: "先嘗於蠻中告糴, 有一蠻師云有此符, 以三尺布・一斗米・一隻鷄・一斗酒, 受得此法."

* 이 고사는 《태평광기》 권284 〈환술・주진노〉에 실려 있다.

11-6(0204) 황공

황공(黃公)

출《서경잡기(西京雜記)》

    동해(東海) 사람 황공은 젊었을 때 용을 타고 호랑이를 부릴 수 있었으며, 황동(黃銅) 칼을 차고 진홍색 명주로 머리를 묶은 채 서서는 구름과 안개를 일으키고 앉아서는 산과 강을 만들었다. 노쇠해졌을 때는 기력이 약해지고 술을 과도하게 마셔서 그 도술을 행할 수 없었다. 진(秦)나라 말에 백호가 동해에 나타나자, 황공은 황동 칼로 백호를 제압하려 했지만 도술을 이미 행할 수 없었기에 호랑이에게 죽임을 당했다.

有東海人黃公, 少時能乘龍御虎, 佩赤金爲刀, 以絳繒束髮, 立興雲霧, 坐成山河. 及衰老, 氣力嬴憊, 飮酒過度, 不能行其術. 秦末, 有白虎見於東海, 黃公以赤刀厭之, 術旣不行, 爲虎所殺.

* 이 고사는 《태평광기》 권284 〈환술·국도룡(鞠道龍)〉에 실려 있다.

11-7(0205) 관 사법

관사법(關司法)

출《영괴집(靈怪集)》

운주(鄆州)의 사법 관 아무개는 성이 유씨(鈕氏)인 부인을 일꾼으로 고용했는데, 나이가 많았기에 유파(鈕婆 : 유씨 할멈)라고 불렀다. 유파는 만아(萬兒)라고 하는 손자 하나를 데리고 왔는데, 나이가 대여섯 살쯤 되었다. 관씨의 부인에게도 봉륙(封六)이라고 하는 어린 아들이 있었는데, 나이가 만아와 비슷했다. 관씨의 부인의 아들은 늘 유파의 손자와 함께 놀았는데, 관씨의 부인은 봉륙에게 새 옷을 지어 줄 때마다 반드시 봉륙의 헌 옷을 만아에게 주곤 했다. 어느 날 유파가 갑자기 화를 내며 말했다.

"똑같이 어린아이인데 누구는 귀하고 누구는 천하기에 봉륙은 모두 새 옷만 입고 내 손자는 헌 옷만 입으니 매우 불공평합니다!"

관씨의 부인이 말했다.

"할멈의 손자는 동복(童僕)일 따름이니 어찌 내 아들과 같겠소?"

유파가 말했다.

"정말 다른지 알아보기 위해 제가 한번 시험해 보겠습니다.”

그러고는 봉륙과 자기 손자를 이끌어 모두 치마 밑으로 밀어 넣은 뒤에 바닥에 앉아 눌렀다. 관씨의 부인이 깜짝 놀라 일어나서 봉륙을 빼앗으려 했으나, 두 아이는 모두 유파의 손자로 변했고 모습과 의복까지 모두 똑같아서 분간할 수 없었다. 이윽고 유파가 말했다.

"이젠 같아졌습니다."

관씨의 부인은 크게 두려워하면서 즉시 관 사법과 함께 유파에게 빌고 간청하며 말했다.

"뜻밖에도 이곳에 신인께서 계시니, 이제부터는 마땅히 공경히 모시겠습니다!"

한참 후에 유파가 다시 두 아이를 치마 밑으로 밀어 넣고 눌렀더니, 즉시 각자 본래 모습으로 되돌아왔다. 관씨는 유파를 따로 거처하게 하고 후대했으며 더 이상 일을 시키지 않았다. 몇 년 후에 관씨는 자못 싫증 나고 태만해져서 몰래 그녀를 해치고자 했다. 그래서 유파가 취한 틈을 타서 곡괭이로 내리쳐 그 머리를 정통으로 맞혔더니, 유파가 억! 하며 쓰러졌다. 살펴보았더니 다름 아닌 몇 척 길이의 밤나무였다. 부부는 크게 기뻐하며 그것을 도끼로 패서 태워 버리게 했다. 그런데 밤나무가 다 탈 즈음에 유파가 방 안에서 나오며 말했다.

"어찌하여 주인나리는 장난이 이토록 심하시오?"

유파는 말하고 웃는 것이 예전과 같았으며 그 일을 조금도 개의치 않았다. 운주의 사람들이 이 일을 알게 되자, 관씨는 어찌할 수 없어서 관찰사(觀察使)에게 아뢰려고 했다. 관씨가 관부로 들어가 관찰사를 만나려 했을 때, 난데없이 다른 관 사법이 이미 관찰사를 만나 얘기하고 있었는데, 그 모습이 자신과 다름이 없었다. 결국 관씨는 돌아와 집에 도착했는데, 당(堂) 앞에는 이미 다른 관 사법이 먼저 돌아와 있었다. 관씨의 처자식들은 진짜 관 사법을 분간할 수 없자 다시 유파에게 애원하면서 울며 간청했더니, 한참 후에 두 사람이 점점 서로 가까이 다가가더니 도로 한 사람이 되었다. 이후로 관씨의 집에서는 다시는 유파를 해치려는 마음을 먹지 않았다. 수십 년이 흐른 뒤에도 유파는 여전히 관씨의 집에 있었으며 아무런 병도 없었다.

鄆州司法關某, 有傭婦人姓鈕, 年長, 謂之鈕婆. 並携一孫, 名萬兒, 年五六歲. 關氏妻亦有小男, 名封六, 大小相類. 關妻男常與鈕婆孫同戲, 每封六新製衣, 必易其故者與萬兒. 一旦, 鈕婆忽怒曰: "皆是小兒, 何貴何賤, 彼衣皆新而我兒得其舊, 甚不平也!" 關妻曰: "爾孫, 僕隷耳, 那與吾子同?" 鈕婆曰: "審不同, 某請試之." 遂引封六及其孫, 悉內於裙下, 著地按之. 關妻驚起奪之, 兩子悉爲鈕婆之孫, 形狀衣服皆一, 不可辨. 乃曰: "此卽同矣." 關妻大懼, 卽同司法祈請懇至, 曰: "不意神人在此, 自此當敬事也!" 良久, 又以二子致裙下按之, 卽各復本矣. 關氏乃別居鈕婆, 厚待之, 不復使役. 積年, 關氏頗厭怠, 私欲害之. 乘其醉之, 以鑵擊之, 正中其腦, 有聲而倒. 視之, 乃栗木, 長數尺. 夫妻大喜, 命斧斫而焚之. 適盡, 鈕婆自室中出曰 : "何郞君戲之酷耶?" 言笑如前, 殊不介意. 鄆州之人知之, 關不得已, 將白於觀察使. 入見次, 忽有一關司法, 已見使言說, 形狀無異. 關遂歸, 及到家, 堂前已有一關司法先歸矣. 妻子莫能辨之, 又哀求鈕婆, 涕泣拜請, 良久, 漸相近, 却成一人. 自此其家不復有加害之意. 至數十年, 尙在關家, 亦無患.

* 이 고사는 《태평광기》 권286 〈환술·관사법〉에 실려 있다.

11-8(0206) 호미아

호미아(胡媚兒)

출《하동기(河東記)》

당(唐)나라 정원(貞元) 연간(785~805)에 양주(揚州)의 거리 시장에 거지 한 명이 있었는데, 그가 어디서 왔는지 알 수 없었다. 그는 자신의 성이 호씨이고 이름이 미아라고 했는데 하는 일이 괴이했다. 열흘쯤 지나자 구경꾼이 구름처럼 모여들어 그가 구걸해 벌어들인 돈이 날마다 천만 냥에 달했다. 하루는 그가 품속에서 반 되 정도 들어갈 만한 유리병 하나를 꺼냈는데, 그 병은 안팎이 투명해 가린 것이 없는 듯했다. 그는 그 병을 자리 위에 놓아두고 처음에 구경꾼에게 말했다.

"누구든지 물건을 보시해 이 병을 가득 채워 주시면 고맙겠습니다."

병목은 겨우 갈대 대롱만 했다. 그러자 어떤 사람이 100냥을 보시해 그 병에 던졌더니 통! 하는 소리가 났는데, 병 속을 들여다보았더니 돈이 좁쌀만큼 작아져 있었기에 사람들이 모두 기이해했다. 다시 어떤 사람이 1000냥을 보시해 던졌는데 이전과 같았다. 또 어떤 사람이 만 냥을 던졌는데 역시 그와 같았다. 얼마 후에 어떤 호사가가 10만 냥과 20만 냥을 던졌는데 모두 그와 같았다. 또 어떤 사람이 나귀와 말을 그 병 속에 넣었는데, 보았더니 나귀와 말이 모두 파리만큼 작아졌으나 움직이는 것은 예전 그대로였다. 얼마 후에 양세강(兩稅綱)2)을 관장하는 탁지(度支)가 양자원(揚子院)3)으로부터 경화(輕貨 : 지역 특산물) 수십 수레를 운반해 가다가 그곳에 이르러 수레를 멈추고 구경했다. 탁지는 스스로 관부의 물품임을 믿고 호미아에게 말했다.

"너는 이 수레들을 모두 이 병 속에 넣을 수 있느냐?"

호미아가 말했다.

"허락하신다면 할 수 있습니다."

탁지가 말했다.

"그럼 한번 해 보아라."

호미아가 병 입구를 약간 기울이며 크게 소리쳤더니, 수레들이 줄줄이 따라서 모두 병 속으로 들어갔는데, 병 속에서 그것들은 영락없이 개미가 기어 다니는 것 같았다. 잠시

---

2) 양세강(兩稅綱) : '양세'는 당나라 덕종(德宗) 때 시행한 조세법으로, 주현(州縣) 거주민의 토지 소유 비례로 등급을 정해 6월의 하세(夏稅)와 11월의 동세(冬稅)를 과세했다. '강'은 당나라 때 시작된 대량 화물 운송 조직을 말한다.

3) 양자원(揚子院) : 호부(戶部)에서 세금 징수를 관리하기 위해 강남에 설치한 기구.

후에 그것들이 점점 보이지 않는 순간에 호미아는 즉시 몸을 던져 병 속으로 들어갔다. 탁지는 그제야 크게 놀라 황급히 병을 들어 깨뜨리고 찾아보았으나 아무것도 없었다. 이후로 호미아는 종적을 감추었다. 한 달쯤 뒤에 어떤 사람이 청하현(淸河縣)의 북쪽에서 호미아를 만났는데, 그는 그 수레를 운반해 동평군(東平郡)으로 급히 가고 있었다. 당시는 이사도(李師道)⁴⁾가 동평절도사(東平節度使)로 있었다.

唐貞元中, 揚州坊市間有一丐者, 不知所從來. 自稱姓胡, 名媚兒, 所爲怪異. 旬日後, 觀者雲集, 其所丐求, 日獲千萬. 一旦, 懷中出一琉璃瓶子, 可受半升, 表裏烘明, 如不隔物. 遂置於席上, 初謂觀者曰: "有人施與滿此瓶子, 則足矣." 瓶口剛如葦管大. 有人與之百錢, 投之, 琤然有聲, 則見瓶間大如粟粒, 衆皆異之. 復有人與之千錢, 投之如前. 又有與萬錢者, 亦如之. 俄有好事者, 與之十萬・二十萬, 皆如之. 或有以驢馬入之瓶中, 見驢馬皆如蠅大, 動行如故. 須臾, 有度支兩稅綱, 自揚子院部輕貨數十車至, 駐觀之. 自恃官物, 乃謂媚兒曰: "爾能令諸車皆入此中乎?" 媚兒曰: "許之則可." 綱曰: "且試之." 媚兒乃微側瓶口, 大喝, 諸車輅輅相繼, 悉入瓶, 瓶中歷歷如行蟻然. 有頃, 漸不見, 媚兒卽跳身入瓶

---

4) 이사도(李師道) : 당나라 치청절도사(淄靑節度使) 이정기(李正己)의 손자로, 헌종(憲宗) 원화(元和) 10년(815)에 반란을 일으켰다가 14년(819)에 진압되었다.

中. 綱乃大驚, 遽取撲破求之, 一無所有. 從此失媚兒所在. 後月餘日, 有人於淸河北逢媚兒, 部領車乘, 趨東平而去. 是時, 李師道爲東平帥也.

* 이 고사는 《태평광기》 권286 〈환술·호미아〉에 실려 있다.

11-9(0207) 양선현의 서생

양선서생(陽羨書生)

출《속제해기(續齊諧記)》

동진(東晉) 때 양선현(陽羨縣)의 허언(許彥)이 수안산(綏安山)에서 길을 가다가 17~18세쯤 되어 보이는 한 서생을 만났는데, 그는 길옆에 누워 있다가 다리가 아프다고 하면서 자기를 허언의 거위장 안에 넣어 달라고 부탁했다. 허언은 농담이라고 생각했는데, 그 서생은 정말로 곧장 거위장으로 들어갔다. 거위장이 더 넓어진 것도 아니고 서생이 더 작아진 것도 아닌데, 서생은 감쪽같이 두 마리의 거위와 나란히 앉아 있었고 거위들도 놀라지 않았다. 미:이것이 바로 환술이다. 허언은 거위장을 메고 길을 떠났으나 조금도 무거움을 느끼지 않았다. 계속 길을 가다가 한 나무 아래에서 쉬었는데, 서생이 그제야 거위장에서 나오며 허언에게 말했다.

"당신을 위해 변변치 않은 음식이나마 차리고자 합니다."

허언이 말했다.

"아주 좋습니다."

그러자 서생은 입 속에서 구리 찬합 하나를 토해 냈는데, 찬합 안에는 갖가지 음식이 담겨 있고 산해진미가 그득했다. 그릇들은 모두 구리로 만든 것이었으며, 음식은 향기롭고 맛이 좋아 세상에서 거의 보지 못한 것이었다. 술이 몇 잔 오간 뒤에 서생이 허언에게 말했다.

"이전부터 한 부인을 데리고 있는데, 지금 잠시 그녀를 불러내고자 합니다."

허언이 말했다.

"아주 좋습니다."

서생은 또 입 속에서 15~16세쯤 되어 보이는 여자 한 명을 토해 냈는데, 그녀는 의복이 화려하고 아름다웠으며 용모가 빼어났다. 함께 앉아 연회를 즐기다가 잠시 후에 서생이 술에 취해 드러눕자, 그 여자가 허언에게 말했다.

"제가 비록 이 서생과 아내로서 인연을 맺었지만 실은 다른 마음을 품고 있습니다. 이전부터 몰래 한 남자를 데리고 동행하고 있는데, 서생이 이미 잠들었기에 잠시 그를 부르고자 하니 당신은 말하지 말아 주셨으면 합니다."

허언이 말했다.

"아주 좋습니다."

그러자 여자는 입 속에서 23~24세쯤 되어 보이는 남자 한 명을 토해 냈는데, 그는 영민하고 사랑스러웠으며 허언과 인사를 나눴다. 그때 서생이 누워 있다가 깨어나려 하자, 여자는 비단 가리개 하나를 토해 내서 가렸으며 서생은 여자를 데리고 함께 누워 잠을 잤다. 남자가 허언에게 말했다.

"이 여자에게 비록 정은 있지만 마음은 그다지 깊지 않습니다. 그래서 이전부터 몰래 한 여인을 데리고 동행하고 있는데, 지금 잠시 그녀를 보고자 하니 당신은 발설하지 말아 주셨으면 합니다."

허언이 말했다.

"좋습니다."

그러자 그 남자는 또 입 속에서 20세쯤 되어 보이는 여자 한 명을 토해 내더니, 함께 술을 마시며 한참 동안 시시덕거렸다. 그러다가 서생이 움직이는 소리가 들리자 남자가 말했다.

"두 사람이 잠에서 이미 깨어났습니다."

그러면서 자기가 토해 낸 여자를 다시 입 속으로 집어넣었다. 잠시 후에 서생과 함께 있던 여자가 나오더니 허언에게 말했다.

"서생이 일어나려고 합니다."

그러면서 아까 토해 낸 남자를 삼키고는 허언과 단둘이 마주하고 앉았다. 그런 다음에 서생이 일어나 허언에게 말했다.

"잠시 눈을 붙인다는 게 이렇게 길어지고 말았습니다. 당신 혼자 앉아 계시느라 무료하셨지요? 날이 저물었으니 이제 당신과 작별해야겠군요."

그러고는 다시 그 여자를 삼키고 구리 그릇들도 모두 입

속으로 집어넣었다. 서생은 넓이가 2척 남짓 되는 커다란 구리 쟁반 하나를 허언에게 남겨 주면서 작별하며 말했다.

"달리 드릴 것은 없고 이것을 당신에게 드려 추억으로 삼고자 합니다."

허언은 태원(太元) 연간(376~396)에 난대영사(蘭臺令史)가 되었을 때 그 쟁반을 시중(侍中) 장산(張散)에게 선물했는데, 장산이 거기에 새겨진 명문(銘文)을 보았더니 "한(漢) 영평(永平) 3년(60)에 제작함"이라고 적혀 있었다. 미: 일이 기묘하고 환상적이며, 서술 역시 간결하고 예스럽다.

東晉陽羨許彥於綏安山行, 遇一書生, 年十七八, 臥路側, 云脚痛, 求寄鵝籠中. 彥以爲戲言, 書生便入籠. 籠亦不更廣, 書生亦不更小, 宛然與雙鵝並坐, 鵝亦不驚. 眉: 便幻. 彥負籠而去, 都不覺重. 前息樹下, 書生乃出籠, 謂彥曰: "欲爲君薄設." 彥曰: "甚善." 乃於口中吐出一銅盤奩子, 奩子中具諸饌餚, 海陸珍饈方丈. 其器皿皆銅物, 氣味芳美, 世所罕見. 酒數行, 乃謂彥曰: "向將一婦人自隨, 今欲暫要之." 彥曰: "甚善." 又於口中吐一女子, 年可十五六, 衣服綺麗, 容貌絶倫. 共坐宴, 俄而書生醉臥, 此女謂彥曰: "雖與書生結妻, 而實懷外心. 向亦竊將一男子同行, 書生旣眠, 暫喚之, 願君勿言." 彥曰: "甚善." 女人口中吐出一男子, 年可二十三四, 亦穎悟可愛, 乃與彥叙寒溫. 書生臥欲覺, 女子吐一錦行障, 書生仍留女子共臥. 男子謂彥曰: "此女子雖有情, 心亦不盡. 向復竊將女人同行, 今欲暫見之, 願君勿洩." 彥曰: "善." 男子又於口中吐一女子, 年可二十許, 共讌酌, 戲調甚久. 聞書生動聲, 男子曰:"二人眠已覺." 因取所吐女子, 還內口中. 須臾, 書生處女子乃出, 謂**彦**曰:"書生欲起." 乃吞向男子, 獨對**彦**坐. 書生然後謂**彦**曰:"暫眠遂久. 君獨坐, 當悒悒耶? 日又晚, 當與君別." 遂復吞此女子, 諸銅器悉內口中. 留大銅盤, 可廣二尺餘, 與**彦**別曰:"無以藉君, 與君相憶也." 太元中, **彦**爲蘭臺令史, 以盤餉侍中張散, 散看其題, 云是"漢永平三年作". 眉 : 事旣奇幻, 叙致亦簡古.

* 이 고사는《태평광기》권284〈환술·양선서생〉에 실려 있다.

11-10(0208) 후휼

후휼(侯遹)

출《현괴록(玄怪錄)》

　수(隋)나라 개황(開皇) 연간(581∼600) 초에 광도현(廣都縣)의 효렴(孝廉) 후휼이 성으로 들어가다가 검문(劍門) 밖에 이르렀는데, 갑자기 말[斗]만 한 크기의 넓은 돌 네 개가 보였다. 후휼은 그 돌을 좋아해서 책 상자에 담아 나귀에 실었다. 그가 나귀 안장을 풀고 쉬면서 그것을 꺼내 보았더니 돌이 모두 황금으로 변해 있었다. 후휼은 성에 도착해서 그것을 팔아 100만 전을 얻었다. 그는 그 돈으로 아름다운 기첩 10여 명과 큰 저택을 사고 또 근처 교외에 좋은 밭과 별장도 마련했다. 후에 그는 수레를 타고 봄 경치를 구경하러 나갔는데, 기첩들도 모두 수레를 타고 그의 뒤를 따랐으며, 수레에서 내려 술자리를 펼쳤다. 그때 갑자기 한 노인이 나타나 큰 책 상자를 메고 와서 자리 끝에 앉았다. 후휼은 화가 나서 노인을 꾸짖고 하인에게 그를 끌고 나가도록 했지만, 노인은 움직이지 않고 화를 내지도 않으면서 한 잔 가득 술을 마시고 구운 고기를 먹더니 웃으면서 말했다.

　"내가 여기에 온 것은 자네에게 빚을 받으러 온 것일 뿐이네. 자네가 예전에 내 금을 가져간 일을 기억하지 못하는가?"

그러고는 후휼의 기첩 10여 명을 모두 책 상자에 집어넣었는데, 그들은 또한 책 상자 속이 좁게 느껴지지 않았다. 노인은 책 상자를 메고 떠났는데 나는 새처럼 빨랐다. 미:크게 기이하도다! 후휼은 하인에게 노인을 쫓아가게 했지만 그는 순식간에 이미 사라져 버렸다. 그 후로 후휼의 집은 날로 가난해졌다. 10여 년 뒤에 후휼은 촉(蜀)으로 돌아가다가 검문에 이르렀을 때, 또 예전의 그 노인이 기첩들을 데리고 놀러 나온 것을 보았는데, 아주 많은 시종들이 후휼을 보고 모두 크게 웃었다. 후휼이 어찌 된 일인지 물었지만 그들은 대답하지 않았고 다가가자 사라져 버렸다. 후휼이 검문 주위를 찾아보았지만 결코 그런 사람은 없었으며, 결국 그 영문을 알 수 없었다.

隋開皇初, 廣都孝廉侯遹入城, 至劍門外, 忽見四廣石, 皆大如斗. 遹愛之, 收藏於書籠, 負之以驢. 因歇鞍取看, 皆化爲金. 遹至城貨之, 得錢百萬. 市美妾十餘人, 大開第宅, 又近甸置良田別墅. 後乘春景出遊, 盡載妓妾隨從, 下車, 陳設酒餚. 忽有一老翁, 負大笈至, 坐於席末. 遹怒而詬之, 命蒼頭扶出, 叟不動, 亦不嗔恚, 但引滿啜炙而笑云:"吾此來, 求君償債耳. 君昔將我金去, 不記憶乎?"盡取遹妓妾十餘人, 投之書笈, 亦不覺笈中之窄. 負之而趨, 走若飛鳥. 眉:大奇! 遹令蒼頭馳逐之, 斯須已失所在. 自後遹家日貧. 後十餘年, 却歸蜀, 到劍門, 又見前者老翁携所將之妾遊行, 儐從極多,見遹皆大笑. 問之不言, 逼之又失所在. 訪劍門前後, 並無此人, 竟不能測.

* 이 고사는《태평광기》권400〈보(寶)·후훌〉에 실려 있다.

11-11(0209) 서역승 난타

범승 난타(梵僧難陀)

출《유양잡조(酉陽雜俎)》

당(唐)나라의 승상(丞相)인 위공(魏公) 장연상(張延賞)이 촉(蜀) 지방에 있을 때 난타라는 범승(梵僧 : 서역승)이 있었는데, 그는 여환삼매(如幻三昧)5)를 터득해서 물이나 불 속에 들어가고 금석(金石)을 관통하는 등 변화가 무궁했다. 그 승려는 처음 촉 지방으로 들어올 때 세 명의 비구니와 동행했는데, 한번은 크게 취해 미친 듯이 노래를 불렀다. 수장(戍將 : 변방을 지키는 장수)이 그들을 단죄하려고 하자 승려가 와서 말했다.

"저는 상문(桑門 : 불문)에 의탁하고 있지만 따로 약술(藥術)을 지니고 있습니다."

그러고는 세 명의 비구니를 가리키며 말했다.

"이들은 노래와 악기 연주가 절묘합니다."

---

5) 여환삼매(如幻三昧) : 술사가 없는 것을 있는 것처럼 만들 수 있듯이 작용이 변화무쌍한 삼매. '여환'은 불교에서 모든 차별 현상은 실체가 없어 허깨비와 같다고 여기는 것이며, '삼매'는 마음을 한 가지 일에 집중하는 일심불란(一心不亂)한 경지를 말한다.

그러자 수장은 도리어 그를 공경하고 마침내 머무르게 해 술자리를 마련해 주었으며, 밤에 빈객들을 모아 함께 실컷 술을 마셨다. 승려가 배자(褙子)와 건괵(巾幗: 부인의 머리꾸미개)을 빌려 오고 분과 눈썹먹을 사 와서 세 명의 비구니를 치장했다. 비구니들은 자리에 앉아서 아름다운 눈으로 곁눈질하면서 웃음을 지었는데, 세상에 비길 데 없이 뛰어난 자태였다. 술자리가 막 끝나 가려는데 승려가 비구니들에게 말했다.

"압아(押衙: 절도사 휘하의 무관)를 위해 아무 곡(曲)에 맞춰 춤을 추어라."

비구니들은 천천히 나아가 마주 보고 춤을 추었는데, 옷자락을 끌며 바람에 눈이 날리듯 가볍게 움직이다가 빠르게 달려가 발을 굴렀으며, 그 솜씨 또한 아주 빼어났다. 한참 후에 곡이 끝났는데도 춤을 멈추지 않자 승려가 큰 소리로 꾸짖었다.

"이 여자들이 미쳤군!"

승려가 갑자기 일어나 수장이 차고 있던 칼을 빼 들자, 사람들은 그가 술에 취해 미쳐 날뛰는 것이라 여기며 놀라 도망쳤다. 승려가 칼을 뽑아 비구니들을 내려치자 모두 땅에 엎어져 피가 몇 척이나 흘러나왔다. 수장이 크게 두려워하면서 부하를 불러 승려를 포박하게 하자, 승려가 웃으며 말했다.

"당황하지 마십시오!"

승려가 천천히 비구니들을 들어 올렸는데, 다름 아닌 세 개의 대나무 지팡이였으며 피는 바로 술이었다. 또 한번은 승려가 연회에서 다른 사람에게 자신의 목을 잘라 기둥에 귀를 못질해 머리를 매달아 두게 했는데 피가 나지 않았다. 그는 몸만 술자리에 앉아서 술이 나오자 잘린 목 안에 들이부었는데, [그러면 기둥에 매달린] 얼굴이 붉어지면서 노래를 부르고 [몸에 붙어 있는] 손이 또 박자에 맞춰 움직였다. 연회가 끝나자 승려가 스스로 자기 머리를 들어서 목에 올려놓았더니 처음처럼 아무런 흔적도 없었다. 그는 종종 사람들에게 닥칠 재앙을 예언했는데, 모두 수수께끼처럼 모호한 말이었으므로 일이 지나간 후에야 비로소 무슨 말인지 알았다. 성도(成都)의 어떤 백성이 여러 날을 공양했지만 승려가 머무르려고 하지 않자, 백성이 문을 닫아걸고 승려를 붙잡아 두었더니 승려는 벽 속으로 달려 들어갔다. 백성이 급히 잡아끌었지만 승려는 점점 벽 속으로 들어가더니 가사(袈裟)의 끝자락만 남았다가 잠시 후에 그마저도 보이지 않았다. 다음 날 벽 위에 승려가 그려져 있었는데, 그 모습이 비슷했다. 그 그림은 시간이 지나면서 점점 옅어지다가 7일이 되자 텅 비고 검은 흔적만 남았다. 8일이 되자 검은 흔적 역시 사라졌는데, 그때 승려는 이미 팽주(彭州)에 있었다.

唐丞相魏公張延賞在蜀時, 有梵僧難陀, 得如幻三昧, 入水火, 貫金石, 變化無窮. 初入蜀, 與三尼俱行, 或大醉狂歌. 戍將將斷之, 乃僧至, 且曰:"某寄跡桑門, 別有藥術." 因指三尼:"此妙於歌管." 戍將反敬之, 遂留連, 爲辦酒. 夜會客, 與劇飮. 僧假襴襜·巾幗, 市鉛黛, 飾其三尼. 及坐, 含睇調笑, 逸態絶世. 飮將闌, 僧謂尼曰:"可爲押衙踏某曲也." 因徐進對舞, 曳緒回雪, 迅赴摩跌, 技又絶倫. 良久, 曲終而舞不已, 僧喝曰:"婦女風耶!" 忽起取戍將佩刀, 衆謂酒狂, 驚走. 僧乃拔刀斫之, 皆踣於地, 血及數尺. 戍將大懼, 呼左右縛僧, 僧笑曰:"無草草!" 徐擧尼, 三枝筇杖也, 血乃酒耳. 又嘗在飮會, 令人斷其頭, 釘耳於柱, 無血. 身坐席上, 酒至, 瀉入腔瘡中, 面赤而歌, 手復抵節. 會罷, 自起提首安之, 初無痕也. 時時預言人凶衰, 皆迷語, 事過方曉. 成都有百姓, 供養數日, 僧不欲住, 閉關留之, 僧因走入壁間. 百姓遽牽, 漸入, 惟餘袈裟角, 頃亦不見. 來日, 壁上有畫僧焉, 其狀形似, 日月漸薄, 積七日, 空有黑跡. 至八日, 黑跡亦滅, 已在彭州矣.

* 이 고사는《태평광기》권285〈환술·범승난타〉에 실려 있다.

11-12(0210) 장화

장화(張和)

출《유양잡조》

    당(唐)나라 정원(貞元) 연간(785~805) 초에 촉군(蜀郡)의 어떤 부호는 그 부유함이 [한나라 때의 거부인] 탁[卓 : 탁왕손(卓王孫)]과 등[鄧 : 등통(鄧通)]에 비길 만했다. 촉군의 이름난 미인들치고 그의 집에 불려 오지 않는 사람이 없었는데, 그는 매번 초상을 살펴보고 미인을 찾았기에 매파가 그의 문에 가득했지만 마음에 드는 사람이 없음을 늘 한탄했다. 한번은 어떤 사람이 말했다.

    "방정(坊正 : 이장) 장화는 대단한 협사(俠士)로서 깊숙한 규방에 있는 여자까지도 죄다 알고 있으니, 어찌하여 진심으로 그에게 부탁해 보지 않으십니까?"

    그래서 그 부호가 금과 비단을 가지고 밤에 장화의 거처를 찾아가서 말했더니, 장화는 그 일을 흔쾌히 허락했다. 다른 날 장화는 부호와 함께 서쪽 성곽으로 나가 허물어진 절로 들어갔는데, 그곳에 커다란 불상이 우뚝 서 있었다. 장화는 부호와 함께 불상의 좌대로 올라가서 손을 뻗어 불상의 젖꼭지를 문질러 들어 올렸더니, 불상의 젖꼭지가 파이면서 주발만 한 구멍이 생겼다. 장화는 즉시 몸을 들어 그 구멍으

로 들어가면서 미 : 소설6)에서 막파사(莫坡寺)의 승려가 불상의 배 속으로 들어간 일이 여기에서 비롯했다. 부호의 팔을 잡아끌었는데, 어느덧 둘이 함께 구멍 속에 들어가 있었다. 수십 보를 걸어갔더니 별안간 높다란 문과 담이 보였는데, 그 모양이 마치 주현(州縣)의 관청 같았다. 장화가 그 문을 대여섯 번 두드리자, 머리를 동그랗게 틀어 올린 예쁘장한 동자가 나와서 맞이해 절하며 말했다.

"주인 나리께서 노인장이 오시기를 기다리신 지 오래되었습니다."

잠시 후 주인이 나왔는데, 자색 옷에 조개로 장식한 혁대를 둘렀고 시종 10여 명을 거느린 채 매우 공손하게 장화를 맞이했다. 장화가 부호를 가리키며 주인에게 말했다.

"이 젊은이는 군자이니 너는 잘 모셔야 한다. 나는 급한 일이 있어서 돌아가야 하니 앉지 못하고 떠나야겠다."

말을 마친 뒤 벌써 어디론가 사라져 버렸다. 부호는 마음속으로 이상하게 생각했지만 감히 물어보지 못했다. 주인은

---

6) 소설 : 나관중(羅貫中)이 짓고 풍몽룡(馮夢龍)이 증보한 《삼수평요전(三遂平妖傳)》을 말한다. 《삼수평요전》 40회본의 제28회 회목(回目)은 〈막파사의 가사가 불상의 배 속으로 들어가고, 임·오·장이 꿈속에서 성고고로부터 법술을 전수받다(莫坡寺瘸師入佛肚, 任吳張夢授聖姑姑)〉다.

부호를 중당(中堂)으로 맞이했는데, 그곳은 진주 구슬과 수놓은 붉은 비단이 눈길 닿는 곳마다 펼쳐져 있었다. 또 산해진미를 차려 놓고 술을 따라 주게 했으며, 들어온 기녀들은 쪽 찐 머리와 귀밑머리를 날리며 선녀처럼 고왔다. [이상하게 생긴 어떤 그릇을 보고] 부호가 그것이 무슨 물건인지 몰라 물었더니 주인이 대답했다.

"이것은 차명(次皿)7)인데 본래 백아(伯雅 : 옛날 큰 술잔 이름)를 본뜬 것입니다."

그렇지만 부호는 결국 이해하지 못했다. 삼경에 이르러 주인이 갑자기 기녀를 돌아보며 말했다.

"즐거운 연회를 멈추지 마라. 나는 잠시 다녀올 데가 있다."

주인은 손님에게 인사하고 일어났는데, 마치 주목(州牧)처럼 기병을 거느린 채 횃불을 줄지어 들고 나갔다. 부호가 담 모퉁이에서 소변을 보고 있을 때, 기녀 중에서 나이가 약간 많은 사람이 급히 그에게 와서 말했다.

"아이고! 당신은 어쩌자고 이곳에 왔습니까? 우리들은 이미 붙잡혀 온 몸으로 그의 환술에 걸려들어 돌아갈 길이 영원히 끊어져 버렸습니다. 만약 당신이 돌아가고자 한다면

---

7) 차명(次皿) : '도(盜)'의 파자(破子)로, 훔친 물건임을 암시한다.

내가 가르쳐 준 대로 해야 합니다."

그러고는 7척 길이의 흰 명주를 부호에게 주면서 조심시키며 말했다.

"이것을 가지고 주인이 돌아오길 기다렸다가, 거짓으로 그에게 부탁할 일이 있다고 하면서 절을 하면 주인이 반드시 답례할 것이니, 바로 그때 이 명주를 그의 목에 덮으십시오."

새벽 무렵에 주인이 돌아왔다. 부호가 그 기녀가 가르쳐 준 대로 했더니, 주인은 땅에 엎드려 살려 달라고 하면서 말했다.

"죽일 놈의 노파가 배신해 결국 우리의 일을 망쳐 놓았으니, 이젠 더 이상 이곳에 머물 수 없다!"

그러고는 말을 급히 몰아 다른 곳으로 떠났다. 그 기녀는 곧 부호와 함께 살았는데, 2년이 지난 뒤에 부호가 갑자가 돌아가고 싶어 하자, 기녀는 붙잡지 않고 성대한 주연을 마련해 그를 전별해 주었다. 주연이 끝나자 기녀는 직접 삽을 들고 동쪽 담에 구멍 하나를 팠는데, 그 모양이 불상의 젖꼭지와 같았다. 기녀는 부호를 담 밖으로 밀었는데, 나온 곳은 다름 아닌 장안성(長安城)의 동쪽 담 아래였다. 부호는 걸식하면서 겨우 촉군에 도착했다. 그의 집에서는 그가 실종된 지 여러 해가 되었기 때문에 그를 보고 귀신이라고 생각했는데, 그가 자초지종을 말해 주자 그제야 비로소 믿게 되었다.

唐貞元初, 蜀郡豪家, 富擬卓鄭[1]. 蜀之名姝, 無不畢致, 每按圖求之, 媒盈其門, 常恨無可意者. 或言: "坊正張和, 大俠也, 幽房閨稚, 無不知之, 盍以誠投乎?" 豪家子乃以金帛夜詣其居告之, 張欣然許之. 異日, 與豪家子皆出西郭一舍, 入廢蘭若, 有大像巍然. 與豪家子升像之座, 和引手捫佛乳揭之, 乳壞成穴如碗. 卽挺身入穴, 眉: 小說莫坡寺佛肚本此. 引豪家子臂, 不覺同在穴中. 道行數十步, 忽睹高門崇墉, 狀如州縣. 和扣門五六, 有丸髻婉童迎拜曰: "主人望翁來久矣." 有頃, 主人出, 紫衣貝帶, 侍者十餘, 見和甚謹. 和指豪家子曰: "此少年, 君子也, 汝可善侍. 予有切事須返, 不坐而去." 言訖, 已失和所在. 豪家子心異之, 不敢問. 主人延於中堂, 珠璣緹繡, 羅列滿目. 具陸海珍膳, 命酌, 進妓, 交鬟撩鬢, 縹然神仙. 豪家子不識, 問之, 主人答曰: "此次皿也, 本擬伯雅." 豪家子竟不解. 至三更, 主人忽顧妓曰: "無廢歡笑. 予暫有所適." 揖客而起, 騎從如州牧, 列炬而出. 豪家子因私於牆隅, 妓中年差暮者, 遽就謂曰: "嗟乎! 君何以至是? 我輩已爲所掠, 醉其幻術, 歸路永絶. 君若要歸, 但取我敎." 受以七尺白練, 戒曰: "可執此, 候主人歸, 詐昕事設拜, 主人必答拜, 因以練蒙其頸." 將曙, 主人還. 豪家子如其敎, 主人投地乞命曰: "死嫗負心, 終敗吾事, 今不復居此!" 乃馳騎他去. 所敎妓卽與豪家子居, 二年, 忽思歸, 妓亦不留, 大設酒樂餞之. 飲闌, 妓自持鍤, 開東牆一穴, 亦如佛乳. 推豪家子於牆外, 乃長安東牆下. 遂乞食, 方達蜀. 其家失已多年, 意其異物, 道其初, 始信.

* 이 고사는 《태평광기》 권286 〈환술·장화〉에 실려 있다.

1 탁정(卓鄭) : "정(鄭)"은 "등(鄧)"의 오기로 보인다. 흔히 부자를 말할 때 "탁등(卓鄧)"이라 병칭하는데, "탁"은 한나라 때의 거부인 탁왕손(卓王孫)을 말하고 "등"은 역시 한나라 때의 거부인 등통(鄧通)을 말한다.

11-13(0211) 양양의 노인

양양노수(襄陽老叟)

출《소상록(瀟湘錄)》

당(唐)나라의 병화(幷華)라는 사람은 양양의 백정이었다. 한번은 봄에 놀러 나갔다가 술에 취해 한수(漢水)의 물가에서 잠이 들었다. 그때 한 노인이 그의 모습을 남달리 여겨 소리를 버럭 지르며 그를 깨우더니, 도끼 하나를 주면서 당부했다.

"이것으로 물건을 만들기만 하면 틀림없이 교묘한 신통력을 발휘하게 될 것이네. 그러나 훗날 여자 때문에 곤란한 일을 겪지 않도록 조심하게."

병화는 노인에게 절을 하고 도끼를 받았다. 이때부터 도끼로 깎아 물건을 만들면 마음대로 날아다녔다. 마룻대를 올리고 서까래를 얹어 집을 짓거나 까마득히 높은 누각을 세울 때도 번거롭게 다른 연장은 쓸 필요도 없었다. 나중에 안륙현(安陸縣)을 노닐다가 왕매(王枚)라는 한 부잣집에 머물게 되었다. 왕매는 병화의 재주가 뛰어나다는 것을 알고 그에게 물가에 독주정(獨柱亭) 한 채를 지어 달라고 부탁했다. 공사가 끝난 뒤에 왕매는 집안사람들을 모두 데리고 나와 독주정을 구경했다. 왕매에게는 이미 남편을 여읜 딸이 있었는데 용모가 매우 아름다웠다. 병화는 그녀를 보고 나서 깊이 사모하게 되었다. 그날 밤에 담을 넘어 그녀의 방으로 들어갔는데, 그녀가 몹시 놀라자 병화가 말했다.

"나를 따르지 않으면 반드시 너를 죽이겠다!"

왕매의 딸은 잠시 주저하다가 결국 그의 말을 따랐다. 그 후로 병화는 밤마다 남몰래 그녀의 방으로 들어갔다. 나중에 왕매는 은연중에 그 사실을 알고 병화에게 재물을 후하게 주어 내보내려고 했는데, 병화는 그 뜻을 알아채고 왕매에게 말했다.

"내가 당신의 집에 있는 동안 많은 은혜를 입었고 또 나에게 이렇게 많은 재물을 주셨는데, 나는 훗날 보답해 드릴 것이 없으니 물건을 하나 만들어 당신께 바치고자 합니다."

왕매가 말했다.

"무슨 물건이오?"

병화가 말했다.

"나는 나무 학을 만들어 날게 할 수 있는데, 혹시 급한 일이 있을 때 그 학을 타기만 하면 1000리 밖까지 갈 수 있습니다."

왕매는 그런 소문을 들어 본 적이 있었기 때문에 허락했다. 병화는 곧장 도끼를 꺼내 들고 나무로 한 쌍의 학을 만들었는데, 오직 눈만 완성하지 않았다. 왕매가 이상히 여겨 물었더니 병화가 말했다.

"반드시 당신이 재계해야만 비로소 눈을 완성할 수 있습니다. 그러지 않는다면 학은 틀림없이 날지 않을 것입니다."

왕매는 결국 재계를 했다. 그날 밤에 병화는 왕매의 딸을 훔쳐 학을 타고 양양으로 돌아왔다. 새벽녘에야 왕매는 딸이 없어진 것을 알고 찾아보았지만 찾지 못했다. 그래서 왕매는 몰래 양양으로 들어가서 그 사실을 주목(州牧 : 자사)에게 알렸다. 주목은 병화를 찾으라고 은밀히 명해 결국 병화를 사로잡았다. 주목이 대노해 병화를 곤장 쳐서 죽였더니, 그가 타고 왔던 학도 날 수 없었다.

평 : 공수(公輸)의 나무 솔개와 은유(隱遊)의 나무 고니는 모두 이러한 물건이다. 아마도 옛날에 이러한 술법이 있었던 것 같은데 지금은 실전(失傳)되었을 뿐이다.

唐幷華者, 襄陽鼓刀之徒也. 嘗因遊春, 醉臥漢水濱. 有一老叟奇其貌, 叱起, 贈以一斧, 囑曰 : "但持此造作, 必巧妙通神. 他日愼勿以女子爲累." 華拜受之. 自此斧削成物, 飛行如意. 至於上棟下宇, 危樓高閣, 固不煩餘刃. 後遊安陸, 止富人王枚家. 枚知華機巧, 仍請華臨水造一獨柱亭. 工畢, 枚盡出家人以觀之. 枚有一女, 已喪夫, 容色殊麗. 華旣見, 深慕之. 其夜, 乃逾牆入女室, 其女甚驚, 華謂曰 : "不從我, 必殺汝!" 女荏苒同心焉. 後每夜竊入. 他日, 枚潛知之, 厚遺遣華, 華察其意, 謂枚曰 : "我寄君家, 受惠多矣, 而復厚賂我, 異日無以爲答, 當作一物以奉君." 枚曰 : "何物也?" 華曰

: "我能作木鶴, 令飛, 或有急, 但乘其鶴, 卽千里之外也." 枚旣嘗聞, 因許之. 華卽出斧斤, 造成飛鶴一雙, 唯未成其目. 枚怪問之, 華曰 : "必須君齋戒, 始成之. 不然, 必不飛耳." 枚遂齋戒. 其夜, 華盜女, 乘鶴而歸襄陽. 至曙, 枚失女, 求之不獲. 因潛行入襄陽, 以事告州牧. 州牧密令搜求, 果擒華. 州牧怒, 杖殺之, 所乘鶴亦不能飛.

評 : 公輸之木鳶, 隱遊之木鵠, 皆是物也. 疑古有此法, 今失其傳耳.

* 이 고사는 《태평광기》 권287 〈환술 · 양양노수〉에 실려 있다.

11-14(0212) 청성산의 도사

청성도사(靑城道士)

출《왕씨견문(王氏見聞)》

[오대십국] 위촉(僞蜀 : 전촉) 때 청성산의 도사는 환술에 능했는데, 성도(成都)에서 그가 꾀어낸 부잣집과 권신 집안의 자제들이 모두 남몰래 그를 쫓아다녔다. 그는 간혹 외지고 궁벽한 집에서 청소하고 향을 사르고 평상과 휘장을 펼쳐 놓은 채 혼자 방 안에서 술법을 부렸다. 때로는 서왕모(西王母)를 부르고 때로는 무산신녀(巫山神女), 마고(麻姑), 포고(鮑姑)를 불렀는데, 신선들이 모두 그의 부름에 응해 왔다. 그는 그녀들과 함께 술과 음식을 먹고 함께 잤는데, 살아 있는 사람과 다름이 없었다. 그는 자신의 술법을 배우는 사람들에게 문틈 사이로 엿보게 했다. 웃고 즐기던 연회가 끝나면 그녀들은 발 휘장 앞에서 날아올라 떠났다. 또 성 안에 황금 누각을 만들어 내 많은 사람들이 그것을 보았는데, 그 일로 아주 심하게 대중을 현혹했다. 민간의 젊은이와 부유한 집안의 자제들이 온 성에서 그를 광신하듯 했다. 소주(少主 : 후주)는 그의 요술을 알고 은밀히 사람을 보내 그를 잡아 오게 했으나 몇 달 동안 잡지 못했다. 나중에 어떤 사람이 보고했다.

"그는 이미 착교문(笮橋門)을 나갔습니다."

소주는 사람을 보내 뒤쫓게 하면서 돼지와 개의 피를 가져가게 해서, 청성에서 30여 리 떨어진 길에서 그를 따라잡고 그 피를 그에게 끼얹어 도술을 부릴 수 없게 했다. 그를 하옥하고 심문했더니 그가 말했다.

"해마다 민가의 처자를 데려와 산중에 살면서 황제(黃帝)의 도를 행했는데, 동굴에서 죽은 자는 그 수를 알지 못합니다." 미 : 이는 이른바 서왕모와 무산신녀 같은 자인데, 세상에 어찌 이런 일이 있겠는가?

부귀한 집안에서도 자못 더러운 치욕을 당했다. 그가 진술한 내용 가운데 권문세가와 관련한 것이 아주 많았기 때문에 소주는 그 악행을 드러내고 싶지 않아 은밀히 그를 죽였다.

僞蜀靑城山道士能幻術, 於成都誘引富室及勳貴子弟, 皆潛而隨之. 或於幽僻宅院中, 灑掃焚香, 設榻陳帷, 獨於室內作法. 或召西王母, 或巫山神女, 或麻姑·鮑姑, 神仙皆應召而至. 與之杯饌寢處, 生人無異. 則令學者隙而窺之. 歡笑罷, 則自簾帷之前躧而去. 又於城中化出金樓, 衆皆睹之, 惑衆頗甚. 其民間少年, 膏粱子弟, 滿城如狂. 少主知其妖, 密使人擒之, 累月不獲. 後有人報云 : "已出笮橋門去." 因使人逐之, 乃以猪狗血賷行, 至靑城路上三十餘里, 及之, 遂傾血沃之, 不能施其術. 及下獄, 訊之, 云 : "年年採民家處子住山中, 行黃帝之道, 死於岩穴者不知其數." 眉 : 此所謂王母神女者也, 世上那有此事? 豪貴之家, 頗遭穢淫. 所通詞款, 指貴達之門甚多, 少主不欲彰其惡, 潛殺之.

* 이 고사는《태평광기》권287〈환술·청성도사〉에 실려 있다.

11-15(0213) 중부현의 백성
중부민(中部民)

출《독이지(獨異志)》

  당(唐)나라 원화(元和) 연간(806~820) 초에 천수군(天水郡)의 조운(趙雲)이 부치[鄜畤 : 부주(鄜州)의 재터를 유람하다가 중부현(中部縣)에 들렀는데, 그곳 현관(縣官)이 연회를 열어 조운을 초대했다. 그때 아전이 한 사람을 체포해 왔는데, 그 죄가 그다지 중하지 않아서 현관은 그를 풀어주고자 했다. 그러나 조운이 취해 한사코 그에게 곤장을 치라고 권했다. 몇 달 뒤에 조운은 변방 지역을 나가 도중에 노자관(蘆子關)에 이르렀다가 해 질 무렵에 길에서 한 사람을 만났는데, 그는 조운을 초대해 하룻밤을 묵게 했다. 큰길에서 몇 리 떨어진 집에 도착해서 그는 술을 내오라고 명해 조운과 함께 대작하다가 얼마 후에 물었다.

  "당신은 날 알아보시겠소?"

  조운이 말했다.

  "사실 전혀 모르겠습니다."

  그 사람이 다시 말했다.

  "예전 모월 모일에 중부현에서 당신을 만났는데, 당신이 현관에게 권하는 바람에 중형을 받았소."

조운이 황급히 일어나 사죄하자 그 사람이 말했다.

"나는 그대를 기다린 지 오래되었는데, 여기에서 작은 치욕을 씻게 될 줄을 어찌 생각이나 했겠소?"

그 사람은 하인에게 조운을 끌고 가서 한 방에 집어넣으라고 했다. 그 방에는 3장(丈) 남짓한 깊이의 커다란 구덩이가 있었는데, 그 안은 10곡(斛)의 술지게미로만 채워져 있었다. 하인이 조운의 옷을 벗긴 뒤 그 속으로 밀어 넣었는데, 조운은 배고프면 지게미를 먹고 목마르면 전국을 마셨다. 그렇게 혼미하게 거의 한 달 동안 있다가 다시 묶여 구덩이 밖으로 나왔다. 그 사람은 하인에게 조운의 콧대와 이마를 찌부러트리고 사지를 잡아당겨 비틀게 했는데, 그 결과 조운의 손가락과 어깨와 넓적다리 등이 모두 이전의 모습과 달라졌다. 그러고는 조운을 데리고 나가 바람을 쐬게 했더니 순식간에 변한 모습으로 고정되었으며 목소리까지 바뀌어 버렸다. 미:남에게 이로움을 행하지 않는 자에 대한 경계가 될 만하다. 결국 조운은 천한 노복으로 길러지다가 오연역(烏延驛)의 잡역부가 되었다. 몇 년 뒤에 때마침 조운의 동생이 어사(御史)가 되어 영주(靈州)의 옥사(獄事)를 감찰하러 나왔기에, 조운은 이전의 일을 은밀히 기록해 동생에게 보였다. 조운의 동생은 관찰사(觀察使) 이명(李銘)에게 이 사실을 알렸고, 이로 인해 관졸을 파견해 수색한 끝에 범죄자들을 모두 체포했으며 그 잔당까지 소탕했다. 그 사람은 처형에 임해서도 전혀 거리낌 없이 말했다.

"전후로 이런 방법으로 사람들의 모습을 바꾼 지가 몇 세대나 되었소이다!"

唐元和初, 有天水趙雲, 客遊鄜畤, 過中部縣, 縣僚有燕. 吏擒一人至, 其罪不甚重, 官僚欲縱之. 雲醉, 固勸加杖. 累月, 雲出塞, 行及蘆子關, 日暮, 道逢一人, 延雲過宿. 去路數里, 於是命酒偶酌, 旣而問曰 : "君省相識耶?" 雲曰 : "實昧平生." 復曰 : "前某月日, 於中部値君, 爲君所勸, 因被重刑." 雲遽起謝之, 其人曰 : "吾望子久矣, 豈虞於此獲雪小恥?" 乃令左右, 拽入一室. 室中有大坑, 深三丈餘, 坑中唯貯酒糟十斛. 剝去其衣, 推雲於中, 饑食其糟, 渴飮其汁. 於是昏昏幾一月, 乃縛出之. 使人蹙按鼻額, 援挶支體, 其手指肩髀, 皆改舊形. 提出風中, 倏然凝定, 至於聲韻亦改. 眉 : 可爲不行方便者之戒. 遂以賤隸蓄之, 爲烏延驛中雜役. 累歲, 會其弟爲御史, 出按靈州獄, 雲以前事密疏示之. 其弟言於觀察使李銘, 由是發卒討尋, 盡得奸宄, 乃滅其黨. 臨刑, 亦無隱暱, 云 : "前後如此變改人者, 數世矣!"

* 이 고사는 《태평광기》 권286 〈환술·중부민〉에 실려 있다.

11-16(0214) 판교점의 삼낭자

판교삼낭자(板橋三娘子)

출《하동기》

당(唐)나라 변주(汴州) 서쪽에 판교점(板橋店)이 있었다. 판교점의 여주인 삼낭자는 어디서 왔는지 모르지만, 혼자 살고 나이는 서른 살쯤 되었으며 자식도 없고 친척도 없었다. 그녀는 몇 칸짜리 집을 소유하고서 음식을 팔아 먹고 살았지만, 집안 살림은 매우 부유했으며 나귀 등 가축도 많았다. 그녀는 종종 음식값을 싸게 해서 여행객들의 궁핍함을 구제해 주었기 때문에 원근의 여행자들이 대부분 그녀의 객점에 투숙했다. 원화(元和) 연간(806~820)에 허주(許州)에서 온 길손 조계화(趙季和)는 장차 동도(東都 : 낙양)로 가는 길에 이곳을 지나다가 판교점에 투숙했다. 손님 중에서 먼저 도착한 예닐곱 명이 모두 편안한 평상을 차지하고 있었다. 조계화는 나중에 도착했기에 가장 깊숙한 곳에 있는 평상 하나를 얻었는데, 그 평상은 여주인 방의 벽과 맞닿아 있었다. 얼마 후에 삼낭자는 손님들에게 매우 후하게 음식을 대접하고 술을 차려서 매우 즐겁게 마셨다. 조계화는 본디 술을 마시지 않지만 그래도 그들 틈에 끼어 담소했다. 삼경쯤 되었을 때 손님들은 취해 모두 촛불을 끄고 잠을 잤지만, 조계화는 뒤척이면서 잠들지 못했다. 그때 문득 벽 너머에서 부스럭대는 소리가 들렸는데 마치 무슨 물건을 움직이는 소리 같았다. 조계화가 우연히 벽 틈으로 엿보았더니, 삼낭자가 엎어 놓은 그릇 밑에서 초를 꺼내 불을 붙인 다음 수건 상자 속에서 작은 목우(木牛)와 목인(木人)과 쟁기와 보습 따위를 꺼내 부뚜막 앞에 놓아두고 물을 머금어 그것들에 뿜자, 목인과 목우가 모두 살아서 움직였다. 목인이 침상 앞의 조그만 땅을 다 갈고 나자, 삼낭자는 메밀씨를 꺼내 목인에게 주어 파종하게 했다. 잠시 후 메밀이 여물자 목인이 수확해 7~8되의 메밀을 얻었다. 삼낭자는 또 작은 맷돌을 놓아두고 메밀을 갈아 가루로 만든 뒤에 이전의 물건들을 도로 상자 속에 집어넣었으며, 메밀가루로 소병(燒餅)을 만들었다. 얼마 후 닭이 울고 손님들이 길을 떠나려 할 때, 삼낭자는 먼저 일어나 등불을 켜고 소병을 차렸다. 조계화는 가슴이 두근거려 급히 밖으로 나가 몰래 문밖에서 안을 엿보았는데, 손님들이 소병을 다 먹기도 전에 갑자기 한꺼번에 땅에 쓰러지더니 나귀 울음소리를 내면서 순식간에 모두 나귀로 변해 버렸다. 삼낭자는 그들을 모두 몰아 객점으로 들여보낸 뒤에 그들의 재물을 몽땅 가로챘다. 조계화는 그 사실을 다른 사람에게 말하지 않았다. 한 달 남짓 지난 뒤에 조계화는 동도에서 돌아오는 길에 장차 판교점에 이르게 되자, 미리 메밀 소병을 이전에 삼낭자가 만든 것과 같은 크기로 만들었다. 조계화는 그곳에 도착해서 다시 판교점에 투숙했다. 그날 저녁에는 다른 손님이 없었기에 여주인은 더욱 정성껏 그를 대접했다. 날이 밝자 삼낭자는 이전처럼 소병을 차려 왔다. 조계화는 틈을 타서 자기가 미리 준비해 온 소병으로 하나를 바꿔치기하고서 말했다.

"마침 나에게도 소병이 있으니, 주인장의 소병은 거둬 가서 다른 손님을 기다리십시오."

그러고는 즉시 자신이 준비해 온 소병을 집어 들어 먹었다. 삼낭자가 차를 내오자 조계화가 말했다.

"주인장도 내가 가져온 소병 하나를 맛보시오."

그러고는 미리 바꿔치기한 소병을 골라 그녀에게 줘서 먹게 했는데, 삼낭자는 그 소병을 입에 넣자마자 땅에 엎드려 나귀 소리를 내면서 즉시 나귀로 변했는데 아주 건장했다. 조계화는 곧바로 그것을 타고 목인 등도 모두 가지고 갔지만, 그녀의 술법을 터득하지는 못했다. 조계화는 삼낭자가 변신한 나귀를 타고 여러 곳을 빠짐없이 돌아다니면서 하루에 100리를 다녔다. 4년 뒤에 조계화는 그 나귀를 타고 동관(潼關)으로 들어가 화악묘(華嶽廟)에 이르렀다가 길옆에서 한 노인을 만났는데, 그 노인이 박장대소하며 말했다.

"판교점의 삼낭자가 어쩌다가 이렇게 되었나!"

그러고는 나귀를 붙잡고 조계화에게 말했다.

"그녀에게 비록 잘못이 있긴 하지만 그대를 만나 이미 많은 고생을 했으니 이젠 풀어 주시오."

노인이 나귀의 입과 코 주위부터 두 손으로 벗겨 냈더니 삼낭자가 가죽 속에서 뛰어나왔는데, 완연히 본래 모습으로 돌아와 있었다. 삼낭자는 노인에게 감사의 절을 올린 뒤 달아났는데, 어디로 갔는지 알 수 없었다.

唐汴州西有板橋店. 店姥三娘子者, 不知何從來, 寡居, 年三十餘, 無男女, 亦無親屬. 有舍數間, 以鬻飡爲業, 然而家甚富貴, 多驢畜. 往往賤其估以濟行客之乏, 故遠近行旅多歸之. 元和中, 許州客趙季和, 將詣東都, 過是宿焉. 客有先至者六七人, 皆據便榻. 趙後至, 最得深處一榻, 逼主房. 旣而三娘子供給諸客甚厚, 置酒極歡. 趙素不飮酒, 亦預言笑. 三更許, 客醉, 擧家息燭而寢, 獨季和轉展不寐. 忽聞隔壁悉窣, 若動物之聲. 偶於隙中窺之, 見三娘子向覆器下取燭挑明, 巾廂中取小木牛・偶人及耒耜之屬, 置竈前, 含水噀之, 人牛俱活. 遂耕床前一席地訖, 取蕎麥子授木人種之. 須臾麥熟, 木人收割, 可得七八升. 又安置小磨子, 磑成麵訖, 却收前物, 仍置箱中, 取麵作燒餠. 有頃鷄鳴, 諸客欲發, 三娘子先起, 點燈設餠. 趙心動, 遽出, 潛於戶外窺之, 乃見諸客食餠未盡, 忽一時踣地, 作驢鳴, 須臾皆變驢矣. 驅入店後, 而盡沒其財. 趙亦不告於人. 後月餘, 趙自東都回, 將至板橋店, 預作蕎麥燒餠, 大小如前. 旣至, 復寓宿焉. 其夕無他客, 主人慇勤更甚. 天明, 設餠如初. 趙乘隙, 以己餠易其一枚, 言:"燒餠某自有, 請撤去以俟他賓." 卽取己者食之. 三娘子具茶, 趙曰:"請主人嘗客一餠." 乃揀所易者與噉, 纔入口, 三娘子據地作驢聲, 卽變爲驢, 甚壯健. 趙卽乘之, 盡收其木人等, 然不得其術. 趙策所變驢, 周遊無失, 日行百里. 後四年, 乘入關, 至華嶽廟, 旁見一老人, 拍手大笑曰:"板橋三娘子, 何得作此!" 因捉驢謂趙曰:"彼雖有過, 然遭君已甚, 可釋矣." 乃從驢口鼻邊, 以兩手擘開, 三娘子自皮中跳出, 宛復舊身. 向老人拜訖, 走去, 不知所之.

* 이 고사는 《태평광기》 권286 〈환술 · 판교삼낭자〉에 실려 있다.

권12 이인부(異人部)

이인(異人)

12-1(0215) 행영

행영(幸靈)

출《예장기(豫章記)》

진(晉)나라의 행영은 예장(豫章) 건창(建昌) 사람이다. 그는 천성이 지극히 유순해서 모욕을 당해도 화내지 않았으며 다른 사람을 보면 곧장 먼저 절하면서 자신의 이름을 말하곤 했는데, 고을에서는 모두들 그를 바보라고 불렀으며 아버지와 형도 그를 바보라고 여겼다. 집에서 늘 그에게 벼를 지키도록 했는데, 소가 벼를 뜯어 먹었지만 행영은 그것을 보고도 쫓아내지 않았으며, 소가 떠날 때까지 기다렸다가 어지럽게 흩어진 벼를 정리했다. 아버지가 이를 보고 화를 내자 행영이 말했다.

"대저 만물은 천지 사이에서 태어날 때 각각 그 뜻을 지니고 있으니, 소가 벼를 먹는다고 해서 어찌 쫓아낼 수 있겠습니까?"

아버지가 더욱 화를 내며 말했다.

"네 말대로 한다면 흩어진 벼를 정리해서 뭐 하겠느냐?"

그러자 행영이 말했다.

"이 벼도 그 타고난 본성을 다할 수 있도록 해 줘야 합니다." 미 : 성현의 마음이다.

晉幸靈者, 豫章建昌人也. 立性至柔, 被辱無慍, 見人卽先拜, 輒自稱名, 邑里皆號爲癡, 父兄亦以爲癡. 常使守稻, 有牛食稻, 靈見而不驅, 待牛去, 乃整理其殘亂者. 父見而怒之, 靈曰: "夫萬物生天地之間, 各得其意, 牛方食禾, 奈何驅之?" 父愈怒曰: "卽如汝言, 復用理壞者何爲?" 靈曰: "此稻又得終其性矣." 眉: 聖賢心腑.

* 이 고사는《태평광기》권81〈이인·행영〉에 실려 있다.

12-2(0216) 유목

유목(劉牧)

출《성응원사통(成應元事統)》

 유목은 자(字)가 자인(子仁)이며, 늘 남사(南沙)의 들녘에 살면서 산새의 지저귐을 즐기고 바람 이는 소나무의 운치를 좋아했다. 그는 과일나무와 채소를 심었는데, 시골 사람들이 그를 업신여겨 대부분 그의 나무를 베고 채소밭을 짓밟자 유목이 말했다.

 "나는 남을 업신여기지 않는데 남은 왜 날 업신여긴단 말인가!"

 호랑이 한 마리가 그의 거처 가까이에 굴을 파고 살았는데, 유목을 보면 꼬리를 흔들어 유목이 말했다.

 "네가 와서 날 좀 보호해 줄래?"

 그러자 호랑이가 머리를 끄덕였다. 그 후로 몇 년이 지나도록 시골 사람들은 감히 유목을 건드리지 못했다. 나중에 유목이 죽자 호랑이도 떠났다.

劉牧, 字子仁, 常居南沙野中, 樂山鳥之啼, 愛風松之韻. 植果種蔬, 野人欺之, 多伐樹踐圃, 牧曰: "我不負人, 人何負我!" 有一虎近其居作穴, 見牧則搖尾, 牧曰: "汝來護我耶?" 虎輒俯首. 歷數年, 野人不敢侵. 後牧卒, 虎乃去.

* 이 고사는 《태평광기》 권433 〈호(虎)·유목〉에 실려 있는데, 출전이 "《독이지(獨異志)》"라 되어 있다.

12-3(0217) 조일

조일(趙逸)

출《낙양가람기(洛陽伽藍記)》

후위(後魏 : 북위) 숭의리(崇義里)에 두자휴(杜子休)의 저택이 있었는데, 그 집은 터가 널찍했으며 문은 어로(御路 : 임금이 다니는 길)와 맞닿아 있었다. 당시 은사(隱士) 조일이라는 사람은 스스로를 진(晉)나라 무제(武帝) 때의 사람이라고 하면서 진나라의 옛일들을 대부분 기억하고 있다고 말했다. 정광(正光) 연간(520~525) 초에 조일은 도성에 와서 두자휴의 집을 보고 탄식하며 말했다.

"이는 진나라의 태강사(太康寺)다!"

당시 사람들이 믿지 않자 조일이 말했다.

"용양장군(龍驤將軍) 왕준(王濬)이 오(吳)나라를 평정한 후에 이 절을 세웠습니다. 이 절에는 본래 벽돌로 쌓은 3층 부도(浮圖)가 있었습니다."

그러고는 두자휴의 정원을 가리키며 말했다.

"이곳이 바로 옛터입니다."

두자휴가 땅을 파고 그 말이 사실인지 살펴보니 과연 벽돌 수만 장이 나왔는데, 벽돌에 새겨진 명문에 다음과 같이 쓰여 있었다.

"진나라 태강(太康) 6년(285) 을사년(乙巳年), 9월 갑술월(甲戌月), 8일 신사일(辛巳日)에 의동삼사(儀同三司) 양양후(襄陽侯) 왕준이 삼가 세우다."

당시 정원 안에는 과일나무와 채소가 무성하게 자라 있었고 수풀도 울창했기에 사람들은 조일의 말을 믿으면서 그를 성인이라고 불렀다. 두자휴는 마침내 자신의 저택을 시주해 영응사(靈應寺)를 지었으며, 거기서 얻은 벽돌들로 3층 부도를 만들었다. 호사가들이 진나라의 도성과 오늘날을 비교해 어떤가를 물으니 조일이 말했다.

"진나라의 백성 수는 오늘날보다 적었지만, 왕후의 저택은 오늘날과 비슷합니다."

또한 말했다.

"영가(永嘉) 연간(307~313) 이래로 200여 년간 나라를 세우고 왕을 칭한 자들은 모두 16명인데, 나는 그들의 도성과 시골을 두루 돌아다니면서 그곳에서 일어났던 사건들을 직접 목격했습니다. 그런데 나라가 멸망한 후 그 역사서를 살펴보면 모두 사실대로 기록하지 않았을뿐더러, 다른 사람에게 잘못을 전가하면서 선한 일만 자신에게로 끌어오지 않은 것이 없었습니다. 부생[苻生 : 부견(苻堅). 전진(前秦)의 군주]은 용감함을 좋아하고 술을 즐기기는 했어도 인자해서 사람을 함부로 죽이지는 않았으며, 그 다스린 법령을 살펴보니 흉악함을 행하지도 않았는데, 역사서를 자세히 보면 천하의 악행이 모두 그에게로 쏠려 있습니다. 부견은 본시 훌륭한 군주였으나, 그 자리를 훔쳐서 취했기에 망령되이 기록해 악명이 생겨난 것입니다. 뭇 사관들이 모두 이러한 유형입니다. 사람들은 모두 옛것을 귀하게 여기면서 오늘날의 것은 천시하므로 [그러한 사관들의 기록을] 사실이라고 여기며 믿고 있습니다. 지금 사람들도 산 사람은 어리석고 죽은 사람은 지혜롭다고 생각하는데 이는 매우 심하게 미혹된 것입니다."

그 까닭을 물으니 조일이 말했다.

"살아서는 중간 정도의 평범한 사람이더라도 죽어서는 비문과 묘지명에 천지간의 큰 덕과 백성을 다스렸던 치적에 대해 전부 다 기록합니다. 만약 그 사람이 임금이었다면 요(堯)·순(舜)과 이름을 나란히 할 것이고, 대신이었다면 이윤(伊尹)과 공적이 같을 것이며, 백성을 다스리는 관리였다면 호랑이도 강을 건너며 그 깨끗한 업적을 우러를 것이고, 법을 집행하는 관리였다면 큰 뜻을 지녔다고 하면서 그 강직함을 칭송할 것입니다. 이른바 살아서는 도적[盜跖: 고대의 대도(大盜)]이었어도 죽어서는 백이(伯夷)·숙제(叔齊)가 되는 것이니, 헛된 말이 그 올바름을 손상하며 화려한 말이 그 진실을 깎아내리는 것입니다." 미 : 말이 투철하도다!

당시 글 짓는 선비들은 조일의 이 말에 부끄러움을 느꼈다. 보병교위(步兵校尉) 이등(李登)이 물었다.

"태위부(太尉府) 앞에 있는 벽돌 부도는 모양이 매우 오래된 듯한데, 어느 시대에 만들어진 것인지 모르겠습니다."

조일이 말했다.

"진나라 의희(義熙) 12년(416)에 유유(劉裕 : 유송 무제)가 요홍(姚泓)의 군대를 토벌하고 나서 만든 것입니다."

여남왕[汝南王 : 원열(元悅)]은 이 말을 듣고 기이하다고 여기며 물었다.

"그대는 무슨 약을 복용해 수명을 연장했는가?"

조일이 말했다.

"저는 양생술을 익힌 적이 없으며, 그저 자연스럽게 오래 사는 것입니다. 곽박(郭璞)이 일찍이 저를 위해 점을 쳐 주면서 제 수명이 500살이라고 말해 준 적이 있는데, 지금 아직 절반이나 남았습니다."

황제는 그에게 보만거(步輓車 : 인력거) 한 대를 하사했다. 조일은 그것을 타고 시내를 유람했는데, 지나가는 곳마다 대부분 옛 자취들에 대해 말했다. 3년이 지난 후에 그는 숨어서 떠났는데 어디로 갔는지 알지 못했다.

평 : 채백개[蔡伯喈 : 채옹(蔡邕)]가 말하길, "내가 천하의 사람들을 위해 비명(碑銘)을 많이 지으면서 일찍이 부끄러움을 느끼지 않은 적이 없었는데, 오직 곽임종[郭林宗 : 곽태(郭泰)]의 비송(碑頌)을 지을 때만은 부끄러운 낯빛이 없었

다"라고 했다. 그런즉 망자의 묘에 아부하는 병폐는 예로부터 이미 그러했다. 하지만 역사를 편찬하는 자들은 묘지명을 증거로 삼고자 하니, 그러고도 믿을 만한 역사라고 할 수 있겠는가?

後魏崇義里有杜子休宅, 地形顯敞, 門臨御路. 時有隱士趙逸者, 云是晉武時人, 晉朝舊事, 多所記錄. 正光初, 來至京師, 見子休宅, 嘆息曰: "此晉朝太康寺也!" 時人未信, 逸曰: "龍驤將軍王浚平吳後, 立此寺. 本有三層浮圖, 用磚爲之." 指子休園曰: "此是故處." 子休掘而驗之, 果得磚數萬, 並有石銘云: "晉太康六年, 歲次乙巳, 九月甲戌朔, 八日辛巳, 儀同三司襄陽侯王浚敬造." 時園中果菜豐蔚, 林木扶疏, 乃服逸言, 號爲聖人. 子休遂捨宅爲靈應寺, 所得之磚, 造三層浮圖. 好事者問晉朝京師何如今日, 逸曰: "晉朝民少於今日, 王侯第宅與今日相似." 又云: "自永嘉已來二百餘年, 建國稱王者, 十有六君, 吾皆遊其都鄙, 目見其事. 國滅之後, 觀其史書, 皆非實錄, 莫不推過於人, 引善自向. 苻生雖好勇嗜酒, 亦仁而不殺, 觀其治典, 未爲兇暴, 及詳其史, 天下之惡皆歸焉. 苻堅自是賢主, 賊君取位, 妄書生惡. 凡諸史官, 皆此類也. 人皆貴遠賤近, 以爲信然. 當今之人, 亦生愚死智, 惑已甚矣." 問其故, 逸曰: "生時中庸之人耳, 及其死也, 碑文墓誌, 莫不窮天地之大德, 生民之能事. 爲君共堯舜連衡, 爲臣與伊尹等蹟, 牧民之官, 浮虎慕其淸塵, 執法之吏, 埋輪謝其梗直. 所謂生爲盜跖, 死爲夷齊, 妄言傷正, 華詞損實." 眉:說得透! 當時作文之士, 慚逸此言. 步兵校尉李登問曰: "太尉府前磚浮圖, 形制甚古, 未知何年所造." 逸云: "晉義熙十二年, 劉裕伐姚泓軍人所作." 汝南王聞而異之, 因問: "何所服餌以致延年?" 逸云: "吾不閑養生, 自然長壽. 郭璞嘗爲吾筮, 云壽年五百歲, 今始餘半." 帝給步輓車一乘. 遊於市里, 所經之處, 多說舊蹟. 三年已後遁去, 莫知所在.
評: 蔡伯皆曰: "吾爲天下作碑銘多矣, 未嘗不有慚, 惟爲郭林宗碑頌無愧色耳." 然則諛墓之弊, 自古已然. 而修史者乃欲以墓志爲徵, 尙得爲信史乎?

* 이 고사는 《태평광기》 권81 〈이인·조일〉에 실려 있다.

12-4(0218) 신종

신종(申宗)

출《현괴록》

[당나라] 개원(開元) 연간(713~741)에 전진사(前進士)[8] 장좌(張佐)가 일찍이 다음과 같이 말했다. 그는 젊었을 때 남쪽으로 호두(鄠杜) 지방에 이르러 교외를 걸어가다가 보았더니, 어떤 노인이 푸른 나귀를 타고 사슴 가죽 봇짐을 짊어지고 있었는데, 얼굴이 매우 기쁜 기색이었고 의기(意氣)가 비범했다. 노인은 처음에 비탈길에서 큰길로 나왔는데, 장좌가 그를 매우 이상히 여겨 어디에서 왔는지 물어보았으나, 노인은 웃기만 할 뿐 대답하지 않았다. 장좌가 여러 번 물었더니 노인이 갑자기 화를 내며 꾸짖어 말했다.

"젊은 놈이 감히 따져 묻다니! 내가 설마 도망쳐 숨어 지내는 도적이겠느냐! 어찌 반드시 어디서 왔는지 알아야만 하느냐?"

장좌는 공손히 사과하며 말했다.

"이전부터 선생의 높은 행적을 흠모해 옆에서 시중들기

---

[8] 전진사(前進士) : 당나라 때 과거 시험에 이미 급제했으나 아직 관직을 제수받지 못한 진사를 가리킨다.

를 바랄 뿐인데, 어찌하여 이렇게 심하게 꾸짖으십니까?"

노인이 말했다.

"나는 자네에게 가르쳐 줄 도술도 없고 그저 장수하는 늙은이에 불과하니, 자네는 나의 초라함을 비웃고 있음에 틀림없다."

그러고는 다시 나귀를 타고 재촉하며 갔는데, 장좌도 말을 타고 쫓아가 함께 여관에 이르렀다. 노인이 사슴 가죽 봇짐을 베고 누워 아직 잠이 들지 않았는데, 피곤해진 장좌는 사 온 탁주를 마시려다가 그에게 다가가서 청했다.

"변변찮은 술이지만 선생과 함께 마셨으면 합니다."

노인이 벌떡 일어나며 말했다.

"이것은 바로 내가 좋아하는 것인데, 어떻게 자네는 내 마음을 알았는가?"

술을 다 마신 후에 장좌는 노인의 안색이 즐거워진 것을 보고 천천히 청하며 말했다.

"소생이 아는 것이 적어 선생의 가르침을 받고 견문을 넓히길 바랄 뿐, 다른 것은 감히 바라지도 않습니다."

노인이 말했다.

"내가 본 것은 양(梁)·진(陳)·수(隋)·당(唐)나라뿐이네. 군신이 현명하고 어리석은 것과 나라가 잘 다스려지고 어지러운 것에 대해서는 역사책에 이미 다 나와 있지만, 나 자신이 겪은 기이한 일들을 자네에게 말해 주겠네. 나는 우문주(宇文周 : 우문씨가 세운 북주) 시대에 기주(岐州)에 거주한 부풍(扶風) 사람으로, 성은 신(申)이고 이름은 종(宗)인데, 북제(北齊)의 신무제[神武帝 : 고환(高歡)]를 흠모해 종을 관(觀)으로 바꿨네. 18세에 연공(燕公) 우근(于謹)을 따라 형주(荊州)에서 양(梁) 원제(元帝)를 정벌하러 갔는데, 밤에 꿈에 푸른 옷을 입은 두 사람이 나타나 나에게 말하길 '여주천년(呂走天年), 인향주(人向主), 수백천(壽百千)'이라고 했네. 내가 곧바로 강릉(江陵)의 시장에 있는 해몽가를 찾아갔더니, 해몽가가 나에게 말하길 '여주(呂走)는 회(廻) 자이고 인향주(人向主)는 주(住) 자이니, 그대가 돌아가 머물면 장수한다는 말이 아니겠소?'라고 했네. 당시 군대가 강릉에 주둔해 있었는데, 나는 교위(校尉) 탁발열(拓跋烈)에게 사정을 얘기하고 허락을 받았네. 그러고는 다시 해몽가를 찾아가서 말하길 '돌아가 머무는 것은 해결했으니 장수하는 데에 도술이 있습니까?'라고 했더니, 해몽가가 말하길 '그대는 전생에 재동(梓潼)의 설군주(薛君胄)로, 복식술(服食術)을 좋아하고 이서(異書)를 많이 찾아 날마다 도교 경전을 100장씩 암송했으며, 학명산(鶴鳴山) 아래의 초가삼간으로 이주해 집 밖에 꽃과 대나무를 나란히 심고 샘과 바위로 둘러쌌소. 8월 15일에 길게 휘파람을 불며 혼자 술을 마시다가 얼큰하게 취해 기분이 좋아지자 큰 소리로 말하길 "내가 이처럼 담박하게 지내는데, 어찌 이인(異人)이 강림

하지 않는가?"라고 했소. 갑자기 두 귓속에서 마차 소리가 들리더니 쓰러져 자고 싶은 생각이 들어 머리를 자리에 대자마자, 바로 붉은 바퀴에 푸른 덮개를 한 작은 수레가 나타났는데, 붉은 송아지가 수레를 끌며 귓속에서 나왔소. 각각 높이가 2~3촌쯤 되었는데도 귓속에서 나올 때 아무런 어려움도 느끼지 못했소. 수레에는 두 동자가 있었는데, 녹색 두건과 푸른 어깨 덮개를 걸쳤고 역시 키가 2~3촌쯤 되었소. 동자들은 수레 횡단목에 기대어 마부를 불러 수레바퀴를 밟고 부축받아 내려와서 설군주에게 말하길 "우리는 두현국(兜玄國)에서 왔는데, 조금 전에 달빛 아래에서 길게 휘파람 부는 소리를 듣고 그 소리가 청량해 몰래 마음속으로 흠모했으니, 당신과 청담을 나누고 싶습니다"라고 했소. 설군주가 깜짝 놀라며 말하길 "그대들은 방금 나의 귀에서 나왔을 뿐인데, 어찌 두현국에서 왔다고 하시오?"라고 하자, 두 동자가 말하길 "두현국은 우리의 귓속에 있는데, 어떻게 당신의 귓속에 우리가 있을 수 있겠습니까?"라고 했소. 미 : 매우 환상적이다! 거위장 속의 서생[9]과 같고 또 개미 왕국의 꿈[10]과 비슷

---

9) 거위장 속의 서생 : 이 고사는 본서 11-9(0207) 〈양선 서생(陽羨書生)〉에 나온다.
10) 개미 왕국의 꿈 : 이 고사는 당 전기(傳奇) 〈침중기(枕中記)〉를 말한다.

하다. 설군주가 말하길 "그대들은 키가 2~3촌인데, 어찌 또한 귓속에 나라가 있겠소? 만약 있다면 나라 사람들은 모두 초명(焦螟)[11]만 할 것이오"라고 하자, 두 동자가 말하길 "어찌 그러하겠습니까! 우리 나라는 당신의 나라와 다르지 않습니다. 믿지 못하겠다면 우리를 따라와 구경하십시오. 혹시 그곳에 머물 수 있다면 당신은 생사의 고통에서 벗어나게 될 것입니다"라고 했소. 한 동자가 귀를 기울여 설군주에게 보여 주자 설군주가 들여다보았더니 별천지가 있었는데, 화초가 무성하고 집들이 즐비했으며 맑은 샘물이 주위를 감돌아 흐르고 바위산이 아득히 높이 솟아 있었소. 이에 귀를 붙잡고 그곳으로 몸을 던졌더니, 이미 한 도시에 도착했는데 성과 망루가 매우 웅장하고 화려했소. 설군주가 방황하며 어디로 가야 할지 모르고 있을 때, 돌아보니 이전의 두 동자가 이미 그의 옆에 있다가 미 : 두 동자는 무슨 이유로 스스로 그의 귓속으로 들어갔단 말인가! 설군주에게 말하길 "당신은 이미 이곳에 오셨으니, 우리를 따라 몽현진백(蒙玄眞伯)을 알현하지 않으시렵니까?"라고 했소. 몽현진백은 커다란 궁전에 살고 있었는데, 담장과 계단이 모두 황금과 벽옥으로 장식

---

11) 초명(焦螟) : 전설 속 아주 작은 곤충으로, 이 곤충이 모기의 눈썹에 떼 지어 앉아도 서로 부딪히지 않고 모기도 느끼지 못한다고 한다.

되어 있었고 비취 주렴과 휘장을 드리우고 있었소. 옥동 네 명이 좌우에 서서 시중을 들고 있었고, 몽현진백은 한 손에는 흰 총채를 들고 한 손에는 무소뿔로 만든 여의(如意)를 들고 있었소. 두 동자는 들어가서 손을 모으고 절하며 감히 올려다보지도 못했소. 높은 관을 쓰고 옷자락이 기다란 녹색 옷을 입은 사람이 푸른 종이에 쓰인 칙지를 낭독하길 "천지가 나누어진 이래로 나라가 이미 셀 수 없이 많이 생겨났다. 너는 하계에 떨어져 매우 비천한 몸이지만 마침내 이곳에 이를 수 있었던 것은 진실로 운명과 부합했기 때문이다. 하물며 너는 청빈하고 진실해 주재자의 뜻에 부합하니, 높은 벼슬과 후한 작위를 누림이 마땅하므로 주록대부(主籙大夫)가 될 만하도다"라고 했소. 설군주가 절을 하고 문을 나오자, 황색 어깨 덮개를 걸친 사람 서너 명이 그를 데리고 한 관서로 갔는데, 그 안에 있는 문서는 대부분이 알 수 없는 것이었소. 매달 봉록은 없었지만 마음속으로 생각하는 것이 있으면, 좌우 사람들이 반드시 먼저 알고 바로 가져다주었소. 한가한 때 누대에 올라 멀리 바라보다가 갑자기 돌아가고 싶은 생각이 나서 시를 지어 "바람은 부드럽고 햇볕은 따사로운데, 기이한 꽃향기가 숲과 못에 그윽하네. 높은 곳에 올라 멀리 바라보니, 진실로 아름답지만 내 고향은 아니네"라고 했소. 두 동자가 그 시를 보고 화를 내며 말하길 "당신의 품성이 담박하고 청정하기에 우리 나라에 데리고 왔는데, 비루한 속세에 대한 미련을 아직 버리지 못하고 있군요"라고 했소. 그러고는 마침내 설군주를 급히 쫓아냈는데, 땅에 떨어진 것 같아 올려다보니 바로 동자의 귓속에서 떨어진 것이었고 자신은 이미 옛날에 살던 곳에 있었소. 이어서 보았더니 동자 또한 더 이상 보이지 않았소. 그래서 이웃 사람들에게 물어보았더니, 이웃 사람들이 말하길 "설군주가 사라진 지 이미 7~8년이 지났소"라고 했소. 그러나 설군주는 그곳에서 몇 달 정도밖에 있지 않았던 것 같았소. 얼마 되지 않아 설군주는 죽었다가 다시 그대의 집에서 태어났는데, 그 사람이 바로 지금의 그대요'라고 했네. 해몽가가 또 말하길 '나는 전생에 바로 귓속에서 나왔던 동자요. 그대는 전생에 도를 좋아해 두현국에 갈 수 있었지만, 속세의 미련을 완전히 버리지 못한 탓에 장생할 수 없었소. 그러나 그대는 이제부터 천 년을 살 수 있을 것이오'라고 했네. 그러고는 1척 남짓한 붉은 비단을 토해 내서 나에게 그것을 삼키게 하더니, 해몽가는 마침내 다시 동자의 모습으로 돌아가 사라졌네. 이때부터 나는 더 이상 질병이 생기지 않았고 천하의 명산을 두루 돌아다닌 지 지금까지 200여 년이 되었는데, 내가 본 아주 많은 기이한 일들을 모두 기록해 사슴 가죽 봇짐에 넣어 두었네."

그러고는 봇짐을 열어 두루마리 두 개를 꺼냈는데, 두루마리 책은 매우 컸지만 글씨가 너무 작아서 장좌는 그것을 읽을 수가 없었다. 미 : 녹혁낭(鹿革囊 : 사슴 가죽 봇짐)은 기이한 일을 기록한 책의 명칭으로 삼을 만하다. 그날 밤에 장좌는 깜빡 잠이 들었는데, 깨어나 보았더니 이미 노인은 사라지고 없었다.

開元中, 前進士張佐常言 : 少年南次鄠杜, 郊行, 見有老父乘靑驢, 背鹿革囊, 顏甚悅懌, 旨趣非凡. 始自斜逕合路, 佐甚異之, 試問所從來, 叟但笑而不答. 至再三, 叟忽怒叱曰 : "年少子乃敢相逼! 吾豈盜賊遁埋者耶! 何必知從來?" 佐遜謝曰 : "嚮慕先生高躅, 願從事左右耳, 何賜深責?" 叟曰 : "吾無術敎子, 但壽永者, 子當噬吾潦倒耳." 遂復乘促走, 佐亦撲馬趁之, 俱至逆旅. 叟枕鹿囊, 寢未熟, 佐乃疲, 貰白酒將飮, 試就請曰 : "簞瓢期先生共之." 叟跳起曰 : "此正吾之所好, 何子解吾意耶?" 飮訖, 佐見翁色悅, 徐請曰 : "小生寡昧, 願先生賜言, 以廣聞見, 他非所敢望也." 叟曰 : "吾所見, 梁·陳·隋·唐耳. 賢愚治亂, 國史已具, 然請以身所異者語子. 吾宇文周時居岐, 扶風人也, 姓申, 名宗, 慕齊神武, 因改宗爲觀. 十八, 從燕公子[1]謹征梁元帝於荊州, 夜夢靑衣二人謂余曰 : '呂走天年, 人向主, 壽百千.' 吾乃詣占夢者於江陵市, 占夢者謂余曰 : '呂走, 廻字也, 人向主, 住字也, 豈子住乃壽也?' 時留兵屯江陵, 吾遂陳情於校尉拓跋烈, 許之. 因却詣占夢者曰 : '住卽可矣, 壽有術乎?' 占者曰 : '汝前生梓潼薛君冑也, 好服食, 多尋異書, 日誦黃老一百紙, 徙居鶴鳴山下, 草堂三間, 戶外騈植花竹, 泉石縈繞. 八月十五日, 長嘯獨飮, 因酣暢, 大言曰 : "薛君冑疏澹若此, 豈無異人降旨[2]?" 忽覺兩耳中有車馬聲, 因頹然思寢, 頭纔至席, 遂有小車,朱輪青蓋,駕赤犢,出耳中.各高三二寸,亦不覺出耳之難.車有二童,綠幘青帔,亦長二三寸.憑軾呼御者,踏輪扶下,而謂君冑曰:"吾自兜玄國來,向聞長嘯月下,韻甚清激,私心奉慕,願接清論." 君冑大駭曰:"君適出吾耳,何謂兜玄國來?" 二童子曰:"兜玄國在吾耳中,君耳安能處我?" 眉:幻甚!如鵝籠書生,又似蚍蜉夢也.君冑曰:"君長二三寸,豈復耳有國土?倘若有之,國人當盡焦螟耳." 二童曰:"胡爲其然!吾國與汝國無異.不信,請從吾遊.或能便留,則君離生死苦矣." 一童傾耳示君冑,君冑覘之,乃別有天地,花卉繁茂,甍棟連接,清泉縈繞,岩岫杳冥.因捫耳投之,已至一都會,城池樓堞,窮極壯麗.君冑彷徨,未知所之,顧見向二童已在其側,眉:二童何由自入其耳!謂君冑曰:"君既至此,盍從吾謁蒙玄眞伯?" 蒙玄眞伯居大殿,牆垣階陛,盡飾以金碧,垂翠簾帷帳.玉童四人,立侍左右,一執白拂,一執犀如意.二人既入,拱手不敢仰視.有高冠長裾綠衣人,宣青紙制曰:"肇分太素,國既有億.爾淪下土,賤卑萬品,聿臻於此,實由冥合.況爾清節躬誠,叶於眞宰,大官厚爵,俾宜享之,可爲主籙大夫." 君冑拜舞出門,即有黃帔三四人,引至一曹署,其中文簿,多所不識.每月亦無請受,但意有所念,左右必先知,當便供給.因暇登樓遠望,忽有歸思,賦詩曰:"風軟景和煦,異香馥林塘.登高一長望,信美非吾鄉." 二童子見詩,怒曰:"以君質性冲寂,引至吾國,鄙俗餘態,果乃未去." 遂疾逐君冑,如陷落地,仰視,乃自童子耳中落,已在舊去處.隨視童子,亦不復見.因問諸鄰人,云:"失君冑已七八年矣." 君冑在彼如數月.未幾而君冑卒,生於君家,即今身也.'占者又云:'吾前生乃是耳中童子.以汝前生好道,得到兜玄國,然俗態未盡,不可長生.然汝自此壽千年矣.' 因吐朱絹尺餘,令吞之,占者遂復童子形而滅.自是不復有疾,周行天下名山, 迨茲向二百餘歲, 所見異事甚多, 並記在鹿革中." 因啓囊出二軸, 書甚大, 字頗細, 佐不能讀. 眉:鹿革囊可作紀異書名. 其夕, 佐略寢, 及覺, 已失叟.

* 이 고사는 《태평광기》 권83 〈이인·장좌(張佐)〉에 실려 있다.
1 자(子): "우(于)"의 오기다.
2 지(旨): 《태평광기》 명초본에는 "지(止)"라 되어 있는데, 문맥상 타당하다.

12-5(0219) 양나라의 사공

양사공(梁四公)

출《양사공기(梁四公記)》

양(梁)나라 천감(天監) 연간(502~519)에 휴틈(蠵闖)·만걸(䖎杰)·촉단(㔩䵶)·장도(仉䝹)라는 사공(四公) 미 : '휴(蠵)'는 음이 휴(携)다. '틈(闖)'은 침(琛)으로 거성(去聲)이다. '만(䖎)'은 음이 만(萬)이다. '촉(㔩)'은 음이 촉(蜀)이다. '단(䵶)'은 음이 단(端)이다. '장(仉)'은 음이 장(掌)이다. '도(䝹)'는 음이 도(睹)다. 이 무제(武帝)를 알현하러 왔는데, 무제는 그들을 접견하고 매우 기뻐했다. 그래서 은후(隱侯) 심약(沈約)에게 석복(射覆)[12]을 하게 해 백관들과 함께 그것을 맞히고자 했다. 그때 태사(太史)가 마침 쥐 한 마리를 잡았기에 심약은 그 쥐를 상자에 넣고 봉함해서 바쳤다. 무제는 점을 쳐서 〈건(蹇)〉괘[13]가 〈서합(噬嗑)〉괘[14]로 바뀌는 점괘를 얻었다. 무제가

12) 석복(射覆) : 어떤 물건을 사발 같은 그릇으로 덮어 놓고 그 속에 무엇이 들어 있는지 알아맞히는 놀이. 나중에는 벌주놀이인 주령(酒令)으로 사용하기도 했다. 답을 맞히지 못하거나 문제를 잘못 낸 사람은 모두 벌주를 마셨다.

13) 〈건(蹇)〉괘 : ䷦[감(坎☵)상, 간(艮☶)하]. 험준한 데서 고생하는 상이다.

점을 다 치고 나서 신하들 중에서 명을 받고 점괘를 올린 사람이 여덟 명이었는데, 다른 사람이 마칠 때까지 기다렸다가 함께 내라고 했다. 무제가 괘를 청포(靑蒲 : 어좌에 까는 청록색의 부들자리)에 놓아두고 틈 공(闖公 : 휴틈)에게 시초 점을 치라고 거듭 명하자 틈 공이 대답했다.

"성인께서 괘를 짚어 그 상(象)에 의거해 사물을 분별하셨으니 어찌 다른 결과가 나오겠습니까?"

그러면서 무제가 뽑은 괘를 따르길 청했다. 때는 8월 경자일(庚子日) 사시(巳時)였는데, 틈 공은 무제가 뽑은 괘를 들어 점을 치고 나서 청포에 놓아두고 물러났다. 마침내 무제의 점사(占詞)를 읽었다.

"처음엔 〈건〉괘였다가 나중에 〈서합〉괘인 것은 때를 말하고, 안은 〈간(艮)〉괘이고 밖은 〈감(坎)〉괘인 것은 그 상을 말한다. 〈감〉괘는 도둑이고 도둑은 곧 쥐다. 〈건〉괘에 있을 때 움직이면서 〈합(嗑)〉괘를 보았으니, 쥐가 붙잡혀 묶인 것이다. 〈서합〉괘의 6효 가운데 4효는 허물이 없고, 1효는 이익을 위해 고난에도 굴하지 않고 절조를 지키는 것으로 도둑질은 아니다. 또한 상구(上九)는 목에 칼을 쓰고 죽는 흉

---

14) 〈서합(噬嗑)〉괘 : ䷔이(離☲)상, 진(震☳)하. 형벌을 받고 옥에 갇힌 죄수의 상이다.

괘인데, 이는 도둑질로 인해 벌을 받는 것이니 반드시 죽은 쥐일 것이다."

여러 신하들은 발을 구르며 만세를 불렀으며, 무제는 스스로 그것을 맞힌 것에 뿌듯해하면서 자못 기쁜 기색을 나타냈다. 이어서 신하 여덟 명의 점사를 읽었는데 모두 맞히지 못했다. 마지막으로 틈 공의 점사를 열었는데 다음과 같았다.

"일시가 왕성한 때이니 반드시 살아 있는 쥐일 것이다. 또한 음양이 어두워지면서 문명(文明)으로 들어가 정지에서 진동으로 갔으니, 쥐가 그 본성을 잃고 필시 붙잡힌 것이다. 금(金)이 흥성한 달에 그것을 제압하는 것은 반드시 금이다. 자(子)는 쥐로서 그 지지(地支)가 〈간(艮)〉괘와 딱 들어맞으며, 〈감(坎)〉괘는 도둑이자 숨은 것으로 숨은 것은 도둑이니 반드시 살아 있는 쥐일 것이다. 금은 숫자로는 4이니 쥐는 반드시 네 마리일 것이다. 〈이(離)〉괘는 문명이며 남방의 괘이니 해가 정오에서 기우는 것이다. 하물며 음류(陰類: 쥐)임에랴! 〈진(震)〉괘는 해로 말미암은 것이니 죽은 듯하며 버린 듯한 것이다. 실제로 그 일이란 해가 지면 반드시 죽는다는 것이다."

백관들은 살아 있는 쥐를 보고 나서 아연실색했지만 곧 틈 공을 질책하며 말했다.

"점사에서는 네 마리라고 했는데 지금은 한 마리뿐이니

어찌 된 일이오?"

틈 공이 말했다.

"그 쥐를 갈라 보십시오."

무제는 성품이 살생을 좋아하지 않았기에 자신이 맞히지 못한 것을 후회했다. 해가 기울 무렵에 이르러 쥐가 곧 죽자 배를 갈라 보았더니, 과연 새끼 세 마리를 배고 있었다.

걸 공(杰公 : 만걸)이 일찍이 유생들과 함께 방역(方域)에 대해 언급하면서 말했다.

"동쪽으로 부상국(扶桑國)에 이르면, 미 : 이역(異域)이 덧붙여 나온다. 부상의 누에는 길이가 7척이고 둘레가 7촌이며 황금색을 띠고 사시사철 죽지 않습니다. 5월 8일이면 누런 실을 토해 내 가지에 펼쳐 놓지만 고치를 만들지는 않습니다. 그 실은 보통 실처럼 약한데, 부상나무를 태운 잿물로 삶으면 단단하고 질겨져서 네 가닥만 꼬아서 한 줄로 만들어도 1균(鈞 : 30근)의 무게를 충분히 이겨 냅니다. 누에알은 제비나 참새알만 하며 부상나무 아래에 낳습니다. 그런데 알을 가지고 구려국(句麗國 : 고구려)으로 가면 누에는 작게 변해서 중국 누에와 같아집니다. 그 왕궁 안에는 수정성(水精城)이 있는데 사방 1리쯤 되고, 날이 밝기 전에도 대낮처럼 밝으며, 성이 갑자기 보이지 않으면 곧 월식(月蝕)이 일어납니다. 서쪽으로 서해(西海)에 이르면 바다 안에 섬이 있는데 사방 200리쯤 됩니다. 섬 위에는 커다란 숲이 있는데 숲은 모두 보수(寶樹)입니다. 그 안에 만여 가구가 살고 있으며 그 사람들은 모두 손재주가 뛰어나서 보기(寶器)를 만들 수 있는데, 이른바 불림국(拂林國 : 비잔틴 제국)입니다. 섬의 서북쪽에 대야처럼 가운데가 1000여 척 깊이로 움푹 들어간 구덩이가 있어 고기를 던져 넣으면 새가 보물을 물고 나오는데, 그중에 큰 것은 5근이나 됩니다. 그들은 이곳을 색계천왕(色界天王)의 보물 창고라고 합니다. 서북쪽으로 무려 만여 리 떨어진 곳에 여인국이 있는데 뱀을 남편으로 삼으며, 남자는 뱀이 되어 사람을 물지는 않고 굴에서 생활합니다. 여자는 신하와 관리가 되어 궁실에서 삽니다. 이곳의 습속에는 서계(書契)와 같은 문자는 없지만 저주를 믿는데, 미 : 저주가 과연 영험하다면 서계보다 훨씬 낫다. 정직한 사람은 별일 없지만 사악한 사람은 즉시 죽임을 당하므로 신도(神道)의 가르침을 사람들이 감히 범하지 못합니다. 남쪽으로 화주(火洲)의 남쪽 염곤산(炎崑山) 위에 이르면, 그곳 사람들은 서해(蝑蟹 : 소금 속에서 사는 게)와 염사(髥蛇 : 엄청나게 큰 뱀으로 쓸개를 약으로 씀)를 먹어 열독(熱毒)을 피합니다. 화주에 있는 화목(火木)은 그 껍질로 옷감을 짤 수 있으며, 염구(炎丘)에 있는 화서(火鼠)는 그 털로 털옷을 만들 수 있는데, 둘 다 불로 태워도 타지 않으며 더러워지면 불로 씻어 냅니다. 북쪽으로 흑곡(黑谷)의 북쪽에 이르면, 산이 굉장히 높아 하늘에 닿아 있고 사시사철 눈이 쌓여 있는데, 촉룡(燭龍)이 사는 곳이라 여기며 낮에도 해가 없습니다. 서쪽으로 주천(酒川)이 있는데 물맛이 술과 같아서 마시면 취하게 됩니다. 북쪽으로 칠해(漆海)가 있는데 털이나 깃털에 물을 들이면 모두 검어집니다. 서쪽으로는 유해(乳海)가 있는데 그 물이 우유처럼 희고 매끄럽습니다. 이 세 바다 사이에 사방 700리의 땅은 물과 흙이 비옥합니다. 이곳의 큰 오리는 준마(駿馬)를 낳고 큰 새는 사람을 낳는데, 아들은 죽이고 딸만 살립니다. 새는 스스로 딸을 물고 날아다니면서 먹이다가, 딸이 커서 더 이상 물고 다닐 수 없게 되면 등에 태우고 다니며, 딸이 걸을 수 있게 되면 그곳의 추장이나 부호의 집에서 기르게 합니다. 여자는 모두 빼어나게 아름답지만 오래 살지는 못해서, 다른 사람의 부인이나 첩실이 되어 서른을 넘기지 못하고 죽습니다. 미 : 원석공袁石公 : 원굉도(袁宏道)이 단명한 첩 여러 명을 얻고 싶다면 이 나라에 태어나게 해 달라고 빌면 되지 않을까? 말만 한 크기의 토끼가 있는데 털은 새하얗고 길이는 1척이 넘으며, 이리만 한 담비가 있는데 털은 새까맣고 역시 길이가 1척이 넘습니다. 이 토끼나 담비의 털로 옷을 해 입으면 추위를 견딜 수 있습니다."

조정에서는 그의 말을 듣고 손바닥을 치며 웃고 놀리면서 터무니없는 황당한 소리라 여겨 말했다.

"추연(鄒衍)의 구주설(九州說)15)이나 왕가(王嘉)의 《습유기(拾遺記)》와 같은 말일 뿐이오."

사도좌장사(司徒左長史) 왕균(王筠)이 그를 논박하며 말했다.

　"전적에 기록된 바에 따르면, 여인국의 동쪽, 잠애(蠶崖)의 서쪽, 구국(狗國)의 남쪽에 강이족(羌夷族)의 별파가 있어서 여자가 군주가 된다고는 하지만 뱀을 남편으로 삼는다는 법은 없습니다. 공의 말과는 다르니 어찌 된 것입니까?"

　걸 공이 말했다.

　"지금 알고 있는 바로 여인국은 여섯이 있는데 무엇인가 하면 다음과 같습니다. 북해의 동쪽에 여인국이 있는데, 천녀(天女)가 하강해 군주가 되며 나라 안의 남자와 여자는 생활 습관이 다른 곳과 같습니다. 서남이(西南夷) 판순(板楯)의 서쪽에 여인국이 있는데, 여자는 사납고 남자는 공손하며, 여자가 군주가 되어 귀한 남자를 남편으로 삼고 다른 남자를 첩실로 두니, 많은 사람은 100명이나 되고 적은 사람은 자신의 배필뿐입니다. 곤명(昆明)의 동남쪽 먼 변경 밖에 여인국이 있는데, 원숭이를 남편으로 삼아서 아비와 닮은 아들을 낳으면 산골짜기로 들여보내 낮에는 숨어 있다가 밤이면 나와서 돌아다니게 하고, 딸을 낳으면 나무 위의 둥지나

---

15) 구주설(九州說): 중국은 적현신주(赤縣新州)이며, 중국만 한 크기의 지역이 아홉 개가 더 있어서 9주가 된다고 한다.

동굴에서 살게 합니다. 남해의 동남쪽에 여인국이 있는데, 온 나라에서 모두 귀신을 남편으로 삼고, 남편들은 새나 동물을 음식으로 마련해 부인을 봉양합니다. 발률산(勃律山)의 서쪽에 여인국이 있는데, 사방 100리 정도이며 산에서 나오는 태훼수(台虺水)에서 여자가 목욕하면 아이가 생기므로 그곳의 여자들은 온 나라에 남편이 없습니다. 이렇게 뱀을 남편으로 삼는 여인국까지 합쳐서 모두 여섯입니다."

얼마 후에 부상국에서 사신이 공물을 바치러 왔는데, 공물 중에서 누런 실 300근은 바로 부상의 누에가 토해 낸 것으로 부상나무를 태운 잿물로 삶아 낸 실이었다. 무제에게 무게가 50근이나 되는 황금 화로가 있었는데, 그 실 여섯 가닥을 꼬아서 화로를 매달았더니 실이 지탱하고도 남았다. 또 사신이 관일옥(觀日玉)을 공물로 바쳤는데, 크기가 거울만 하고 직경이 1척 남짓했으며 유리처럼 맑고 투명해서 해를 비춰 보면 해 안의 궁전이 또렷하고 분명하게 보였다. 무제는 걸 공에게 사신과 함께 그곳의 풍속, 지리와 특산물, 성읍과 산천에 대해 논하게 하고 아울러 과거의 흥망성쇠까지 물어보게 했는데, 걸 공이 사신의 조부와 백숙부와 형제들까지 알고 있어서 사신은 눈물을 흘리며 엎드려 절을 올렸다. 1년 후에 남해의 상인이 화완포(火浣布) 3단(端 : 1단은 18척 또는 20척)을 가져오자, 무제는 다른 천들과 뒤섞어 쌓아 놓은 뒤에 걸 공을 다른 일로 불렀는데, 걸 공이 시장에 이르러 멀리서 알아보고 말했다.

"이것은 화완포인데, 2단은 화목(火木)의 껍질로 짜서 만든 것이고 1단은 화서(火鼠)의 털을 붙여서 만든 것이다."

무제가 상인에게 물어보았더니 모두 걸 공이 말한 대로였다.

梁天監中, 有蜀闒·鸏杰·敎鷒·仇脖四公 眉: 蜀, 音攜. 闒, 琛去聲. 鸏, 音萬. 敎, 音蜀. 鷒, 音端. 仇, 音掌. 脖, 音睹. 謁武帝, 帝見之甚悅. 因命沈隱侯約作覆, 將與百僚共射之. 時太史適獲一鼠, 約匣而緘之以獻. 帝筮之〈蹇〉之〈噬嗑〉. 帝占成, 群臣受命獻卦者八人, 有命待成俱出. 帝占置諸青蒲, 申命闒公揲蓍, 對曰: "聖人布卦, 依象辨物, 何取異之?" 請從帝命卦. 時八月庚子日巳時, 闒公擧帝卦撰占, 置於青蒲而退. 讀帝占曰: "先〈蹇〉後〈噬嗑〉是其時, 內〈艮〉外〈坎〉是其象. 〈坎〉爲盜, 其鼠也. 居〈蹇〉之時, 動其見〈嗑〉, 其拘繫矣. 〈噬嗑〉八爻, 四無咎, 利艱貞, 非盜之事. 上九荷校滅耳兇, 是因盜獲戾, 必死鼠也." 群臣蹈舞呼萬歲, 帝自矜其中, 頗有喜色. 次讀八臣占詞, 皆無中者. 末啓闒公占曰: "時日王相, 必生鼠矣. 且陰陽晦而入文明, 從靜止而之震動, 失其性, 必就擒矣. 金盛之月, 制之必金. 子爲鼠, 辰與艮合體, 〈坎〉爲盜, 又爲隱伏, 隱伏爲盜, 是必生鼠也. 金數於四, 其鼠必四. 〈離〉爲文明, 南方之卦, 日中則昃. 況陰類乎!〈晉[1]〉之繇曰, 死如棄如. 實其事也, 日斂必死." 旣見生鼠, 百僚失色, 而尤闒公曰: "占辭有四, 今者唯一, 何也?" 公曰: "請剖之." 帝性不好殺, 自恨不中. 及至日昃, 鼠且死矣, 因令剖之, 果妊三子. 杰公嘗與諸儒語及方域云: "東至扶桑, 眉: 異域附見.扶桑之蠶長七尺,圍七寸,色如金,四時不死.五月八日嘔黃絲,布於條枝,而不爲繭.脆如綎,燒扶桑木灰汁煮之,其絲堅韌,四絲爲繫,足勝一鈞.蠶卵大如燕雀卵,産於扶桑下.賣卵至句麗國,蠶變小,如中國蠶耳.其王宮內有水精城,可方一里,天未曉而明如晝,城忽不見,其月便蝕.西至西海,海中有島,方二百里.島上有大林,林皆寶樹.中有萬餘家,其人皆巧,能造寶器,所謂拂林國也.島西北有坑,盤坳深千餘尺,以肉投之,鳥銜寶出,大者重五斤.彼云是色界天王之寶藏.西北無慮萬里,有女國,以蛇爲夫,男則爲蛇,不噬人而穴處.女爲臣妾官長,而居宮室.俗無書契,而信咒詛,眉:咒詛果靈,更勝書契矣.直者無他,曲者立死,神道設教,人莫敢犯.南至火洲之南,炎昆山之上,其土人食蝤蟹鬐蛇以辟熱毒.洲中有火木,其皮可以爲布,炎丘有火鼠,其毛可以爲褐,皆焚之不灼,汚以火浣.北至黑谷之北,有山極峻造天,四時積雪,意燭龍所居,晝無日.西有酒泉,其水味如酒,飲之醉人.北有漆海,毛羽染之皆黑.西有乳海,其水白滑如乳.三海間方七百里,水土肥沃.大鴨生駿馬,大鳥生人,男死女活.鳥自銜其女,飛行哺之,銜不勝則負之,女能跬步,則爲酋豪所養.女皆殊麗,美而少壽,爲人姬媵,未三十而死.眉:袁石公思得短命妾數人,得無現身此國償願乎?有兔大如馬,毛潔白,長尺餘,有貂大如狼,毛純黑,亦長尺餘.服之禦寒."朝廷聞其言,拊掌笑謔,以爲誑妄,曰:"鄒衍九州,王嘉拾遺之談耳."司徒左長史王筠難之曰:"書傳所載,女國之東,蠶崖之西,狗國之南,羌夷之別種,一女爲君,無夫蛇之理.與公說不同,何也?"公曰:"以今所知,女國有六,何者?北海之東有女國,天女下降爲其君,國中有男女,如他恒俗.西南夷板楯之西有女國,其女悍而男恭,女爲人君,以貴男爲夫,置男爲妾媵,多者百人,少者匹夫.昆明東南絶徼之外有女國, 以猿爲夫, 生男類父, 而入山谷, 晝伏夜游, 生女則巢居穴處. 南海東南有女國, 擧國惟以鬼爲夫, 夫致飮食禽獸以養之. 勃律山之西有女國, 方百里, 山出台虺之水, 女子浴之而有孕, 其女擧國無夫. 並蛇六矣." 俄而扶桑國使使貢方物, 有黃絲三百斤, 卽扶桑蠶所吐, 扶桑灰汁所煮之絲也. 帝有金爐, 重五十斤, 繫六絲以懸爐, 絲有餘力. 又貢觀日玉, 大如鏡, 方圓尺餘, 明徹如琉璃, 映日以觀, 見日中宮殿, 皎然分明. 帝令杰公與使者論其風俗·土地物産·城邑山川, 並訪往昔存亡, 又識使者祖父伯叔兄弟, 使者流涕拜伏. 間歲, 南海商人賫火浣布三端, 帝以雜布積之, 令杰公以他事召, 至於市所, 杰公遙識曰:"此火浣布也, 二是緝木皮所作, 一是績鼠毛所作." 以詰商人, 具如所說.

* 이 고사는 《태평광기》 권81 〈이인·양사공〉에 실려 있다.

1 진(晉) : 문맥상 "진(震)"의 오기로 보인다.

12-6(0220) 장엄

장엄(張儼)

출《유양잡조》

[당나라] 원화(元和) 연간(806~820) 말에 염성(鹽城)의 파발꾼 장엄은 공문서를 전달하려고 도성으로 들어가다가 송주(宋州)에 이르렀을 때 한 사람을 만나 그에게 짝이 되어 함께 가자고 했다. 그 사람은 아침에 정주(鄭州)에서 묵었다고 하면서 장엄에게 말했다.

"당신은 나의 처치를 받으면 곱절로 수백 리를 갈 수 있을 것이오."

그러고는 5~6촌 깊이의 작은 구덩이 두 개를 파더니 장엄에게 뒤돌아서서 발꿈치를 그 구덩이 턱에 걸치라고 했다. 이어서 장엄의 양쪽 발에 침을 놓았는데 장엄은 통증을 전혀 느끼지 못했다. 다시 무릎 아래부터 정강이뼈까지 두세 번 어루만지자 검은 피가 구덩이에 가득했다. 장엄은 걸음걸이가 무척 가볍고 빨라졌다고 느꼈는데, 겨우 정오에 변경(汴京)에 도착했다. 그 사람이 다시 섬주(陝州)에서 숙박하자고 했지만, 장엄은 힘에 부쳐 그렇게 할 수 없다고 사양했다. 그러자 그 사람이 다시 말했다.

"당신이 잠시 슬개골(膝蓋骨 : 종지뼈)을 빼낸다면, 또한 아무 고통 없이 틀림없이 800리를 갈 수 있을 것이오."

장엄이 두려워하며 거절하자, 그 사람도 강요하지 않으면서 말했다.

"나는 일이 있어 저녁까지는 섬주에 가야 하오."

그러고는 떠나갔는데, 마치 나는 듯이 가더니 순식간에 보이지 않았다.

元和末, 鹽城脚力張儼遞牒入京, 至宋州, 遇一人, 因求爲伴. 其人朝宿鄭州, 因謂張曰: "君受我料理, 可倍行數百." 乃掘二小坑, 深五六寸, 令張背立, 垂踵坑口. 針其兩足, 張初不知痛. 又自膝下至骭, 再三捋之, 黑血滿坑中. 張大覺擧足輕捷, 纔午至汴. 復要於陝州宿, 張辭力不能. 又曰: "君可暫卸膝蓋骨, 且無所苦, 當行八百." 張懼, 辭之, 其人亦不强, 乃曰: "我有事, 須暮及陝." 遂去, 行如飛, 頃刻不見.

* 이 고사는 《태평광기》 권84 〈이인 · 장엄〉에 실려 있다.

12-7(0221) 단구자

단구자(丹丘子)

출《신고록(神告錄)》

수(隋)나라 말에 한 노인이 신요제(神堯帝 : 당 고조 이연)를 찾아왔는데 그 모습이 매우 특이했다. 신요제가 조용히 술상을 마련하자, 노인은 거나하게 마시고 나서 시사(時事)를 언급하며 말했다.

"수나라가 장차 망하고 이씨(李氏)가 일어날 것인데, 천명이 당신에게 있으니 자중자애하길 바랍니다."

신요제가 두려워하며 그 말을 거부하자 노인이 말했다.

"이미 신명이 내려 주신 것인데 어찌하여 그러십니까? 수씨(隋氏 : 수나라)는 전대에 알려지지도 않았는데, 주(周 : 북주)나라를 이어 일어나서 진(晉)나라와 위(魏 : 북위)나라를 뛰어넘어 비록 천자의 자리를 훔쳐 남쪽 지방을 평정했지만 아마도 당신에게 쫓겨날 것이니, 장차 하늘에서 계시하는 바가 있을 것입니다."

신요제는 그 말을 듣자 내심 좋아하면서 세상일에 대해서 물었더니 노인이 말했다.

"공은 덕망 높은 가문에 귀한 상을 가지고 있으니, 천명을 받아들인다면 틀림없이 힘들이지 않고 천하를 평정할 것입니다. 그러나 마땅히 단구자의 뒤에 있어야 합니다."

신요제가 말했다.

"단구자가 누구입니까?"

노인이 말했다.

"그는 공과 본적이 가까운데 공이 모르고 있을 뿐입니다. 신기(神器 : 제위)를 차지할 사람은 오직 이 두 사람뿐입니다. 그러나 단구 선생은 세상 밖의 일에 뜻을 두고 있기 때문에 아마도 속세의 일에 마음을 얽매이려 하지 않을 것입니다."

신요제가 말했다.

"단구 선생은 어디에 있습니까?"

노인이 말했다.

"호현(鄠縣)과 두릉(杜陵) 사이에 숨어 살고 있습니다."

신요제는 마침내 소매에 검을 숨긴 채 그를 만나러 갔다. 신요제의 방문은 장차 단구 선생에게 이롭지 않았지만, 그의 도덕(道德)이 심원하고 모습이 마치 얼음을 담은 옥병처럼 깨끗했기에 신요제는 그 의용을 보고 마음속으로 깜짝 놀라며 도착하자마자 초가집 아래에 엎드려 배알했다. 단구 선생은 안석에 기대어 턱을 괴고 태연자약하게 있었다. 신요제가 절을 올리고 미처 일어나기 전에 단구 선생이 급히 말했다.

"나는 혼탁한 세상을 싫어한 지 오래되었고 당신은 시류에 몸담고 있으니, 세상에 드러나고 숨는 것이 이미 다르므로 나를 꺼리지 마시기를 바랍니다."

신요제는 깜짝 놀라 사죄하면서 무릎을 꿇은 채 윗몸을 일으키며 말했다.

"수씨가 장차 망할 것이라고 이미 신께서 알려 주셨습니다. 또한 하늘이 내리는 복록을 받을 사람이 우리 집안에 있다고 하셨습니다. 외람되게도 선생의 도(道) 역시 장차 천자가 될 조짐에 부합한다는 것을 알게 되었습니다. 대저 두 사람이 서로 굽히지 않는다면, 필시 칼끝으로 자웅을 겨루고 권모술수로 지력(智力)을 다투게 될 것입니다. 저는 중원이 오랫동안 유방(劉邦)과 항우(項羽)의 다툼과 같은 환난을 겪게 될까 봐 두려워서 이렇게 왔으며, 진실로 도탄에 빠진 사람들을 구제하고자 하는 마음도 가지고 있습니다. 그런데 선생께서 당(唐 : 요)과 우(虞 : 순) 같은 선양을 포기하고 소부(巢父)와 허유(許由)처럼 은거 생활을 하고 계시는 줄은 전혀 몰랐습니다. 저는 이른바 초파리와 여름벌레 같은 존재로 선생의 대도(大道)를 엿보기에는 부족합니다."

단구 선생은 웃으면서 턱을 끄덕였다. 신요제가 다시 나아가 말했다.

"천하가 이렇게 넓은데 어찌 한 사람의 마음과 생각으로 세상을 두루 보살필 수 있겠습니까! 선생께서 제게 가르침을 주실 수는 없는지요?"

단구 선생이 말했다.

"옛날에 도주공[陶朱公 : 범여(范蠡)]은 회계(會稽)에서 5000여 명을 모아 결국 강한 오(吳)나라를 멸망시켰습니다. 후에 월(越)나라를 떠나 제(齊)나라에서 재상을 지냈지만 제나라에서는 그다지 칭송을 받지 못했으니, 설마 월나라에 있을 때 지혜로웠던 사람이 제나라에 가서 어리석어졌겠습니까? 대개 공업(功業)이란 시운을 따르는 것으로 함부로 이룰 수 없습니다." 미 : 또한 도주공이 하나의 지기(知己)다.

단구 선생이 말을 마친 뒤 더 이상 대꾸하지 않자, 신요제는 슬픈 마음으로 바라보다 돌아왔다. 무덕(武德) 연간(618~626) 초에 신요제가 은밀히 태종(太宗)을 호현과 두릉 지방으로 보내 그를 찾게 했는데, 협 : 여전히 잊을 수 없었던 것이다. 그가 살던 집은 이미 폐허가 되어 있었다.

평 : 한(漢)나라의 엄자릉[嚴子陵 : 엄광(嚴光)]과 송(宋)나라의 진도남(陳圖南)은 모두 단구 선생의 부류다.

隋末, 有老翁詣神堯帝, 狀貌甚異. 神堯從容置酒, 飮酣, 語及時事曰 : "隋氏將絶, 李氏將興, 天命其在君乎, 願自愛." 神堯惕然拒之, 翁曰 : "旣爲神授, 寧用爾耶? 隋氏無聞前代, 繼周而興, 事逾晉魏, 雖偸安天位, 平定南土, 蓋爲君驅除, 天將有所啓耳." 神堯陰喜其言, 因訪世故, 翁曰 : "公德門, 又負貴相, 應天受命, 當不勞而定. 但當在丹丘子之後." 帝曰 : "丹丘爲誰?" 翁曰 : "與公近籍, 但公不知耳. 神器所屬,唯此二人. 然丹丘先生, 凝情物外, 恐不復以世網累心." 神堯曰: "先生安在?" 曰: "隱居鄠杜間." 帝遂袖劍詣焉. 帝之來, 雖將不利於丹丘, 然而道德玄遠, 貌若冰壺, 睹其儀而心駭神聳, 至則伏謁於苫宇之下. 先生隱几持頤, 塊然自處. 拜未及起, 先生遽言曰: "吾久厭濁世, 汝氊於時者, 顯晦旣殊, 幸無見忌." 帝愕而謝之, 因跪起曰: "隋氏將亡, 已有神告. 當天祿者, 其在我宗. 竊知先生之道, 亦將契天人之兆. 夫兩不相下, 必將決雄雌於鋒刃, 銜智力於權詐. 僕懼中原久罹劉·項之患, 是來也, 實有心焉, 欲濟斯人於塗炭耳. 殊不知先生棄唐·虞之揖讓, 蹦巢·許之遐踪, 僕所謂醯鷄·夏蟲, 未足以窺大道也." 生先笑而頷之. 帝復進曰: "天下之廣, 豈一心一慮所能周哉! 先生得無有以誨我乎?" 先生曰: "昔陶朱以會稽五千之餘衆, 卒殄强吳. 後去越相齊, 於齊不足稱者, 豈智於越而愚於齊? 蓋功業隨時, 不可妄致也." 眉: 亦陶朱公一知己. 訖不對, 帝悵望而還. 武德初, 密遣太宗鄠杜訪焉, 夾: 尙不能忘. 則其室已墟矣.

評: 漢之嚴子陵, 宋之陳圖南, 皆丹丘先生之類也.

* 이 고사는 《태평광기》 권297 〈신(神)·단구자〉에 실려 있다.

12-8(0222) 청계산의 도인

청계산도자(淸溪山道者)

출《일사(逸史)》

복주(復州)의 청계산은 비할 데 없이 아름답다. 상공(相公) 원자(袁滋)가 아직 현달하지 않았을 때 맑은 날에 그 산에 올랐다. 몇 리를 가자 길이 점점 험해지더니 종적이 끊겼다. 어떤 유생이 약 파는 일을 생업으로 삼으며 산 아래에 살고 있었는데, 원 공(袁公 : 원자)은 그와 얘기하다가 서로 매우 친해져서 그의 집에 유숙했다. 원 공이 말했다.

"이곳은 마땅히 신령한 은자가 있을 것 같습니다."

유생이 말했다.

"도사 대여섯 명이 이삼일마다 한 번씩 오는데, 거처를 모르며 또한 말하려고 하지도 않습니다."

원 공이 말했다.

"만나 뵐 수 있겠습니까?"

유생이 말했다.

"그들은 사람을 매우 싫어하지만 술은 꽤나 좋아합니다. 좋은 술 한 동이만 가져온다면 만나 볼 수도 있을 것입니다."

원 공은 작별하고 돌아갔다. 나중에 원 공은 술을 가지고 다시 유생의 집으로 갔는데, 며칠을 지내다 보니 과연 다섯 명의 도사가 왔다. 어떤 이는 사슴 가죽 두건에 비단 모자를 썼으며 어떤 이는 명아주 지팡이를 짚고 짚신을 신었는데, 멀리서 서로 바라보면서 안부를 묻고는 크게 웃더니 계곡에서 발을 씻으며 유생을 놀렸다. 유생이 그들을 위해 자리를 마련하고 술을 내오자 다섯 명의 도사는 매우 기뻐하며 말했다.

"어디서 이것을 얻었소?"

도사들이 각각 3~5잔을 마시자 유생이 말했다.

"이 술은 제가 마련할 수 있는 것이 아닙니다. 어떤 손님이 가져온 것인데 선생들을 뵙고 싶어 합니다."

그러고는 원 공을 데리고 나와 차례대로 인사를 시키자, 다섯 명의 도사는 서로 쳐다보고 아연실색하면서 그 술을 마신 일을 후회하더니 함께 유생에게 화를 냈다.

"외부 사람이 우리를 귀찮게 해서는 안 되오."

유생이 말했다.

"이 사람은 심성이 성실하니 잠시 자리를 함께한다고 해서 무슨 해가 되겠습니까?"

도사들의 마음이 결국 조금씩 풀어졌다. 그들은 원 공이 매우 겸손한 것을 보더니 어느새 함께 웃으며 말하다가 원 공을 보며 말했다.

"앉으시오."

원 공은 재배하고 자리에 앉았다. 얼마 후에 술이 거나해

지자 도사들은 원 공을 자세히 바라보다가 말했다.

"이 사람은 서화(西華)에서 좌선하던 화상(和尙)과 많이 닮았구먼."

한참 후에 다시 말했다.

"정말 그렇구려."

그러고는 곧 손가락을 꼽으며 헤아려 보았는데, 그 스님이 죽은 지 47년이었다. 도사들이 원 공의 나이를 물어보니 꼭 47세였다. 도사들이 손뼉을 치며 말했다.

"그대는 반드시 관직을 구하시오. 복록이 이미 이르렀소."

도사들은 마침내 원 공과 악수하고 작별의 인사를 했다. 그들은 앞에 있는 동굴을 지나 산꼭대기로 올라가서 담쟁이 넝쿨을 붙잡고 뛰어올라 새처럼 펄럭이며 날아가더니 순식간에 사라져 버렸다. 원 공은 과연 재상에 임명되었으며 서천절도사(西川節度使)가 되었다.

復州淸溪山, 煥麗無比. 袁相公滋未達時, 因晴日, 登臨此山. 行數里, 漸奇險, 阻絶無踪. 有儒生業賣藥, 家於山下, 袁公與語, 甚相狎, 因留宿. 袁公曰: "此處合有靈隱者." 儒生曰: "有道者五六人, 每三兩日卽一來, 不知居處, 亦不肯言." 袁公曰: "可修謁否?" 曰: "彼甚惡人, 然頗好酒. 得美酒一榼, 可相見也." 袁公辭歸. 後携酒再往, 經數宿, 五人果來. 或鹿巾紗帽, 杖藜草履, 遙相與通寒溫, 大笑, 乃臨澗濯足, 戲弄儒生. 儒生爲列席致酒, 五人甚喜, 曰: "何處得此物?" 且各三五盞, 儒生曰 : "非某所能致. 有客携來, 願謁先生." 乃引袁公出, 歷拜, 五人相顧失色, 悔飲其酒, 並怒儒生曰 : "不合以外人相擾." 儒生曰 : "此人志誠, 稍從容, 亦何傷也?" 意遂漸解. 見袁公謙恭甚, 及時與笑語, 目袁公曰 : "座." 袁公再拜就席. 少頃酒酣, 乃注視袁公, 謂曰 : "此人大似西華坐禪和尙." 良久云 : "直是." 便屈指數, 此僧亡來四十七年. 問袁公之歲, 正四十七. 撫掌曰 : "須求官職. 福祿已至." 遂與袁公握手言別. 前過洞, 上山頭, 捫蘿跳躍, 翩翻如鳥飛去, 逡巡不見. 袁公果拜相, 爲西川節度使.

* 이 고사는 《태평광기》 권153 〈정수(定數)·원자(袁滋)〉에 실려 있다.

12-9(0223) 회창 연간의 미치광이 술사

회창광사(會昌狂士)

출《지전록(芝田錄)》

[당나라] 개성(開成) 연간(836~840)과 회창(會昌) 연간(841~846)에 함원전(含元殿)의 기둥을 바꾸기 위해 우군(右軍)에게 칙명을 내려 목재를 찾아 기둥을 수리하게 했다. 길이에 맞는 목재를 고르기 위해 군사(軍司)에서 주질현(盩厔縣)의 산지에 하명했지만 1년이 지나도록 구하지 못해 많은 현상금을 걸었다. 현상금이 탐난 어떤 일꾼이 깊숙한 곳을 뒤지고 험준한 곳을 찾아다니다가 인적이 닿지 않고 맹수가 들끓는 곳에서 거대한 나무 하나를 찾았는데, 직경이 거의 한 장(丈)이나 되고 높이가 100여 척이나 되어서 찾고 있는 목재에 딱 들어맞았다. 그것을 베어 넘어뜨려서 삼복 장맛비가 시내로 흘러 계곡 입구에 이를 때까지 기다렸다가 수많은 인부가 끌어 운반한 끝에 겨우 평평한 곳으로 옮겼다. 양군(兩軍 : 우군과 군사)이 서로 축하하면서 상주했다. 담당 관리가 날짜를 선택하고 있을 때, 술사(術士)처럼 생긴 한 미치광이가 갑자기 찾아와서 목재를 둘러보고 크게 한숨 쉬고 탄식하면서 쯧쯧! 하고 아주 심하게 혀를 찼다. 목재를 지키던 사람이 그를 꾸짖으며 사로잡으려 했지만 그 사람은

조금도 두려워하지 않았다. 잠시 후에 이 일을 주관하던 사람이 그를 붙잡아 황상께 그 사실을 알렸더니, 조정 안팎의 사람들이 이상해했다. 그가 하는 말을 들어 보았더니, 반드시 이 목재의 중간을 톱으로 잘라야 하며 2척에 이르면 알게 될 것이라고 했다. 1척 8촌까지 잘랐을 때 의아하게도 검붉은 톱밥이 눈처럼 휘날렸으며, 2촌을 더 잘랐더니 피가 흘러나왔다. 이에 황급히 수많은 인부에게 명을 내려 그것을 끌어서 위수(渭水)로 밀어 넣었다. 미치광이가 말했다.

"깊은 산의 큰 못에 실제로 용과 뱀이 살고 있습니다. 이 나무 안에 거대한 이무기가 있는데, 10년만 더 있으면 나무 끝에서 나와 날아갔을 것입니다. 만약 전각의 기둥으로 사용했다면 10년 뒤에 필시 전각을 싣고 다른 나라로 갔을 것입니다. 아! 두려운 일이로다!"

그는 말을 마치고 온데간데없이 사라졌다.

會昌・開成中, 含元殿換一柱, 敕右軍採造. 選其材合尺度者, 軍司下蓊屋山場, 彌年未構, 懸重賞. 有工人貪賞, 窮幽捫險, 人跡不到, 猛獸成群, 遇一巨材, 徑將袤丈, 其長百餘尺, 正中其選. 伐之倒, 以俟三伏潦水漰流, 方及谷口, 千百夫運拽, 始及砥平之處. 兩軍相賀, 奏聞矣. 有司選日之際, 欻有一狂士, 狀若術人, 遶材太息惋容, 啾啾聲甚厲. 守衛者叱責, 欲縻之, 其人略無所懼. 俄頃, 主者執之, 聞於上, 中外異之. 聽其所說, 須當中鋸解, 至二尺見驗矣. 解一尺八寸, 但訝霏色紅殷, 至二寸血流矣. 急命千百人推拽渭流.

其人云:"深山大澤, 實生龍蛇. 此材中是巨蟒, 更十年, 當出樹杪而去. 若爲殿柱, 十年後, 必載此殿而之他國. 吁! 可畏也!" 言訖, 失人所在.

* 이 고사는《태평광기》권84〈이인·회창광사〉에 실려 있다.

12-10(0224) 주준과 가옹

주준 · 가옹(朱遵 · 賈雍)

출《신진현도경(新津縣圖經)》출《국사(國史)》

    한(漢)나라의 주준은 군(郡)의 공조(功曹)로 있었는데, 공손술(公孫述)이 왕을 참칭(僭稱)하자 주준은 복종하지 않다가 전사했다. 광무제(光武帝)는 그에게 보한장군(輔漢將軍)을 추증했으며, 오한(吳漢)은 표문을 올려 그의 사당을 세웠다. 일설에는 주준이 머리가 잘린 채로 이곳까지 퇴각했다가 말을 묶고 나서 손으로 머리를 더듬어 보고서야 비로소 머리가 없는 것을 알았다고 한다. 그래서 선비들이 의롭게 여겨 사당을 세우고 건아묘(健兒廟)라 불렀으며, 나중에 용사사(勇士祠)로 고쳤다.

    예장태수(豫章太守) 가옹은 신기한 법술을 지니고 있었다. 한번은 군의 경계를 나가 도적을 토벌하다가 도적에게 살해당해 머리가 잘렸는데, 그대로 말을 타고 군영으로 돌아와 가슴속에서 말했다.

    "전세가 불리해 도적에게 살해당했는데, 제군들이 보기에 머리 있는 것이 보기 좋은가, 머리 없는 것이 보기 좋은가?"

    부관들이 울면서 말했다.

"머리 있는 것이 보기 좋습니다."

가옹이 말했다.

"그렇지 않다. 머리 없는 것도 보기 좋다."

말을 마치고는 마침내 죽었다.

평 : 살펴보니 미주성(眉州城) 서쪽에 화경(花卿)16)의 사당이 있는데, 당(唐)나라의 화경정(花敬定 : 화경)이 혼자 말을 타고 적과 맞서다가 머리가 이미 잘렸는데도 여전히 말을 타고 창을 든 채 진영(鎭營)에 이르러 말에서 내려 손을 씻었더니, 마침 빨래하던 아낙이 말하길 "머리도 없는데 어떻게 씻는단 말입니까?"라고 하자, 마침내 쓰러져 죽었다. 그 일이 이것과 비슷하다.

漢朱遵仕郡功曹, 公孫述僭號, 遵不伏, 戰死. 光武追贈輔漢將軍, 吳漢表爲置祠. 一曰, 遵失首, 退至此地, 絆馬訖, 以手摸頭, 始知失首. 土人義之, 乃爲置祠, 號爲健兒廟, 後改勇士祠.
豫章太守賈雍, 有神術. 出界討賊, 爲賊所殺, 失頭, 上馬回

---

16) 화경(花卿) : 이름은 경정(敬定) 또는 경정(驚定). 당나라 숙종(肅宗) 때의 맹장으로, 성도윤(成都尹) 최광원(崔光遠)의 부장(部將)이었다. 일찍이 재주자사(梓州刺史) 단자장(段子璋)의 반란을 평정하는 데 큰 공을 세웠다.

營, 胸中語曰:"戰不利, 爲賊所傷, 諸君視有頭佳乎, 無頭佳乎?"吏涕泣曰:"有頭佳." 雍曰:"不然. 無頭亦佳." 言畢遂死.

評:按眉州城西有花卿廟, 唐花敬定單騎遇敵, 頭已斷, 猶跨馬荷戈, 至鎭, 下馬盥手, 適浣沙女曰:"無頭何盥爲?" 遂僵仆. 事類此.

* 이 고사는 《태평광기》 권191 〈효용(驍勇)·주준〉과 권321 〈귀(鬼)·가옹〉에 실려 있는데, 〈가옹〉은 출전이 "《유명록(幽明錄)》"이라 되어 있다.

권13 이승부(異僧部)

이승(異僧) 1

13-1(0225) 강승회

강승회(康僧會)

출《고승전(高僧傳)》

 강승회는 그 선조가 강거국(康居國) 사람으로 대대로 천축(天竺)에서 살았는데, 그의 부친이 장사 때문에 교지(交趾 : 지금의 베트남 북부 지역)로 이주했다. 강승회는 10여 세 때 양친이 모두 돌아가시자 출가해서 매우 엄격하게 수행했는데, 뜻을 돈독히 하고 배우길 좋아해 삼장[三藏 : 경장(經藏) · 율장(律藏) · 논장(論藏)]을 명확히 이해하고 육경(六經)을 널리 보았다. 이에 앞서 우바새(優婆塞 : 출가하지 않은 남자 불교 신자)인 지겸(支謙)이 있었는데, 자는 공명(恭明)이고 일명 월(越)이라고도 했으며, 본래 월지국(月支國) 사람으로 한(漢)나라에 와서 머물렀다. 지겸은 여러 경적(經籍)을 널리 보고 이서(異書)를 두루 공부했으며 여섯 나라의 말에 정통했다. 그의 모습은 호리호리한 키에 까무잡잡하고 깡말랐으며, 눈은 흰자위가 많고 눈동자는 노란색이었다. 당시 사람들이 그를 두고 말했다.

 "지랑(支郞 : 지겸)은 눈동자가 노랗고 몸은 비록 가냘프지만 지혜 주머니다."

 한나라 말에 난이 일어나자 지겸은 오(吳)나라로 피했

다. 손권(孫權)은 그가 재주 있고 지혜롭다는 말을 듣고 그를 불러 박사(博士)로 임명해 동궁(東宮 : 태자)을 보필하고 계도하게 했다. 지겸은 대부분 범문(梵文)으로 되어 있는 불경이 아직 완전히 번역되지 못한 상황에서, 자신이 방언에 능통했기에 여러 불경을 수집해 한문으로 번역하고자 했다. [오나라] 황무(黃武) 원년(222)에서 건흥(建興) 연간(252~253) 사이 《유마경(維摩經)》·《대반야경(大般若經)》·《이원경(泥洹經)》·《법구경(法句經)》·《서응본기경(瑞應本起經)》 등 49가지 불경을 번역했는데, 성스러운 뜻을 자세하게 풀어냈으며 문장의 요지가 고상하고 우아했다. 또《무량수경(無量壽經)》과 《중본기경(中本起經)》에 의거해 〈보살연구(菩薩連句)〉와 〈범패삼계(梵唄三契)〉를 지었고, 아울러 《요본생사경(了本生死經)》 등에 주를 달았는데, 모두 세상에서 통행되었다. 당시 오 땅에 처음으로 대법(大法 : 불법)이 퍼졌지만 그 교화가 아직 완전하지 못했는데, 강승회는 강동에서 불도를 진작해 사원을 일으켜 세우고자 석장(錫杖)을 짚고 동쪽으로 돌아다녔다. 오나라 적오(赤烏) 10년(247)에 처음 [도성] 건업(建業)에 이르러 띳집을 짓고 불상을 모시고서 불도를 행했다. 담당 관리가 아뢰었다.

"어떤 이상한 사람이 국경으로 들어와 자칭 사문이라 하는데, 용모와 복장이 보통 사람과는 다르니 이 일은 마땅히 조사해야 합니다."

손권이 말했다.

"옛날에 한나라 명제(明帝)가 꿈에서 본 신(神)을 부처라 불렀다고 하니, 그가 섬기는 바가 어쩌면 그 유풍(遺風)이 아닐까?"

손권은 즉시 강승회를 불러 캐물었다.

"어떤 영험함이 있는가?"

강승회가 말했다.

"여래(如來)께서 세상을 떠나신 지 어느덧 1000년이 넘었으나, 그 유골인 사리(舍利)는 신비하게 온 사방을 비춥니다. 옛날 아육왕(阿育王 : 인도 마가다국 아소카왕)이 불탑을 세운 것이 8만 4000개에 달합니다. 대저 불탑을 세우는 것은 여래께서 남기신 교화를 드러내는 것입니다."

손권은 그 말을 과장되고 허황하다고 생각해 강승회에게 말했다.

"만약 사리를 얻을 수 있다면 마땅히 불탑을 세우겠지만, 그것이 허망한 것이라면 국법에 따라 형벌을 내리겠다."

강승회는 7일의 기한을 정하길 청하고 그를 따르는 무리에게 말했다.

"불법이 흥하고 망하는 것이 이 한 번의 일에 달렸다."

그러고는 함께 정실(靜室)에서 결재(潔齋)하면서 구리병을 탁상에 올려놓고 향을 피우고 절하며 간청했다. 7일의 기한이 끝났으나 고요할 뿐 아무런 응답이 없었다. 다시 두 번째로 7일의 기한을 청해 시도했으나 역시 그대로였다. 그러자 손권이 말했다.

"이것은 터무니없는 속임수로다!"

그러고는 형벌을 내리려고 했는데, 강승회가 다시 세 번째로 7일의 기한을 청했더니, 손권은 또 특별히 들어주었다. 강승회는 죽음을 걸고 기한을 지키겠다고 맹세했다. 삼칠일 저녁이 되었는데도 여전히 보이는 것이 없자, 도반 중에 두려움에 떨지 않는 자가 없었다. 그런데 이미 오경(五更 : 새벽 3~5시)에 접어들었을 때, 갑자기 병 속에서 쨍그랑 하는 소리가 나기에 강승회가 가서 살펴보았더니 과연 사리가 들어 있었다. 다음 날 아침에 손권이 직접 손으로 병을 들어 구리 쟁반에 쏟았더니, 사리가 부딪치자마자 쟁반이 즉시 부서져 조각났다. 손권은 크게 숙연해하면서 놀라 일어나 말했다.

"참으로 보기 드문 상서로움이로다!"

강승회가 앞으로 나아가 말했다.

"사리의 위엄은 신비하니 어찌 다만 광채를 발할 뿐이겠습니까? 불로도 태울 수 없고 쇠공이로도 부술 수 없습니다."

손권이 명을 내려 사리를 쇠 다듬잇돌 위에 올려놓고 힘센 장사에게 내려치게 했는데, 다듬잇돌은 모두 패었으나 사리는 전혀 손상되지 않았다. 손권은 크게 감복해 즉시 불탑을 세우게 했다. 처음으로 불사(佛寺)가 생기게 되었기에 건초사(建初寺)라고 불렸으며, 이로 인해 그 땅을 타리(陁里)라고 불렀다. 이로 말미암아 강동에 불법이 마침내 일어나게 되었다. [손권의 손자] 손호(孫皓)가 즉위했을 때 불사를 헐어 없애려고 했는데, 여러 신하들이 모두 간언하자 손호는 장욱(張昱)을 보내 절을 찾아가서 강승회에게 따져 묻게 했다. 장욱은 평소 재기 넘치는 언변이 뛰어났기에 종횡무진으로 어려운 질문을 해 댔지만, 강승회는 단서에 응해 거침없이 대답했으며 논리도 예리하게 뛰어났다. 아침부터 저녁까지 논변을 펼쳤으나 장욱은 강승회를 굴복시킬 수 없었다. 장욱이 돌아와서 탄복하며 말했다.

"강승회의 재주와 명석함은 신이 헤아릴 수 있는 바가 아닙니다!"

손호는 조정의 현신(賢臣)들을 크게 모아 놓고 거마(車馬)를 갖추어 강승회를 맞이했다. 강승회가 자리에 앉자 손호가 부처의 가르침 가운데 보응에 대해 물었더니 강승회가 대답했다.

"대저 현명한 군주가 효성과 자애로 세상을 가르치면 붉은 새가 높이 날고 노인성(老人星)[17]이 나타나며, 어짊과 덕

---

17) 노인성(老人星) : 남극노인성(南極老人星). 장수를 상징하는 별로

성으로 만물을 기르면 단 샘물이 솟아나고 상서로운 벼가 나옵니다. 이처럼 선한 일을 하면 그에 상응하는 상서로움이 나타나며, 악한 짓을 하면 역시 그러합니다. 그래서 보이지 않는 곳에서 악한 짓을 하면 귀신이 찾아내서 징벌하고, 드러난 곳에서 악한 짓을 하면 사람들이 찾아내서 징벌합니다. 《역경(易經)》에서 '[선행을 쌓은 집의] 넘치는 경사[적선여경(積善餘慶)]'를 칭송하고 《시경(詩經)》에서 '[도리에 어긋나지 않고] 복을 구함[구복불회(求福不回)]'을 노래했으니, 이것은 비록 유가 경전의 격언이지만 또한 바로 부처의 가르침의 밝은 교훈입니다."

손호가 말했다.

"만약 그렇다면 주공(周公)과 공자(孔子)께서 이미 밝히셨으니, 부처의 가르침이 무슨 소용 있겠소?"

강승회가 말했다.

"주공과 공자가 말한 것은 [일상생활에서 사람들이 알기 쉬운] 비근한 행적을 대강 보여 준 것이지만, 부처의 가르침에는 심오한 이치가 갖추어져 있습니다. 그러므로 악한 짓을 하면 지옥에서 오랫동안 고통을 겪게 되고, 선한 일을 행하면 극락에서 영원히 즐거움을 누리게 됩니다. 이러한 이

수성(壽星)이라고도 한다.

치를 들어 사람들에게 선을 권하고 악을 막는 것을 밝혔으니, 그 가르침이 또한 크다고 하지 않겠습니까!"

손호는 강승회의 말을 꺾지 못했다. 손호는 비록 정법(正法)을 들었지만 어리석고 포악한 성격을 고치지 못했다. 나중에 손호가 숙위병을 후궁으로 들여보내 정원을 수리하게 했는데, 땅에서 몇 척 높이의 황금 불상 하나를 발견했다. 손호는 그 불상을 불결한 곳에 놓아두고 오물을 끼얹게 하면서 여러 신하들과 함께 웃고 즐거워했다. 얼마 후 손호는 온몸에 커다란 종기가 생겼는데, 음부의 고통이 특히 심해 울부짖는 소리가 하늘까지 닿았다. 태사(太史)가 점을 치고 나서 위대한 신을 범해서 생긴 것이라고 말하자, 손호는 즉시 채녀(彩女 : 궁중의 여관)에게 명해 불상을 대전(大殿) 위로 맞이해 모셔 놓고 향탕(香湯)으로 수십 번 씻게 한 뒤에, 향을 피우고 참회하면서 땅에 머리를 조아리며 죄상을 고백했더니 조금 있다가 통증에 차도가 있었다. 손호는 사신을 절로 보내 강승회에게 설법을 해 달라고 청했다. 강승회는 죄와 복을 얻게 되는 연유를 자세히 분석했는데, 그 말이 매우 정밀하고 핵심을 찔렀다. 손호가 더욱 선한 마음을 쌓으면서 곧바로 강승회에게 나아가 오계(五戒)를 받고 났더니 열흘 만에 병이 나았다. 그래서 손호는 강승회가 머무는 절을 더욱 잘 꾸며 주었다. 강승회는 건초사에서 여러 불경을 번역해 냈는데, 이른바 《아난념미타경(阿難念彌陀經)》·《경면왕경(鏡面王經)》·《찰미왕경(察微王經)》·《범왕경(梵王經)》 등이었다. 또 《소품경(小品經)》과 《육도집경(六度集經)》·《잡비유경(雜譬喩經)》 등을 번역해 냈는데, 모두 경의 본체를 오묘하게 해득했으며 문장의 뜻도 타당하고 정확했다. 또 이원패성[泥洹唄聲 : 열반성(涅槃聲)과 같은 범음(梵音)]을 전했는데, 청아하면서도 구성져서 한 시대의 모범이 되었다. 또 《안반수의경(安般守意經)》·《법경경(法鏡經)》·《도수경(道樹經)》 등의 세 가지 불경에 주석을 달고 아울러 서문을 지었는데, 모두 세상에 널리 유행했다. 오나라 천기(天紀) 4년(280) 9월에 강승회는 병에 걸려 입적했는데, 그해는 진(晉)나라 무제(武帝) 태강(太康) 원년(280)이었다. 진나라 성제(成帝) 함화(咸和) 연간(326~334)에 소준(蘇峻)이 난을 일으켜 강승회가 세운 불탑을 불태워 버렸는데, 사공(司空) 하충(何充)이 다시 보수하고 축조했다. 평서장군(平西將軍) 조유(趙誘)는 대대로 불법을 신봉하지 않았기에 삼보[三寶 : 불(佛)·법(法)·승(僧)]를 멸시했는데, 그 절에 들어가 여러 승려들에게 말했다.

"오래전부터 듣자 하니 이 불탑이 여러 번 광채를 내뿜었다고 하던데, 허황하고 이치에 맞지 않을 뿐이다."

조유가 말을 마치자 곧바로 불탑에서 오색 광채가 뿜어나와 불당을 밝게 비추었다. 조유는 숙연해지면서 털이 곤두섰으며, 이로 말미암아 부처를 믿고 공경하게 되어 절의 동쪽에 다시 작은 불탑을 세웠다.

康僧會, 其先康居國人, 世居天竺, 其父因商賈移於交趾. 會年十餘歲, 親亡, 出家, 厲行甚峻, 篤志好學, 明解三藏, 博覽六經. 先有優婆塞支謙, 字恭明, 一名越, 本月支人, 來遊漢境. 博覽經籍, 遍學異書, 通六國語. 其爲人細長黑瘦, 眼多白而睛黃. 時人爲之語曰: "支郞眼中黃, 形軀雖細是智囊." 漢末遇亂, 避地於吳. 孫權聞其才慧, 召爲博士, 使輔導東宮. 謙以經多梵文, 未盡翻譯, 己妙善方言, 方欲集衆本, 譯爲漢文. 從黃武元年至建興中, 所出《維摩》·《大般若》·《泥洹》·《法句》·《瑞應本起》等四十九經, 曲得聖儀, 辭旨文雅. 又依《無量壽》·《中本起》, 製〈菩薩連句〉·〈梵唄三契〉, 並注《了本先[1]死經》等, 皆行於世. 時吳地初染大法, 風化未全, 僧會欲使道振江左, 興立圖寺, 乃杖錫東遊. 以吳赤烏十年, 初達建業, 營立茅茨, 設像行道. 有司奏曰: "有異人入境, 自稱沙門, 容服非恒, 事應察檢." 權曰: "昔漢明夢神, 號稱爲佛, 彼之所事, 豈其遺風耶?" 卽召會詰問: "有何靈驗?" 會曰: "如來遷跡, 忽逾千載, 遺骨舍利, 神曜無方. 昔阿育王起塔, 及八萬四千. 夫塔寺之興, 以表遺化也." 權以爲誇誕, 乃謂會曰: "若能得舍利, 當爲造塔, 苟其虛妄, 國有常刑." 會請期七日, 乃謂其屬曰: "法之興廢, 在此一擧." 乃共潔齋靜室, 以銅甁加几, 燒香禮請. 七日期畢, 寂然無應. 求申二七, 亦復如此. 權曰: "此欺誑!" 將加罪, 會更請三七日, 權又特聽. 會誓死爲期. 三七日暮, 猶無所見, 法侶莫不震懼. 旣入五更, 忽聞甁中鏗然有聲, 會自往視, 果獲舍利. 明旦, 權自手執甁, 瀉於銅盤, 舍利所冲, 盤卽破碎. 權肅然驚起曰: "希有之瑞也!" 會進言曰: "舍利威神, 豈直光相而已? 乃火不能焚, 杵不能碎." 權命置舍利於鐵砧磓上, 使力者擊之, 砧磓俱陷, 舍利無損. 權大嗟伏, 卽爲建塔. 以始有佛寺, 故號建初寺, 因名其地爲陁里[2]. 由是江左大法遂興. 至孫皓卽位, 欲廢寺, 諸臣僉諫, 皓遣張昱詣寺詰會. 昱雅有才辯, 難問縱橫, 會應機騁辭, 文理鋒出. 自旦之夕, 昱不能屈. 旣還, 嘆: "會材明, 非臣所測!" 皓大集朝賢, 以車馬迎會. 會旣坐, 皓問佛敎報應, 會對曰: "夫明主以孝慈訓世, 則赤烏翔示而老人見, 仁德育物, 則醴泉涌而嘉苗出. 善旣有瑞, 惡亦如之. 故爲惡於隱, 鬼得而誅之, 爲惡於顯, 人得而誅之.《易》稱'餘慶',《詩》咏'求福', 雖儒典之格言, 卽佛敎之明訓." 皓曰: "若然, 則周‧孔已明, 何用佛敎?" 會曰: "周‧孔所言, 略示近跡, 至於釋敎, 則備極幽微. 故行惡則有地獄長苦, 修善則有天宮永樂. 擧茲以明勸沮, 不亦大哉!" 皓無以折其言. 皓雖聞正法, 而昏暴不悛. 後使宿衛兵入後宮治園, 於地得一金像, 高數尺. 皓使著不淨處, 以穢汁灌之, 共諸群臣, 笑以爲樂. 俄爾之間, 擧身大腫, 陰處尤痛, 叫呼徹天. 太史占言犯大神所爲, 卽命彩女迎像置殿上, 香湯洗數十遍, 燒香懺悔, 皓叩頭陳罪, 有頃痛間. 遣使至寺, 請會說法. 會敷析罪福之由, 辭甚精要. 皓益增善意, 卽就會受五戒, 旬日疾瘳. 乃於會所住, 更加修飾. 會於建初寺譯出衆經, 所謂《阿難念彌陀經》‧《鏡面王》‧《察微王》‧《梵王經》等. 又出《小品》及《六度集》‧《雜譬喩》等經, 並妙得經體, 文義允正. 又傳泥洹唄聲, 徹摩哀亮, 一代模式. 又注《安般守意》‧《法竟》[3]‧《道樹》等三經, 並製經序, 並行於世. 吳天紀四年九月, 會遘疾而終, 是歲晉武太康元年也. 至晉成帝咸和中, 蘇峻作亂, 焚會所建塔, 司空何充復更修造. 平西將軍趙誘世不奉法, 傲蔑三寶, 入此寺, 謂諸道人曰: "久聞此塔屢放光明, 虛誕不經耳." 言竟, 塔卽出五色光, 照耀堂刹. 誘肅然毛竪, 由此信敬, 於寺東更立小塔.

* 이 고사는 《태평광기》 권87 〈이승·강승회〉에 실려 있다.
1 선(先) : 《고승전》에는 "생(生)"이라 되어 있는데 타당하다.
2 타리(陁里) : 《고승전》에는 "불타리(佛陀里)"라 되어 있다.
3 경(竟) : 《고승전》에는 "경(鏡)"이라 되어 있는데 타당하다.

13-2(0226) 지둔

지둔(支遁)

출《고승전》

　지둔은 자가 도림(道林)이며, 본래 성은 관씨(關氏)이고 진류(陳留) 사람으로, 혹은 하동(河東) 임려(林慮) 사람이라고도 한다. 지둔은 어려서부터 신통한 이치를 지녔으며, 총명하고 통찰력이 뛰어났다. 여항산(餘杭山)에 은거하면서 25세에 출가했는데, 강습 때마다 뛰어난 해석을 잘 제시했지만 장구(章句) 중에서 간혹 빼먹는 부분이 있었기에 당시 문구에 집착하는 사람들에게 무시당하기도 했다. 사안(謝安)이 그 소문을 듣고 기뻐하며 말했다.

　"이는 바로 옛사람이 말의 관상을 볼 때 그 털빛은 문제 삼지 않고 그 준일(駿逸)함만을 취한 것과 같다."

　당시 사안과 은호(殷浩) 등은 모두 한 시대의 명류(名流)들이었는데, 모두 속세를 벗어나 사귀는 친교(親交)로써 유명했다. 지둔이 일찍이 백마사(白馬寺)에 있을 때, 유계지(劉系之) 등과 함께 《장자(莊子)》〈소요유(逍遙遊)〉에 대해 담론했는데 지둔이 말했다.

　"그렇지 않소. 대저 걸왕(桀王)과 도척(盜跖)은 잔인하게 살해하는 것을 본성으로 삼았는데, 만약 본성에 들어맞는 것을 '소요'라고 할 수 있다면 저들도 또한 '소요'한 것이 되오."

그러고는 물러나 〈소요유〉 편에 주를 달았는데, 여러 유학자들 가운데 탄복하지 않는 자가 없었다. 미 : 유학의 이치에 크게 통달했다. 그 후 지둔은 오군(吳郡)으로 돌아와 지형산(支硎山)에 머물렀는데, 어떤 사람이 한번은 지둔에게 말을 보내 주자 지둔이 그것을 받아 길렀다. 이 일을 비난하는 자가 있자 지둔이 말했다.

"그 준일한 기상을 좋아해 잠시 기르고 있을 뿐이오."

나중에 어떤 사람이 학을 선물로 보내오자 지둔이 말했다.

"너는 하늘로 치솟아 오르는 짐승이니 어찌 사람들의 귀와 눈의 노리개가 되겠느냐?"

그러고는 마침내 학을 놓아주었다. 지둔이 어렸을 때, 한번은 스승과 함께 만물의 유별(類別)에 대해 논하다가 주장했다.

"계란은 날로 먹어도 살생이라 하기에는 부족합니다."

스승은 그의 주장을 꺾을 수 없었다. 얼마 후에 스승이 죽었다가 갑자기 모습을 드러내 계란을 던졌는데, 계란 껍데기가 깨지면서 병아리가 걸어 나왔다가 잠깐 사이에 모두 사라졌다. 지둔은 그제야 깨닫고서 이로 말미암아 종신토록 채식을 했다. 지둔은 이전에 여요(餘姚)를 지나다가 오산(塢山)에서 머문 적이 있었는데, 만년에 이르러 다시 오산으로 돌아갔다. 어떤 사람이 그 이유를 물었더니 지둔이 대답했다.

"사안석(謝安石 : 사안)이 예전에 자주 나를 찾아와 이곳에서 열흘씩 머물곤 했는데, 지금 정에 끌려 눈을 들어 보니 그때 생각이 일어나지 않음이 없기 때문이오." 미 : 생사를 같이하는 벗의 정이니 누가 불자에게 정이 없다고 한단 말인가!

나중에 병이 심해지자 오산으로 거처를 옮겨 머물던 곳에서 죽었다.

支遁, 字道林, 本姓關氏, 陳留人, 或云河東林慮人. 幼有神理, 聰明秀徹. 隱居餘杭山, 年二十五出家, 每至講肆, 善標宗會, 而章句或有所遺, 時爲守文者所陋. 謝安聞而喜之曰 : "乃比古人相馬, 略其玄黃而取其駿也." 時謝安·殷浩等, 並一代名流, 皆著塵外之狎. 遁嘗在白馬寺, 與劉系之等談《莊子》〈逍遙〉, 遁曰 : "不然. 夫桀·跖以殘害爲性, 若適性爲得者, 彼亦逍遙矣." 退而注〈逍遙〉篇, 群儒莫不嘆伏. 眉 : 大通儒理. 後還吳, 住支硎山, 人或遺遁馬, 遁受而養之. 有譏之者, 遁曰 : "愛其神駿, 聊復畜耳." 後有餉鶴者, 遁曰 : "爾沖天之物, 寧爲耳目之玩乎?" 遂放之. 遁幼時, 嘗與師共論物類, 謂 : "鷄卵生用, 未足爲殺." 師不能屈. 師尋亡, 忽見形, 投於卵, 殼破鶵行, 頃之俱滅. 遁乃感悟, 由是蔬食終身. 遁先經餘姚塢山中住, 至於晚年, 猶還塢中. 或問其意, 答云 : "謝安石昔數來見, 輒移旬日. 今觸情擧目, 莫不興想." 眉 : 生死交惰, 孰謂佛子無情哉! 後病甚, 移還塢中, 終於所住.

* 이 고사는 《태평광기》 권87 〈이승·지둔〉에 실려 있다.

13-3(0227) 불도징

불도징(佛圖澄)

출《고승전》

　불도징은 서역(西域) 사람이며 본성은 백씨(帛氏)다. 젊어서 출가했으며 불경 수백만 자를 외웠다. 진(晉)나라 영가(永嘉) 4년(310)에 낙양(洛陽)으로 왔는데, 대법(大法 : 불법)을 널리 펴는 데 뜻을 두었으며 신령한 주문에 통달하고 귀신을 부릴 수 있었다. 참기름을 재에 섞어 손바닥에 바르면 1000리 밖의 일을 마치 모두 대면하듯이 손바닥 안에서 훤히 볼 수 있었으며, 깨끗하게 재계한 사람에게도 볼 수 있게 했다. 또한 방울 소리를 듣고 일어날 일을 말하면 효험이 없는 것이 없었다. 낙양에 절을 세우고자 했으나 때마침 유요(劉曜)가 난을 일으키는 바람에 결국 이루지 못했다. 그래서 초야에 몸을 숨기고 세상의 변화를 관망했다. 당시 석륵(石勒)이 갈피(葛陂)에 군대를 주둔시키고 오로지 살육으로 위엄을 떨쳤는데 사문(沙門)들 중에서 해를 입은 사람이 매우 많았다. 불도징은 불도(佛道)로 석륵을 교화하려고 석장(錫杖)을 짚고 군문(軍門)에 도착했다. 석륵 휘하의 대장군 곽흑략(郭黑略)이 평소 불법을 받들었기에 불도징은 곧 곽흑략의 집에 몸을 맡기고 머물렀는데, 곽흑략은 불도징에게

서 오계(五戒)를 받고 제자의 예로 숭배했다. 그 후에 곽흑략은 석륵을 따라 정벌에 나설 때마다 번번이 미리 승부를 알았는데, 석륵이 의아해하며 묻자 곽흑략이 말했다.

"장군은 하늘이 뛰어난 무용을 내리시고 보이지 않는 신령이 돕고 있습니다. 도술과 지혜가 비상한 한 스님이 있는데, 신이 전후로 아뢴 것은 모두 그의 말입니다."

석륵이 기뻐하며 말했다.

"하늘이 내려 주셨다."

곧 불도징을 불러 물었다.

"불도에는 어떤 영험이 있습니까?"

불도징은 석륵이 깊은 이치에는 통달하지 못했음을 알고 바로 도술로 교화하는 것이 좋겠다고 생각하며 말했다.

"지극한 도는 비록 심원하지만 가까운 일로도 역시 증명할 수 있습니다."

곧 그릇을 가져와 물을 담고 향을 사르며 주문을 외우니 잠깐 사이에 그릇에서 푸른 연꽃이 피어났는데, 광채가 눈을 부시게 하자 석륵은 이로 말미암아 불법을 신봉하게 되었다. 불도징이 석륵에게 간언을 올리자 석륵이 매우 기뻐했다. 그리하여 마땅히 주살당할 사람 가운데 그의 도움을 받은 사람이 열에 여덟아홉이 되었기에, 중주(中州)의 오랑캐들 모두가 부처님을 받들길 원했다. 석륵은 불도징을 시험해 보고자 밤에 투구를 쓰고 갑옷을 입고 칼을 잡고 앉아서 사람을 보내 "밤새 대장군의 소재를 알지 못하겠습니다"라고 알리게 했다. 사자가 막 도착해서 아직 말하기도 전에 불도징이 미리 물었다.

"평안한 거처에 침범할 적도 없는데 무엇 때문에 밤 경계를 엄중히 하고 계십니까?"

이에 석륵은 더욱 그를 공경했다. 석륵이 후에 분노해 여러 도인들을 해치고 아울러 불도징도 괴롭히려고 하자, 불도징은 이를 피해 곽흑략의 집으로 가서 제자에게 말했다.

"만약 장군의 사자가 도착해서 나의 소재를 묻거든 어디로 갔는지 모르겠다고 대답해라."

사자가 곧 도착해서 불도징을 찾았으나 찾을 수 없었다. 사자가 돌아가서 석륵에게 보고하니 석륵이 놀라며 말했다.

"내가 나쁜 생각을 가지고 성인을 대하니, 성인께서 나를 버리고 떠난 것이다."

석륵은 밤이 새도록 잠을 자지 못하고 불도징을 만나고 싶어 했다. 불도징은 석륵이 뉘우치고 있음을 알고 이튿날 아침에 찾아갔더니 석륵이 말했다.

"어젯밤에는 어디를 다녀오셨습니까?"

불도징이 말했다.

"공에게 성난 마음이 있었기에 어젯밤에 잠시 피해 있었는데, 지금은 공이 생각을 고쳤기에 감히 찾아온 것입니다."

석륵이 크게 웃으며 말했다.

"도인께서 잘못 아셨습니다!"

선비족(鮮卑族)의 단말파(段末波)가 석륵을 공격했는데 그 무리의 기세가 매우 성했다. 석륵이 두려워서 불도징에게 물으니 불도징이 말했다.

"어제 절의 방울이 울리면서 이르길, '내일 아침밥을 먹을 때면 틀림없이 단말파를 사로잡게 될 것이다'라고 했습니다."

그러고는 석륵과 함께 성에 올라 단말파의 군대를 바라보니 앞뒤가 보이지 않아, 석륵이 아연실색하며 말했다.

"어찌 단말파를 사로잡을 수 있겠습니까? 이는 공께서 나를 안심시키려고 한 말일 뿐입니다."

불도징이 말했다.

"이미 단말파를 사로잡았습니다."

당시 성의 북쪽으로 복병이 나갔다가 단말파를 만나 사로잡았던 것이다. 불도징이 석륵에게 단말파를 용서해 본국으로 돌려보내라고 권유하자, 석륵이 그 말을 따랐으며 결국 나중에 단말파를 등용했다. 유요(劉曜)가 낙양을 공격하자 석륵이 직접 낙양으로 가서 유요를 막으려고 했는데, 내외의 보좌관들이 모두 말렸다. 이에 석륵이 불도징을 찾아갔더니 불도징이 말했다.

"상륜(相輪)[18]의 방울 소리가 이르길, '수지체려강(秀支替戾岡), 복곡구독당(僕谷劬禿當)'이라 했습니다. 이는 갈족(羯族)의 말인데, '수지체려강'은 나간다[出]는 뜻이고, '복곡'은 유요가 오랑캐에 있을 때의 벼슬 이름이며, '구독당'은 붙잡는다[捉]는 뜻입니다. 이 말은 군대가 나가면 유요를 사로잡을 수 있음을 말한 것입니다."

석륵은 마침내 맏아들 석홍(石弘)을 남겨 두어 불도징과 함께 양국(襄國)을 다스리게 하고, 자신은 중군(中軍)의 보병과 기병을 거느리고 곧바로 낙양성으로 향했다. 양군이 교전하자마자 유요의 군대는 크게 허물어지고 유요의 말이 물속에 빠져서 석감(石堪)이 그를 생포해 석륵에게 보냈다. 불도징이 당시 어떤 물건을 손바닥에 바르고 살펴보았는데, 대중이 보였고 그중 한 사람이 포박당해 붉은 끈으로 두 팔이 묶여 있었다. 그래서 석홍에게 그 사실을 알려 주었는데, 그때에 바로 유요를 생포한 것이었다. 석륵은 마침내 조천왕(趙天王)이라 참칭하고 황제의 일을 행하면서 연호를 건평(建平)으로 바꾸었으며, 불도징을 더욱 독실하게 섬겼다. 당시 석총(石葱)이 모반을 꾀했는데 그해에 불도징이 석륵에게 경계의 말을 했다.

---

18) 상륜(相輪) : 불탑(佛塔)의 상단부에 있는 기둥 모양의 장식 부분. 불탑은 아래쪽부터 노반(露盤)·복발(覆鉢)·찰주(擦柱)·앙화(仰花)·보륜(寶輪)·보개(寶蓋)·수연(水煙)·보주(寶珠) 등으로 이루어져 있는데, '보륜'을 '상륜' 또는 '구륜(九輪)'이라 한다.

"올해에는 파[葱 : 석총을 말함] 속에 벌레가 있어서 먹으면 반드시 사람을 해치게 될 것입니다."

그래서 석륵은 경내에 이를 반포해 알리고 절대로 파를 먹지 말라고 했다. 8월에 이르러 석총이 과연 달아났다. 석륵은 불도징을 더욱 존중해 일이 있으면 반드시 자문한 후에 행하고 대화상(大和尙)이라 불렀다. 석호(石虎)에게 석빈(石斌)이라는 아들이 있었는데, 석륵이 그를 아들로 삼고 매우 사랑했으나 갑작스러운 병으로 죽어 이미 이틀이 지났을 때 석륵이 말했다.

"짐이 듣건대 옛날 괵태자(虢太子)가 죽었을 때 편작(扁鵲)이 그를 살릴 수 있었다고 한다. 대화상께서는 나라의 신인(神人)이시니 급히 찾아가서 고하면 반드시 복을 이룰 수 있을 것이다."

불도징이 곧 버들가지를 가지고 주문을 외우니 금세 석빈이 일어났고 얼마 후에는 예전 상태로 회복되었다. 이로 말미암아 석륵의 여러 어린 자식들은 대부분 절 안에서 길러졌다. 건평 4년(333) 4월에 바람이 없는데도 탑 위의 방울 하나가 홀로 울렸다. 불도징이 대중에게 말했다.

"방울 소리가 이르길, '나라에 큰 초상이 날 것이며 그 시기는 올해를 넘기지 않을 것이다'라고 한다."

그해 9월에 석륵이 죽고 태자 석홍(石弘)이 제위를 계승했다. 얼마 후에 석호는 석홍을 폐위시키고 스스로 제위에 올라 도읍을 업성(鄴城)으로 옮기고 연호를 건무(建武)로 바꾸었다. 석호는 마음을 기울여 불도징을 섬기는 것이 석륵보다 더했으며 조서를 내려 말했다.

"화상께서는 나라의 큰 보배인데도 영예로운 작위를 더하지 않고 높은 봉록을 받지 않아 영화와 봉록이 미치지 않으니 무엇으로 그 공덕을 기리겠는가? 지금부터는 마땅히 비단옷을 입고 조련(雕輦 : 화려하게 조각한 가마)을 타셔야 한다. 조회 날에 화상께서 궁전에 오를 때 상시(常侍) 이하 모든 사람들은 가마를 들어 올리고 태자와 여러 공들은 양쪽을 부축해서 올라야 한다. 의식을 주관하는 자가 대화상께서 오셨다고 외치면 좌중의 모든 사람들이 일어나서 그 존귀하심을 빛내도록 해야 한다."

또 사공(司空) 이농(李農)에게 칙명을 내렸다.

"아침저녁으로 직접 문안을 드리고, 태자와 여러 공들은 닷새에 한 번씩 배알해 짐의 공경하는 마음을 표하도록 하라."

불도징의 제자 법상(法常)을 북쪽 양국(襄國)으로 가게 하고 제자 법좌(法佐)를 양국(襄國)에서 업성으로 돌아오게 했는데, 두 사람이 도중에 서로 만나 양새성(梁塞城) 아래에서 함께 유숙하면서 수레를 마주 대고 밤에 이야기하다가 화상에 대해 언급했다. 아침 무렵에 각자 길을 떠나 법좌가 먼저 업성에 이르러 막 절에 들어가서 불도징을 뵈었더니,

불도징이 먼저 웃으며 말했다.

"어젯밤에 너와 법상이 수레를 교차하고 함께 너의 스승에 대해 이야기를 했느냐? 선대 사람이 말하길, '공경한다고 말하지 않던가? 보이지 않는 곳에서도 그 마음을 고쳐먹지 않는다. 삼간다고 하지 않던가? 혼자 있어도 게으르지 않는다'라고 했다."

법좌는 깜짝 놀라 부끄러워하며 참회했다. 그래서 나라 사람들은 매번 함께 서로에게 말했다.

"나쁜 마음을 가지지 말지니 화상께서 너의 마음을 알고 계신다."

또한 불도징이 있는 곳에 이르면, 감히 그쪽을 향해 침을 뱉거나 용변을 보지 않았다. 곽흑략이 군대를 거느리고 장안 북쪽 산지의 강족(羌族)을 정벌하다가 강족의 복병 속에 떨어졌다. 당시 불도징은 법당 위에 앉아 있었고 제자 법상이 그의 옆에 있었는데, 불도징이 갑자기 비참한 안색을 하며 말했다.

"곽 공(郭公 : 곽흑략)이 지금 오랑캐 손에 떨어졌다!"

그러고는 중생에게 주문을 외우며 발원하게 했으며, 불도징도 스스로 주문을 외우며 발원하다가 잠시 후에 다시 말했다.

"만약 동남쪽으로 나간다면 살 수 있으나 다른 방향은 곤란하다!"

다시 주문을 외우며 발원하다가 얼마 후에 말했다.

"탈출했다!"

그 후 한 달 남짓 지나 곽흑략이 돌아와서 말했다.

"강족의 포위 속에서 동남쪽으로 가다가 말이 피곤해졌는데, 마침 부하를 만나 그가 말을 내준 덕분에 화를 면할 수 있었습니다."

그 날짜와 시간을 추산해 보니 바로 불도징이 주문을 외우며 발원하던 때였다. 그 후 진(晉)나라 군대가 회수(淮水)와 사수(泗水)로 진출해 농북(隴北)의 와성(瓦城)이 모두 침략당해 세 방면에서 다급함을 알려 오고 민심이 어지러워지자, 석호가 눈을 부릅뜨고 성을 내며 말했다.

"부처를 받들었는데도 외적의 침략을 당했으니 부처에게는 신통력이 없다!"

불도징이 이튿날 아침에 석호를 나무라며 말했다.

"왕은 전생에 대상인이었는데 계빈사(罽賓寺)에 이르러 큰 법회에 공양을 올린 적이 있습니다. 그 가운데 60나한(羅漢)이 있었고 나의 이 몸도 그 모임에 참석했습니다. 지금 왕께서는 왕이 되셨으니 어찌 복이 아니겠습니까? 변경에 적군이 침범하는 것은 나라의 보통 일인데, 어찌하여 삼보(三寶 : 불・법・승)를 원망하고 비방하면서 밤에 독한 생각을 일으킨단 말입니까?"

석호는 마침내 믿고 깨달아 무릎을 꿇고 사과했다. 석호가 일찍이 불도징에게 물었다.

"불법은 살생을 하지 않지만, 짐은 천하의 주인이 되어 형벌과 살인이 아니면 세상을 깨끗이 할 수 없습니다. 이미 계율을 어기고 살생을 했으니 비록 다시 부처를 섬긴다 하더라도 누가 복을 얻을 수 있겠습니까?"

불도징이 말했다.

"제왕이 부처를 섬길 때는 마땅히 몸가짐을 공손히 하고 마음을 순하게 해서 삼보를 현양해야 합니다. 죄를 지은 자는 죽이지 않을 수 없고 악행을 저지른 자는 형벌을 내리지 않을 수 없지만, 마땅히 죽일 만한 사람만 죽이고 형벌을 내릴 만한 사람에게만 형벌을 내려야 합니다. 만약 제멋대로 포학을 부리고 죄 없는 사람을 살해한다면, 비록 다시 불법을 섬긴다고 하더라도 재앙을 풀지 못합니다." 미 : 진정한 불법이다. 석호는 비록 그 말을 모두 따를 수는 없었지만 도움이 된 바가 적지 않았다. 석호가 임장(臨漳)에서 옛 탑을 보수할 때 승로반(承露盤)이 부족했는데 불도징이 말했다.

"임치성(臨淄城) 안에는 옛날 아육왕(阿育王 : 아소카왕)의 탑이 있는데, 땅속에 승로반과 불상이 있으며 그 위에 숲과 나무가 무성하니, 그곳을 파면 얻을 수 있을 것입니다."

즉시 그림을 그려 사자에게 주어, 그의 말대로 그곳을 팠더니 과연 승로반과 불상이 나왔다. 황하(黃河) 안에는 예전에 자라[黿]가 살지 않았는데, 갑자기 자라 한 마리를 잡게 되어 이를 석호에게 바쳤다. 불도징이 그것을 보고 탄식하며 말했다.

"환온(桓溫)이 하내(河內)로 들어올 날이 멀지 않았구나!"

환온은 자가 원자(元子)19)였는데, 나중에 과연 그의 말대로 되었다. 석호가 한번은 낮잠을 자다가 꿈에서 양 떼가 물고기를 업고20) 동북쪽에서 오는 것을 보았다. 꿈에서 깨고 나서 불도징을 찾아갔더니 불도징이 말했다.

"상서롭지 못합니다. 선비족이 어쩌면 중원을 차지하게 될 것 같습니다."

나중에 과연 모용씨[慕容氏 : 오호 십육국 전연(前燕)과 후연(後燕)을 세운 선비족]가 그곳에 도읍을 정했다. 건무 14년(348) 7월에 석선(石宣)과 석도(石韜)가 장차 서로를 죽이려고 도모했는데, 석선이 절에 이르러 불도징과 함께 앉아 있을 때 부도(浮圖 : 불탑)의 방울 하나가 홀로 울리자 불도징이 석선에게 말했다.

"방울 소리를 이해하십니까? 방울이 이르길, '호자낙도

---

19) 원자(元子) : '원(元)'과 자라를 뜻하는 '원(黿)'의 음이 같기 때문에 환온이 쳐들어올 것이라고 말한 것이다.

20) 양 떼가 물고기를 업고 : 선비족(鮮卑族)을 암시한다. '선(鮮)' 자가 물고기[魚]와 양(羊)으로 이루어진 것을 말한다.

(胡子洛度)'라고 합니다."

석선이 안색을 바꾸며 말했다.

"그것이 무슨 말입니까?"

그러자 불도징이 거짓으로 말했다.

"이 늙은 서역 도인이 말없이 산에서 지내지 못하고 두꺼운 자리에 앉아 아름다운 옷을 입고 있으니, 어찌 '낙도(洛度)[21]'가 아니겠습니까?"

석도가 나중에 도착하자 불도징이 한참 동안 그를 자세히 보므로, 석도가 두려워하며 불도징에게 까닭을 묻자 불도징이 말했다.

"공에게서 피 냄새가 나는 것이 이상해서 쳐다보았을 뿐입니다."

8월이 되자 불도징은 제자 10명에게 별실에서 재를 올리게 하고, 자신은 잠시 동각(東閣)으로 들어갔다. 석호와 황후 두씨(杜氏)가 문안을 드리자 불도징이 말했다.

"겨드랑이 밑에 도적이 있어 열흘 안에 불도(佛圖 : 불탑) 서쪽부터 북전(北殿) 동쪽까지 유혈이 낭자할 것이니, 삼가 동쪽으로 가지 마십시오."

---

[21] 낙도(洛度) : 법도를 실추시킨다는 낙도(落度)의 의미로 말한 것이다.

두 황후가 말했다.

"화상께서는 노망나셨습니까? 어디에 도적이 있단 말입니까?"

불도징은 곧 말을 바꾸었다.

"육정(六情)으로 받아들이는 것이 모두 도적입니다."

이틀 후에 석선이 과연 사람을 파견해 절 안에서 석도를 살해하고 이어서 석호가 석도의 상을 치르는 기회를 틈타 대역(大逆)을 행하고자 했으나, 석호는 불도징이 미리 경고해 준 덕분에 화를 면할 수 있었다. 석선의 일이 발각되어 체포되자 불도징이 석호에게 간했다.

"기왕 폐하의 아들인데 어떻게 무거운 형벌을 내릴 수 있겠습니까? 폐하께서 만약 노여운 마음을 참고 자비를 더하신다면 그는 아직 60여 년은 살 수 있습니다. 만약 반드시 주살하신다면 석선은 틀림없이 혜성(彗星)이 되어 내려와 업궁(鄴宮)을 쓸어버릴 것입니다." 미 : 기발한 이치로다!

그러나 석호는 그의 말에 따르지 않고 쇠사슬로 석선의 목을 뚫어 끌고 가서 장작더미를 쌓아 그를 불태웠으며, 그의 관속 300여 명을 체포해 모두 수레에 묶어 사지를 찢어 장하(漳河)에 던져 버렸다. 한 달 남짓 후에 요상한 말 한 마리가 나타났는데 갈기와 꼬리가 모두 불에 탄 모습이었다. 그 말은 중양문(中陽門)으로 들어와서 현양문(顯陽門)으로 나가 동북쪽으로 달려가더니 순식간에 보이지 않았다. 불도징은 그 소식을 듣고 탄식하며 말했다.

"재앙이 미치겠구나!"

11월에 이르러 석호가 태무전전(太武前殿)에서 신하들에게 크게 향응을 베풀었는데, 불도징이 시를 읊조렸다.

"궁전이여, 궁전이여! 가시나무가 숲을 이루어 장차 사람들의 옷을 망가뜨리겠네."

석호가 궁전의 돌 밑을 파서 살펴보게 했더니 그곳에 가시나무가 자라고 있었다. 불도징은 절로 돌아와서 불상을 보며 말했다.

"원망스럽고 한스럽게도 장엄함을 이룰 수 없구나!"

그러고는 혼잣말로 말했다.

"3년은 버틸 수 있을까?

스스로 대답했다.

"그럴 수 없어, 그럴 수 없어."

또 말했다.

"2년, 1년, 100일, 한 달은 버틸 수 있을까?"

스스로 대답했다.

"그럴 수 없어."

그러고는 더 이상 말이 없었다. 승방으로 돌아가 제자 법조(法祚)에게 말했다.

"무신년(戊申年 : 348)에 화란이 점점 싹터 기유년(己酉年 : 349)에 석씨가 멸망할 것이다. 나는 그 난리가 일어나기

전에 먼저 열반에 들려 한다."

곧장 사람을 보내 석호에게 작별의 말을 전했더니, 석호가 슬퍼하며 즉시 몸소 궁전을 나와 절에 이르러 위문하자 불도징이 석호에게 말했다.

"도는 행함이 온전한 것을 중시하고 덕은 게으름이 없는 것을 귀하게 여기니, 진실로 업과 절조에 이지러짐이 없다면 비록 죽는다 하더라도 살아 있는 것과 같습니다. 이를 어기고 수명을 연장하는 것은 원하는 바가 아닙니다. 지금 미진하다고 생각하는 것은 나라가 마음에 불교의 진리를 간직하고 아낌없이 불법을 받들며 이 공덕을 칭송한다면 마땅히 아름다운 복을 누리게 되는 것입니다. 하지만 사납고 매섭게 정사를 펼치면 끝내 부처의 도움을 받지 못할 것입니다. 만약 마음을 내려놓고 생각을 바꾸어 아래 백성에게 은혜를 베푼다면 국운이 연장될 것이니, 그러면 죽더라도 여한이 없을 것입니다."

석호는 비통해하고 오열하면서 불도징이 반드시 세상을 떠날 것임을 알고, 즉시 그를 위해 벗자리를 파서 분묘를 마련했다. 12월 8일에 불도징은 업궁사(鄴宮寺)에서 죽었는데 그의 춘추는 117세였다. 얼마 후에 양독(梁犢)이 난을 일으켰고 이듬해에 석호가 죽었으며 염민(冉閔)이 제위를 찬탈해 석씨 종족을 모두 죽였다. 염민은 어릴 적 자(字)가 극노(棘奴)였는데, 불도징이 이전에 말한 "가시나무가 숲을 이룬다"고 한 것이 바로 이것이었다. 불도징은 왼편 젖가슴 옆에 둘레가 4~5촌쯤 되는 구멍 하나가 있었는데, 그것이 배 속까지 관통하고 있었다. 때때로 그 안에서 빛이 나오기도 했는데, 협 : 기이하도다! 혹은 솜으로 구멍을 막았다가 밤에 책을 읽고 싶을 때 솜을 빼면 온 방 안이 환하게 밝아졌다. 또한 재를 올리는 날이 되면 곧 물가로 가서 창자를 꺼내 씻고 다시 배 속에 집어넣었다. 불도징은 키가 8척이나 되었고 풍채와 자태가 매우 수려했으며, 깊은 경전의 뜻을 오묘하게 풀이했고 한편으로는 세속의 논리에도 통달했다. 강설하는 날에는 바로 종지(宗旨)를 분명히 밝혀 여래(如來)의 말씀을 밝게 깨달을 수 있게 했다. 이에 더해 자비로움으로 창생을 적시고 위태롭고 고통받는 사람을 구제했다. 두 석씨[석륵과 석호]는 흉포해서 무도하게 학살했는데, 만약 불도징과 날을 함께하지 않았다면 누가 그 참상을 말할 수 있겠는가! 다만 백성은 그의 도움을 받아 일상생활을 하면서도 모르고 있었을 뿐이다. 미 : 장락로[長樂老 : 풍도(馮道)]가 이르길, "이때의 백성은 살아 있는 부처가 나왔다 하더라도 구제할 수 없었고 오직 황제만이 구제할 수 있었다"라고 했다. 살펴보니 징사(澄師 : 불도징)는 두 석씨에 대해서 의연히 살아 있는 부처로서 세상을 구제했다. 불도징이 죽은 날에 어떤 사람이 유사(流沙)에서 그를 보았다고 했다. 석호는 불도징이 죽지 않았다고 의심해 무덤을 파고 관을 열어 보았는데 돌 하나만 보이자 석호가 말했다.

"돌[石]은 바로 짐이니, 선사는 나를 묻고 떠난 것이다."

얼마 지나지 않아 석호는 죽었다.

佛圖澄者, 西域人也, 本姓帛氏. 少出家, 誦經數百萬言. 以晉永嘉四年來洛陽, 志弘大法, 善念神咒, 能役使鬼物. 以麻油雜煙灰塗掌, 千里外事, 皆徹見掌中, 如對面焉. 亦能令潔齋者見. 又聽鈴音以言事, 無不効驗. 欲於洛陽立寺, 值劉曜亂, 不果. 乃潛身草野, 以觀世變. 時石勒屯兵葛陂, 專以殺戮爲威, 沙門遇害者甚衆. 澄欲以道化勒, 於是杖策到軍門. 勒大將郭黑略素奉法, 澄卽投止略家, 略從受五戒, 崇弟子之禮. 後從勒征伐, 輒預克勝負, 勒疑而問之, 略曰: "將軍天挺神武, 幽靈所助. 有一沙門, 術智非常, 前後所白, 皆其言也." 勒喜曰: "天賜也." 召澄問曰: "佛道有何靈驗?" 澄知勒不達深理, 正可以道術爲敎, 因言曰: "至道雖遠, 亦可以近事爲證." 卽取器盛水, 燒香咒之, 須臾生靑蓮華, 光色曜目, 勒由此信伏. 澄因進諫, 勒甚悅之. 凡應被誅殘, 蒙其益者, 十有八九, 於是中州之胡, 皆願奉佛. 勒欲試澄, 夜冠冑衣甲執刀而坐, 遣人告澄云: "夜來不知大將軍所在." 使人始至, 未及有言, 澄逆問曰: "平居無寇, 何故夜嚴?" 勒益敬之. 勒後因忿, 欲害諸道士, 幷欲苦澄, 澄乃避至黑略舍, 語弟子曰: "若將軍使至, 問吾所在者, 報云不知所之." 使人尋至, 覓澄不得. 使還報勒, 勒驚曰: "吾有惡意向聖人, 聖人舍我去矣." 通夜不寢, 思欲見澄. 澄知勒意悔, 明旦造勒, 勒曰: "昨夜何行?" 澄曰: "公有怒心, 昨故權避, 公今改意, 是以故來." 勒大笑曰: "道人謬耳!" 鮮卑段末波攻勒, 其衆甚盛. 勒懼, 問澄, 澄曰: "昨日寺鈴鳴云: '明旦食時, 當擒段末波.'」與勒登城望波軍, 不見前後, 失色曰:「豈可獲? 是公安我辭耳.」澄曰:「已獲波矣.」時城北伏兵出, 遇波執之. 澄勸勒有波, 遣還本國, 勒從之, 卒獲其用. 劉曜攻洛陽, 勒欲自往拒曜, 內外僚佐畢諫. 勒以訪澄, 澄曰:「相輪鈴音云:'秀支替戾岡, 僕谷劬禿當.' 此羯語也, '秀支替戾岡', 出也, '僕谷', 劉曜胡位, '劬禿當', 捉也. 此言軍出捉得曜也.」勒乃留長子石弘, 共澄鎮襄國, 自率中軍步騎直指洛城. 兩陣纔交, 曜軍大潰, 曜馬沒水中, 石堪生擒之送勒. 澄時以物塗掌觀之, 見有大衆, 中縛一人, 朱絲約其肘. 因以告弘, 當爾之時, 正生擒曜也. 勒乃僭稱趙天王行皇帝事, 改元建平, 事澄益篤. 時石葱叛, 其年, 澄戒勒曰:「今年葱中有蟲, 食必害人.」勒頒告境內, 愼無食葱. 到八月, 石葱果走. 勒益加尊重, 有事必諮而後行, 號大和尙. 石虎有子名斌, 勒以爲子, 愛之甚重. 忽暴病亡, 已涉二日, 勒曰:「朕聞虢太子死, 扁鵲能生. 大和尙國之神人, 可急往告, 必能致福.」澄乃取楊枝咒之, 須臾能起, 有頃平復. 由是勒諸稚子多在佛寺中養之. 建平四年四月, 無風而塔上一鈴獨鳴. 澄謂衆曰:「鈴音云:'國有大喪, 不出今年矣.'」是歲九月, 勒死, 太子弘襲位. 少時, 虎廢弘自立, 遷都於鄴, 改元建武. 傾心事澄, 又重於勒, 乃下書曰:「和尙, 國之大寶, 榮爵不加, 高祿不受, 榮祿匪頒, 何以旌德? 從此已往, 宜衣以綾錦, 乘以雕輦. 朝會之日, 和尙升殿, 常侍已下, 悉助擧輿, 太子諸公, 扶輦而上. 主者唱大和尙, 衆座皆起, 以彰其尊.」又敕司空李農:「旦夕親問, 太子諸公, 五日一朝, 表朕敬焉.」澄弟子法常北至襄國, 弟子法佐從襄國還, 相遇, 在梁塞城下共宿, 對車夜談, 言及和尙. 比旦各去, 法佐至, 始入覲澄, 澄逆笑曰:「昨夜爾與法常交車共說汝師耶? 先民有言:'不曰敬乎? 幽而不改. 不曰愼乎? 獨而不怠.'」佐愕然愧懺. 於是國人每共相語

1160

曰:"莫起惡心,和尚知汝." 及澄之所在,無敢向其方面涕唾便利者. 郭黑略將兵征長安北山羌,墮羌伏中. 時澄在堂上坐,弟子法常在側,澄忽慘然改容曰:"郭公陷狄!" 令衆生咒願,澄又自咒願,須臾更曰:"若東南出者活,餘向則困!" 復更咒願,有頃曰:"脫矣!" 後月餘日,黑略還,說:"羌圍中東南走,馬乏,正遇帳下人推馬與之,獲免." 推驗日時,正澄咒願時也. 後晉軍出淮泗,隴北瓦城皆被侵逼,三方告急,人情危擾,虎乃瞋曰:"奉佛而致外寇,佛無神矣!" 澄明旦讓虎曰:"王過世經爲大商主,至罽賓寺,嘗供大會. 中有六十羅漢,吾此身亦預斯會. 今王爲王,豈非福耶? 疆場軍寇,國之常耳,何爲怨謗三寶,夜興毒念乎?" 虎乃信悟,跪而謝焉. 虎常問澄:"佛法不殺,朕爲天下之主,非刑殺無以肅清海內. 既違戒殺生,雖復事佛,誰獲福耶?" 澄曰:"帝王事佛,當在體恭心順,顯揚三寶. 至於有罪不得不殺,有惡不得不刑,但當殺可殺,刑可刑耳. 若暴虐恣意,殺害非罪,雖復事法,無解殃禍." 眉:眞佛法. 虎雖不能盡從,而爲益不少. 虎於臨漳修治舊塔,少承露盤,澄曰:"臨淄城內有古阿育王塔,地中有承露盤及佛像,其上林木茂盛,可掘取之." 卽畫圖與使,依言掘取,果得盤像. 黃河中舊不生黿,忽得一以獻虎. 澄見而嘆曰:"桓溫其入河不久!" 溫字元子,後果如言也. 虎嘗晝寢,夢見群羊負魚,從東北來. 寤已訪澄,澄曰:"不祥也. 鮮卑其有中原乎?" 慕容氏後果都之. 建武十四年七月,石宣·石韜將圖相殺,宣時到寺,與澄同坐,浮圖一鈴獨鳴,澄謂宣曰:"解鈴音乎? 鈴云:'胡于[1]洛度.'" 宣變色曰:"是何言與?" 澄謬曰:"老胡道,不能山居無言,重茵美服,豈非洛度乎?" 石韜後至,澄熟視良久,韜懼而問澄,澄曰:"怪公血臭,故相視耳." 至八月,虎使弟子十人齋於別室,澄時暫入東閣. 虎與后杜氏問訊,澄曰:"脇下有賊,不出十日,自佛圖以西,北殿以東,當有流血,慎勿東行也."杜后曰:"和尚耄耶?何處有賊?"澄卽易語云:"六情所受,皆悉是賊."後二日,宣果遣人害韜於佛寺中,欲因虎臨喪,仍行大逆,虎以澄先戒,故獲免.及宣事發被收,澄諫虎曰:"既是陛下之子,何爲重禍耶?陛下若忍怒加慈者,尚可六十餘歲.如必誅之,宣當爲彗星,下掃鄴宮也."眉:奇理!虎不從,以鐵鎖穿宣領,積薪焚之,收其官屬三百餘人,皆車裂支解,投之漳河.後月餘日,有一妖馬,髦尾皆有燒狀.入中陽門,出顯陽門,走向東北,俄爾不見.澄聞而嘆曰:"災其及矣!"至十一月,虎大饗羣臣於太武前殿,澄吟曰:"殿乎,殿乎!棘子成林,將壞人衣."虎令發殿石下視之,有棘生焉.澄還寺,視佛像曰:"悵恨不得莊嚴!"獨語曰:"得三年乎?"自答:"不得,不得."又曰:"得二年,一年,百日,一月乎?"自答:"不得."乃無復言.還房,謂弟子法祚曰:"戊申歲,禍亂漸萌,己酉,石氏當滅.吾及其未亂,先從化矣."卽遣人與虎辭,虎愴然卽自出至寺而慰諭焉.澄謂虎曰:"夫道重行全,德貴無怠,苟業操無虧,雖亡若在.違而獲延,非其所願.今意未盡者,以國家心存佛理,奉法無吝,稱斯德也,宜享休祉.而布政猛烈,終無佛祐.若降心易慮,惠此下民,則國祚延長,沒無遺恨."虎悲慟嗚咽,知其必逝,卽爲鑿壙營墳.至十二月八日,卒於鄴宮寺,春秋一百一十七年矣.俄而梁犢作亂,明年虎死,冉閔篡弒,石種都盡.閔小字棘奴,澄先所謂"棘子成林"者也.澄左乳旁先有一孔,圍四五寸,通徹腹內.有時光從中出,夾:異哉!或以絮塞孔,夜欲讀書,輒拔絮,則一室洞明.又齋日,輒至水邊,引腸洗之,還復內中.澄身長八尺,風姿甚美,妙解深經,旁通世論.講說之日,正標宗旨,使始末文^{2}言,昭然可了.加復慈洽蒼生,拯救危苦.二石兇強,虐害非道,若不以與澄同日,孰可言哉!但百姓蒙益,日用而不知耳.眉:長樂老云:"此時百姓, 使活佛出, 也救不得, 惟皇帝救得." 觀澄師之於二石, 依然是活佛救世也. 澄死之日, 有人見澄於流沙. 虎疑其不死, 因發墓開棺視之, 唯見一石, 虎曰 : "石者朕也, 師葬我而去矣." 未幾虎死.

* 이 고사는 《태평광기》 권88 〈이승·불도징〉에 실려 있다.
1 우(于) : 《고승전》에는 "자(子)"라 되어 있는데, 문맥상 타당하다.
2 시말문(始末文) : 《태평광기》 명초본에는 "여래지(如來之)"라 되어 있는데, 문맥상 보다 타당하다.

13-4(0228) 스님 도안

석도안(釋道安)

출《고승전》

스님 도안은 성이 위씨(魏氏)이며 상산(常山) 부류(扶柳) 사람이다. 일찍 부모를 여의고 외사촌 형인 공씨(孔氏)가 길렀다. 일곱 살에 책을 두 번 보면 외울 수 있었다. 열두 살에 출가했는데 정신과 성정이 총명하고 민첩했지만, 모습이 매우 누추해 스승의 중시를 받지 못했다. 나중에 시장에 갔다가 스승에게 불경을 구해 달라고 아뢰었더니, 스승이 그에게 5000자 정도 되는 《변의경(辯意經)》 한 권을 주었다. 스님 도안은 《변의경》을 가지고 가서 곧바로 읽었는데, 저녁에 돌아와서 《변의경》을 스승에게 돌려주면서 다른 불경을 구했더니 스승이 말했다.

"어제 빌려 간 불경도 아직 읽지 못했을 텐데, 오늘 또 다른 불경을 찾느냐?"

스님 도안이 대답했다.

"이미 암송했습니다."

스승은 이상한 생각이 들었지만 다른 말은 하지 않았다. 다시 《성구광명경(成具光明經)》 한 권을 주었는데 족히 1만 자는 되었다. 스님 도안은 이전처럼 가지고 가더니 저녁에 다시 스승에게 돌려주었다. 스승이 그를 붙잡고 외워 보라고 했더니 한 글자도 틀리지 않았다. 스승은 크게 놀라고 감탄하면서 그를 공경하고 남다르게 여겼다. 그 후에 유학하다가 업(鄴) 땅에 이르러 불도징(佛圖澄)을 만나 그를 스승으로 모시게 되었다. 스님 도안은 석씨[石氏 : 후조(後趙)]가 장차 어지러워지려 하자 제자 혜원(惠遠) 등 400여 명과 함께 황하를 건너 남쪽으로 갔다. 밤길을 가다가 우레와 비를 만났지만 번갯불을 이용해 앞으로 나아갔다. 앞으로 가다가 인가를 발견했는데, 문안에 말을 매는 말뚝 두 개가 있었고 말뚝 사이에 한 섬의 곡식을 담을 만한 말 투구가 매달려 있는 것이 보였다. 스님 도안이 제자들에게 임백승(林百升)을 부르게 하자, 임백승은 [자신의 이름을 알고 있는] 스님 도안을 신인(神人)이라 생각하고 후하게 대접했다. 잠시 후에 제자들이 물었다.

"어떻게 그의 성명을 아셨습니까?"

스님 도안이 말했다.

"나무가 둘이면 임(林)이 되고 말 투구가 100되[百升]를 담을 수 있기 때문이다." 미 : 관매수(觀梅數)22)와 비슷하다.

---

22) 관매수(觀梅數) : 매화역수(梅花易數)라고도 한다. 고대 점복법(占卜法) 가운데 하나로, 송나라의 역학자 소옹(邵雍)이 지었다고 한다. 역학의 수학(數學)을 기초로 하고 역학의 상학(象學)을 결합해 점을 친다.

스님 도안은 양양(襄陽)에 도착한 뒤에 다시 불법을 선양했다. 부견(苻堅)은 평소 스님 도안의 명성을 듣고 늘 그를 오게 하고자 했는데, 군사를 일으켜 양양을 취하고 안 공(安公 : 스님 도안)을 얻었다. 스님 도안이 도착하자 부견은 그를 장안(長安)의 오중사(五重寺)에 머물게 했다. 당시 사방이 대략 평정되었으나 오직 건업(建業) 한 곳만 아직 차지하지 못했다. 부견은 신하들과 얘기할 때마다 강남을 평정하고 싶다고 하지 않은 적이 없었다. 신하들이 모두 간절하게 간했으나 부견은 듣지 않았다. 때마침 부견이 동원(東苑)으로 나가면서 스님 도안에게 바깥 수레에 함께 타라고 명했다. 그러자 복야(僕射) 권익(權翼)이 간했다.

"신이 듣건대 천자의 법가(法駕 : 어가)는 시중(侍中)이 모시고 함께 탄다고 합니다. 스님 도안은 [부모님이 주신] 몸을 훼손한 사람인데 어찌 옆에 탈 수 있겠습니까?"

부견이 발끈해서 화를 내며 말했다.

"안 공의 도덕은 존경할 만해서 짐은 천하로도 그와 바꾸지 않을 것이니, 어가를 타는 영광으로는 그의 덕을 칭송하기에 부족하오."

그러고는 곧바로 복야에게 칙령을 내려 스님 도안을 부축해 어가에 오르게 했으며, 잠시 후에 스님 도안을 돌아보며 말했다.

"짐은 장차 육사(六師 : 천자가 통솔하는 군대)를 정비해

순수(巡狩)하려고 하는데, 공과 함께 회계산(會稽山)에 올라 창해를 바라볼 수 있다면 역시 즐겁지 않겠습니까?" 미 : 석씨의 후조(後趙)는 불도징을 섬겼고 부씨의 전진(前秦)은 스님 도안을 섬겼지만, 우리 유생에게는 이러한 만남이 없었다.

스님 도안이 대답했다.

"폐하께서 천명에 응해 세상을 다스리심에 천하의 부유함이 있게 되었으니, 정신을 무위(無爲)에 두신다면 마땅히 요(堯)·순(舜)과 그 융성함을 나란히 할 수 있습니다. 지금 백만의 대군으로 그 토지를 얻으려 하시는데, 또한 동남쪽의 한 구석은 지형이 낮고 기후가 사나워서 우(禹)임금도 갔다가 그곳에서 멈추었고, 순임금도 순수하다가 그곳에서 죽었으며, 진왕(秦王)도 그곳에 갔다가 돌아오지 못했습니다. 빈도(貧道)가 보기에는 어리석은 마음에 기뻐할 바가 아닙니다."

하지만 부견은 그의 말을 따르지 않았다가 나중에 군대가 팔공산(八公山)에서 궤멸되어 혼자 말을 타고 달아났으니, 스님 도안이 간언한 대로 되었다. 스님 도안은 여러 불경에 주석을 달면서, 협 : 《반야경(般若經)》·《도행경(道行經)》·《밀적경(密跡經)》등 여러 경에 주석을 달고, 《무량수경견해(無量壽經甄解)》 20여 권의 의문점을 분석했다. 도리에 합당하지 않을까 걱정하며 맹세했다.

"만약 말한 것이 도리에서 벗어나지 않는다면 상서로운 상(相)을 보여 주십시오."

그러자 꿈에 머리가 희고 눈썹이 긴 도인이 나타나 스님 도안에게 말했다.

"그대가 불경에 주석을 단 것은 도리에 매우 합당하니, 나는 마땅히 그대가 불도를 넓히는 것을 돕겠소."

후에 원 공(遠公 : 혜원)이 와서 말했다.

"화상께서 꿈에 보신 분은 빈두로(賓頭盧)23)입니다."

후에 전진(前秦) 건원(建元) 21년(385) 정월 27일에 갑자기 모습이 매우 비루한 이승(異僧)이 절로 와서 기숙했는데, 승방이 좁았기에 강당에서 머물도록 했다. 당시 유나(維那)24)가 불전에서 숙직을 하다가 밤에 이 스님이 창문을 통해 출입하는 것을 보고 급히 그 사실을 스님 도안에게 아뢰었다. 스님 도안이 놀라 일어나서 예를 갖추어 인사하며 찾아온 뜻을 물었더니 그가 대답했다.

"특별히 당신을 위해서 왔습니다."

스님 도안이 말했다.

---

23) 빈두로(賓頭盧) : 불교의 18나한(羅漢) 가운데 첫 번째 존자(尊者)로, 성은 파라타(頗羅墮)이고 이름은 빈두로다. 흰머리에 눈썹이 긴 상(相)을 하고 있으며, 불칙(佛勅)을 받들어 열반에 들지 아니하고 천축의 마리지산(摩利支山)에 살면서 중생을 제도한다고 한다.

24) 유나(維那) : 사원의 여러 가지 일을 지도하고 단속하는 직책, 또는 그 일을 맡은 승려로, 도유나(都維那)라고도 한다.

"스스로 생각해도 죄가 깊은데 어찌 해탈할 수 있겠습니까?"

이승이 대답했다.

"충분히 해탈할 수 있습니다."

스님 도안이 내생(來生)에서 살 곳을 청해 묻자 그가 손가락으로 하늘의 서북쪽 허공을 가리켰는데, 즉시 구름이 열리면서 도솔천(兜率天)의 신묘하게 빼어난 지경이 보였다. 스님 도안은 그해 2월 8일에 이르러 갑자기 사람들에게 말했다.

"나는 떠날 것이다."

이날 스님 도안은 재계를 마치고 병 없이 죽었다.

釋道安, 姓魏氏, 常山扶柳人也. 早失覆蔭, 爲外兄孔氏所養. 年七歲, 讀書再覽能誦. 十二出家, 神性聰敏, 而形貌甚陋, 不爲師所重. 後之市, 啓師求經, 與《辯意經》一卷, 可五千言. 安賷經就覽, 暮歸, 以經還師, 更求餘者, 師曰: "昨經未讀, 今復求耶?" 答曰: "卽以闇誦." 師雖異之, 而未言也. 復與《成具光明經》一卷, 不減一萬言. 賷之如初, 暮復還師. 師執覆之, 不差一字. 師大驚嗟, 敬而異之. 後遊學至鄴, 遇佛圖澄, 因事爲師. 及石氏將亂, 與弟子惠遠等四百餘人渡河南遊. 夜行值雷雨, 乘電光而進. 前行得人家, 見門裏有一[1]馬樁, 樁之間懸一馬兜, 可容一斛. 安使呼林百升, 百升謂是神人, 厚相賞接. 旣而弟子問: "何以知其姓字?" 安曰: "兩木爲林, 兜容百升也." 眉: 似觀梅數. 旣達襄陽, 復宣佛法. 苻堅素聞安名, 每欲致之, 師取襄陽, 得安公. 旣至, 住長安五重寺. 時四方略定, 唯建業一隅未克. 堅每與侍臣談語, 未嘗不欲平一江左. 群臣竝切諫, 不聽. 會堅出東苑, 命安外輦同載. 僕射權翼諫曰: "臣聞天子法駕, 侍中陪乘. 道安毁形, 寧可參厠?" 堅勃然作色曰: "安公道德可尊, 朕以天下不易, 輿輦之榮, 未稱其德." 卽敕僕射扶安登輦, 俄而顧謂安曰: "朕將整六師而巡狩, 與公陟會稽以觀滄海, 不亦樂乎?" 眉: 石趙之事澄, 苻秦之事安, 吾儒無此遭遇. 安對曰: "陛下應天御世, 有八州之富, 宜棲神無爲, 與堯舜比隆. 今欲以百萬之師, 求厥田下之土, 且東南一隅, 地卑氣厲, 禹遊而止, 舜狩而殂, 秦王適而不歸. 以貧道觀之, 非愚心所喜也." 堅不從, 後軍潰於八公山, 堅單騎遁, 如所諫焉. 安注諸經, 夾: 注《般若》·《道行》·《密跡》諸經, 析疑《甄解》二十餘卷. 恐不合理, 乃誓曰: "若所說不違理者, 當見瑞相." 乃夢見道人, 頭白眉長, 語安云: "君所注經, 殊合道理, 我當相助弘道." 後遠公來云: "和尙所夢, 賓頭盧也." 後至秦建元二十一年正月二十七日, 忽有異僧, 形甚庸陋, 來寺寄宿, 寺房旣窄, 處之講堂. 時維那値殿, 夜見此僧從窗而出入, 遽以白安. 安驚起禮訊, 問其來意, 答云: "特相爲來." 安曰: "自惟罪深, 詎可度脫?" 答云: "甚可度耳." 安請問來生所生之處, 彼乃以手虛撥天之西北, 卽見雲開, 備睹兜率妙勝之境. 安至其年二月八日, 忽告衆曰: "吾當去矣." 是日齋畢, 無疾而卒.

* 이 고사는 《태평광기》 권89 〈이승·석도안〉에 실려 있다.

1 일(一): 《고승전》에는 "이(二)"라 되어 있는데 문맥상 타당하다.

13-5(0229) 구마라습[25]

구마라습(鳩摩羅什)

출《고승전》

구마라습은 중국에서는 동수(童壽)라 했으며 천축(天竺: 인도) 사람이다. 구마라습은 경률론(經律論)[26]에 뛰어나 서역에서 교화를 펼치다가 동쪽으로 가서 구자국(龜玆國)을 유람했는데, 구자왕이 그를 위해 황금사자좌(座)를 만들어 앉게 했다. 미: 이미 그의 말을 받아들이지 않았는데 황금사자좌를 만들어 준 것은 왜일까? [전진(前秦)의] 부견(苻堅)이 구자국을 정벌하면서 효장(驍將: 효기장군) 여광(呂光)에게 말했다.

"짐이 듣건대 서역에 구마라습이 있는데, 법상(法相: 불교의 본체)을 깊이 이해하고 음양(陰陽)을 익숙하게 잘 알아 후학들의 종정이 되고 있다고 하니, 짐이 그를 깊이 생각하

---

[25] 구마라습(鳩摩羅什): 범어 '쿠마라지바(Kumārajīva)'를 음역한 것이므로 '구마라집'이 원어에 더 가까우나 본문에서는 국립국어원의 표기 원칙에 따라 '구마라습'으로 표기했다

[26] 경률론(經律論): '경'은 불교의 설법을 기록한 것이고, '율'은 불교에서 정한 계율이며, '논'은 불교도나 불교학자들이 연구한 불도집(佛道集)으로, 이 세 가지를 삼장(三藏)이라 한다.

고 있소. 만약 구자국을 정복하거든 즉시 역마를 급히 달려 그를 보내시오."

여광의 군대가 이르기 전에 구마라습이 구자왕 백순(白純)에게 말했다.

"국운이 쇠해서 강한 적이 동방에서 올 것이니, 마땅히 공손하게 받들어야 하며 그들의 칼날에 대항하지 마십시오."

백순은 구마라습의 말을 따르지 않고 전쟁을 벌였다. 여광은 마침내 구자국을 격파해 백순을 죽이고 백순의 동생 백진(白震)을 군주로 세웠다. 여광은 구마라습을 사로잡았으나 미처 그의 지량(智量)을 헤아리지 못한 채 그의 나이가 아직 젊은 것만 보고 평범한 사람으로 여겨 그를 희롱하면서 구자왕의 딸을 억지로 처로 삼게 했다. 구마라습이 거절하고 받아들이지 않으면서 아주 간곡하게 말했지만, 여광은 그에게 진한 술을 마시게 하고 여자와 함께 밀실에 넣고 문을 잠가 버렸다. 구마라습은 극심한 핍박을 당하고 나서 결국 그 절조를 무너뜨리고 말았다. 미 : 절조를 무너뜨려도 무방한가? 나는 의심스럽다. 여광이 돌아가던 도중에 산 아래에서 군대를 쉬게 했더니 구마라습이 말했다.

"여기에서 쉬어서는 안 됩니다. 필시 낭패를 볼 것이니 반드시 군대를 언덕 위로 이동시켜야 합니다."

여광은 받아들이지 않았다. 그날 밤에 과연 큰비가 내려 갑자기 홍수가 일어나 수심이 몇 척이나 되자, 여광은 그제 야 구마라습을 남다르게 여겼다. 구마라습은 또 여광에게 속히 돌아가라고 권하면서 중간에 필시 머물 만한 복된 땅이 있을 것이라고 했다. 여광은 그의 말을 따랐다. 양주(凉州)에 이르렀을 때 부견이 이미 [후진(後秦)의] 요장(姚萇)에게 살해당했다는 소식을 듣고, 여광의 삼군(三軍)은 소복을 입고 성의 남쪽에 이르렀다. 마침내 여광은 관외(關外)에서 제왕을 참칭하고 [후량(後凉)] 연호를 태안(太安)이라 했다. 중서감(中書監) 장자(張資)는 글을 잘 짓고 사람이 온화했기에 여광은 그를 매우 중시했다. 장자가 병이 들자 여광은 병을 치료할 의원을 널리 구했다. 한 외국의 도인 나차(羅叉)가 장자의 병을 낫게 할 수 있다고 말하자, 여광은 기뻐하며 그에게 많은 물품을 하사했다. 구마라습은 나차가 사기꾼이라는 것을 알고 장자에게 고했다.

"나차는 병을 치료할 수 없으니 그저 재물만 낭비할 따름입니다. 명운(冥運)은 비록 숨겨져 있지만 시험해 볼 수는 있습니다."

그러고는 오색실로 새끼줄을 만들어 매듭을 짓고, 그것을 태워서 만든 재 가루를 물속에 던지면서 재가 물 위로 떠올라 다시 새끼줄 모양이 되면 병은 나을 수 없다고 했다. 잠시 후에 재가 모여 수면 위로 떠오르더니 새끼줄의 본래 형태가 되었다. 나차가 치료했으나 효과가 없었으며 며칠 뒤에 장자는 죽었다. 그리고 얼마 되지 않아 여광이 죽고 그의 아들 여소(呂紹)가 왕위를 계승했다. 하지만 며칠 뒤에 여광의 서자 여찬(呂纂)이 여소를 죽이고 스스로 왕위에 올라 연호를 함녕(咸寧)이라 했다. 함녕 2년(400)에 돼지가 머리 셋 달린 새끼를 낳았는데, 그날 용이 동쪽 우물 속에서 나와 대전(大殿) 앞에 이르러 몸을 서리고 있다가 새벽녘에 사라졌다. 여찬은 이 일을 상서롭다고 여겨 대전을 용상전(龍翔殿)이라 불렀다. 얼마 뒤에 흑룡(黑龍)이 당양(當陽)의 구궁문(九宮門)에서 승천하자, 여찬은 구궁문을 용흥문(龍興門)이라 개칭했다. 이에 구마라습이 상주했다.

"요 며칠 사이에 물속에 잠겨 있던 용이 출현하고 돼지의 요물이 나타나는 기이한 일이 생겼습니다. 용은 음(陰)에 속하는 동물로 들고 나는 데 때가 있는데도 지금 자주 나타나는 것은 재앙의 징조입니다. 틀림없이 아랫사람이 윗사람을 모반하는 변괴가 있을 것이니, 자신의 욕심을 이기고 덕을 닦아 하늘의 경계에 답하십시오."

여찬은 구마라습의 간언을 받아들이지 않고, 그와 함께 바둑을 두면서 바둑돌을 따먹으며 말했다.

"호노(胡奴)의 머리를 베어 버리겠다."

구마라습이 말했다.

"왕께서는 호노의 머리를 벨 수 없고, 호노는 다른 사람의 머리를 벨 것입니다."

여광의 동생 여보(呂保)에게 여초(呂超)라는 아들이 있었고 그의 어릴 적 자(字)가 호노(胡奴)였는데, 뒤에 과연 여초가 여찬을 살해하고 그의 형 여융(呂隆)을 군주로 세웠다. 당시 사람들은 그제야 구마라습의 말을 깨달았다. 요장(姚萇)이 관중(關中)을 차지하고 참칭했는데[후진], 또한 구마라습의 고명(高名)을 우러러 마음을 비운 채 모시겠다고 청했다. 여융은 구마라습이 지혜로운 계책으로 많은 일을 해결했기에 그가 요장을 위해 일을 도모할까 봐 걱정해서 동쪽으로 들어가는 것을 허락하지 않았다. 요장이 죽고 아들 요흥(姚興)이 왕위를 이었다. 그때 연리수(連理樹)[27]가 묘정(廟庭)의 소요원(逍遙園)에서 자라고 파가 향초로 변하자, 이를 상서롭다고 여기면서 지혜로운 사람이 틀림없이 들어올 것이라고 생각했다. 요흥은 농서공(隴西公) 요석덕(姚碩德)을 파견해 서쪽으로 여융을 정벌하게 했는데, 여융의 군대가 패해 항복을 청했다. 요흥은 구마라습을 맞이해 관중으로 들어오게 해서 국사(國師)의 예로 대우했다. 대법(大法 : 불법)이 동방에 전해진 것은 후한 명제(明帝) 때 시작되어 위(魏)·진(晉)을 거치면서 경(經)과 논(論)이 점점

---

[27] 연리수(連理樹) : 서로 다른 나무의 줄기가 맞닿아 하나가 된 것으로, 왕자(王者)의 덕이 천하에 미치면 생겨난다고 한다. 연리지(連理枝)라고도 한다.

많아졌지만, 지겸(支謙)과 축법란(竺法蘭)이 번역한 것은 문자에 막혀 격의(格義)[28]한 것이 많았다. 요흥은 젊어서부터 삼보(三寶 : 불·법·승)를 숭앙했기에 강설의 집회에 깊은 뜻을 두었다. 구마라습이 이미 도착해서 머물고 있었기에 요흥은 그에게 서명각(西明閣)과 소요원으로 들어와 여러 경전을 번역해 달라고 청했다. 구마라습은 이미 경전들을 거의 대부분 암송하고 있었고 모두 탐구하지 않은 바가 없었으며, 한어(漢語)로 옮기는 데에 능통하고 음역(音譯)도 유창했다. 구마라습은 범본(梵本 : 산스크리트어 불경)을 들고 요흥은 구역(舊譯) 불경을 들고 서로 교수(校讎)했다. 구역과 다른 새로운 문장은 뜻이 모두 원만하게 소통되어 대중이 만족하면서 찬탄하지 않는 이가 없었다. 구마라습의 사람됨은 정신이 투철하고 자존감이 남달랐으며, 기회에 응해 깨달아 이해하는 것이 그와 필적할 사람이 드물었다. 요흥은 늘 구마라습에게 말했다.

"대사의 총명함과 뛰어난 깨달음은 천하에 둘도 없습니다. 만약 하루아침에 세상을 떠나신다면 어찌 법종(法種)에 후사가 없게 할 수 있겠습니까?"

---

[28] 격의(格義) : 불교의 교리를 그와 비슷한 중국의 사상에 적용시켜 이해하고 설명하는 해석법을 말한다.

그러고는 마침내 기녀 10명을 억지로 받아들이게 했다. 그 이후로 구마라습은 승방에 머물지 않고 따로 관사를 짓고 살면서 풍족하게 공급받았다. 미:《별전(別傳)》에 따르면, 구마라습이 후진(後秦)의 왕에게 스스로 청하길, "두 어린아이가 내 어깨로 올라오니 이를 막으려면 부인이 필요합니다"라고 하자, 요흥이 궁녀 한 명을 바쳤더니 구마라습은 그녀와 교접해 두 아들을 낳았다. 여러 승려가 이를 따라 하려 하자, 구마라습이 바늘을 발우에 가득 담아 숟가락을 들고 보통 때와 다름없이 식사하면서 말하길, "만약 나를 따라 할 수 있다면 부인을 두어도 좋다"라고 했다.

구마라습은 임종하기 며칠 전에 사대(四大:몸)[29]가 좋아지지 않는 것을 느끼고 세 번의 신비한 주문을 말해 외국 제자들에게 이 주문을 외우게 해서 스스로 병을 고치려 했다. 하지만 미처 힘을 쓰기도 전에 더욱 위독해지자 구마라습은 병을 무릅쓰고 여러 스님에게 작별을 고했다. 그러고는 대중 앞에서 진실로 맹세했다.

"만약 내가 번역한 것에 잘못이 없다면, 내 몸을 화장한 후에도 혀만은 불타지 않을 것이다."

구마라습이 죽자 곧바로 소요원에서 외국의 의식에 따라

---

29) 사대(四大): 일체 만물을 구성하는 지(地)·수(水)·화(火)·풍(風)의 네 가지 요소인 사대종(四大種)을 말한다. 사람의 몸도 이 네 가지 요소로 이루어졌다고 본다.

시체를 화장했는데, 장작불이 꺼지고 육신이 바스러졌지만 그의 혀만은 재가 되지 않았다.

鳩摩羅什, 此云童壽, 天竺人也. 善經律論, 化行西域, 及東遊龜茲, 龜茲王爲造金獅子座以處之. 眉: 旣不用其言, 置之金獅座, 何爲? 苻堅用兵龜茲, 謂驍將呂光曰: "朕聞西域有鳩摩羅什, 深解法相, 善閉陰陽, 爲後學宗, 朕甚思之. 若克龜茲, 卽馳驛送什." 光軍未至, 什謂龜茲王白純曰: "國運衰矣, 有勁敵從東方來, 宜恭承之, 勿抗其鋒." 純不從而戰. 光遂破龜茲, 殺純, 立純弟震爲主. 光旣獲什, 未測其智量, 見年齒尙少, 乃以凡人戲之, 强妻以龜茲王女. 什拒而不受, 辭甚苦至, 光乃飮以醇酒, 同閉密室. 什被逼旣至, 遂虧其節. 眉: 虧節無妨乎? 吾疑之. 光還中路, 休軍於山下, 什曰: "不可在此. 必見狼狽, 宜徙軍壟上." 光不納. 至夜, 果有大雨, 洪潦暴起, 水深數尺, 光始異之. 什又勸光速歸, 中路必有福土可居. 光從之. 至涼州, 聞苻堅已爲姚萇所害, 光三軍縞素, 大臨城南. 於是竊號關外, 年稱太安. 中書監張資, 文翰溫雅, 光甚器之. 資病, 光博營救療. 有外國道人羅叉, 云能差資病, 光喜, 給賜甚重. 什知又誑詐, 告資曰: "叉不能爲, 徒煩費耳. 冥運雖隱, 可以事試也." 乃以五色絲作繩結之, 燒爲灰末, 投水中, 灰若出水還成繩者, 病不可愈. 須臾, 灰聚浮出, 復繩本形. 旣又治無效, 少日資亡. 未幾光卒, 子紹襲位. 數日, 光庶子纂殺紹自立, 稱元咸寧. 咸寧二年, 猪生子, 一身三頭, 龍出東箱井中, 到殿前蟠臥, 比旦失之. 纂以爲美瑞, 號大殿爲龍翔殿. 俄而有黑龍升於當陽九宮門, 纂改爲龍興門. 什奏曰: "此日潛龍出遊, 豕妖來異. 龍者陰類, 出入有時, 而今屢見, 則爲災眚. 必有下人謀上之變, 宜克己修德, 以答天戒." 纂不納, 與什博戲, 殺棋曰: "斫胡奴頭." 什曰: "不能斫胡奴頭, 胡奴將斫人頭." 光弟保有子名超, 小字胡奴, 後果殺纂, 立其兄隆爲主. 時人方悟什之言也. 姚萇僭有關中, 亦挹其高名, 虛心要請. 呂以什智旣多解, 恐爲姚謀, 不許東入. 及萇卒, 子興襲位. 有樹連理, 生於廟庭逍遙園, 葱變爲茝, 以爲美瑞, 謂智人應入. 遣隴西公碩德西伐呂隆, 隆軍破請降. 興迎什入關, 待以國師之禮. 自大法東被, 始於漢明, 涉歷魏晉, 經論漸多, 而支 · 竺所出, 多滯文格義. 興少崇三寶, 銳志講集. 什旣至止, 仍請入西明閣及逍遙園譯出衆經. 什旣率多諳誦, 無不究盡, 轉能漢言, 音譯流便. 什持梵本, 興執舊經, 以相讎校. 其新文異舊者, 義皆圓通, 衆心愜伏, 莫不欣贊. 什爲人神情鑒徹, 傲岸出群, 應機領會, 鮮有其匹. 興常謂什曰: "大師聰明超悟, 天下莫二. 若一旦後世, 何可使法種無嗣?" 遂以妓女十人, 逼令受之. 自爾已來, 不住僧坊, 別立廨舍, 供給豐盈. 眉:《別傳》, 什自請於秦王曰: "有二小兒登肩, 欲障須婦人." 興進宮女一, 交而生二子. 諸僧欲效之, 什聚針盈鉢, 舉匕不異常食, 曰: "若能效我, 乃可畜室." 什未終少日, 覺四大不愈, 乃口出三番神咒, 令外國弟子誦之以自救. 未及致力, 轉覺危殆, 於是力疾, 與衆僧告別. 因於衆前發誠實誓: "若所傳無謬者, 當使焚身之後, 舌不焦爛." 及卒, 卽於逍遙園依外國法以火焚尸, 薪滅形碎, 唯舌不灰.

* 이 고사는《태평광기》권89〈이승 · 구마라습〉에 실려 있다.

1 폐(閉):《태평광기》와《고승전》에는 "한(閑)"이라 되어 있는데 문맥상 타당하다.

13-6(0230) 배도

배도(杯渡)

출《고승전》·《낙양가람기》

배도는 그 성명을 알지 못한다. 그는 늘 나무 술잔을 타고 물을 건너다녔기 때문에 배도라고 불렸다. 그는 세세한 수행에는 신경 쓰지 않았다. 일찍이 북방에서 어느 집에 묵게 되었는데, 그 집에 있던 황금 불상 하나를 배도가 훔쳐 도망갔다. 미: 무행승(無行僧)을 조롱할 만하다. 집주인이 알아차리고 쫓아갔는데, 배도가 천천히 가는 것을 보고 말을 달려 뒤쫓았지만 따라잡지 못했다. 배도는 맹진하(孟津河)에 이르러 나무 술잔을 물에 띄우고 건너갔는데, 나는 듯이 가볍고 빨랐다. 배도는 새끼줄을 두르고 남루한 옷차림으로 거의 몸조차 제대로 가리지 못했으며, 오직 둥근 갈대 소쿠리 하나만 메고 다른 물건은 없었다. 나중에 과보산(瓜步山)으로 가려고 강가에 이르러 뱃사공에게 건네 달라고 했는데, 뱃사공이 그를 태워 주려고 하지 않았다. 그러자 배도가 나무 술잔에 발을 포개 놓고 사방을 둘러보며 중얼거리니, 나무 술잔이 저절로 흘러가서 곧장 북쪽 기슭으로 건너간 뒤에 광릉(廣陵)을 향해 떠났다. 우연히 어느 마을의 이씨(李氏) 집에서 팔관재(八關齋)를 지내고 있었는데, 배도는 당초 면식이 없었지만 곧장 재당(齋堂)으로 들어가 앉으며 중정에 소쿠리[圌] 미 : 천(圌)은 음이 수(垂)이고 둥근 소쿠리다. 를 놓아두었다. 사람들은 배도의 몰골이 비루했기 때문에 공경하지 않았다. 이씨는 둥근 갈대 소쿠리가 길을 가로막고 있는 것을 보고 이를 담장 가로 옮기려고 했는데, 여러 사람이 들었지만 움직일 수 없었다. 배도는 식사를 마치고 소쿠리를 들고 가면서 웃으며 말했다.

"사천왕(四天王)이오!"

한 동복이 소쿠리 안을 엿보았더니 네 명의 아이가 있었는데, 모두 키가 몇 촌에 불과했고 이목구비가 단정했으며 의복이 곱고 깨끗했다. 그래서 이씨가 뒤쫓아 가서 찾았지만 어디로 갔는지 알 수 없었다. 나중에 배도는 동쪽으로 유람을 떠나 오군(吳郡)에 들어가다가 길에서 낚시꾼을 만나 그에게 물고기를 달라고 했더니, 낚시꾼이 상한 물고기 하나를 주었다. 배도가 손으로 그 물고기를 이리저리 뒤집다가 도로 물에 던졌더니 물고기가 살아서 헤엄치며 갔다. 또 그물질하는 어부를 보고 나시 물고기를 달라고 했더니, 그 물질하는 어부가 주지 않았다. 배도가 돌 두 개를 주워서 물에 던졌더니, 잠시 뒤에 물소 두 마리가 그물 속에서 다투면서 그물을 산산이 찢어 버렸다. 그러고는 더 이상 소는 보이지 않았고, 배도 역시 이미 자취를 감추었다.

杯渡者, 不知姓名. 常乘木杯渡水, 因而爲號. 不修細行. 嘗於北方寄宿一家, 家有一金像, 渡竊去. 眉:可嘲無行僧. 家主覺而追之, 見渡徐行, 走馬逐之不及. 至孟津河, 浮木杯而渡, 輕疾如飛. 渡帶索襤縷, 殆不蔽身, 唯荷一蘆圌子, 更無餘物. 後欲往瓜步, 至於江側, 就航人告渡, 不肯載之. 復累足杯中, 顧盼言咏, 杯自然流, 直渡北岸, 向廣陵. 遇村舍李家八關齋, 先不相識, 乃直入齋堂而坐, 置圌 眉:圌, 音垂, 圜也. 於中庭. 衆以其形陋, 不加敬. 李見蘆圌當道, 欲移置牆邊, 數人舉不能動. 渡食竟, 提之而去, 笑曰:"四天王!" 一竪子窺其圖中, 有四小兒, 並長數寸, 面目端正, 衣裳鮮潔. 李於是追覓, 不知所在. 後東遊入吳郡, 路見釣魚師, 因就乞魚, 魚師施一餒者. 渡手弄反覆, 還投水, 遊活而去. 又見網師, 更從乞魚, 網師不與. 渡乃拾取兩石子擲水中, 俄有兩水牛鬪網中, 網碎敗. 不復見牛, 渡亦已隱.

* 이 고사는 《태평광기》 권90 〈이승·배도〉에 실려 있다.

13-7(0231) 스님 보지

석보지(釋寶志)

출《고승전》·《낙양가람기》

스님 보지는 본래 성이 주씨(朱氏)이고 금성(金城) 사람이다. 젊어서 출가해 강동(江東)의 도림사(道林寺)에 머물면서 선업(禪業)을 수행했다. 유송(劉宋) 태시(泰始) 연간(465~471) 초에 갑자기 편벽하고 이상해지는 것 같더니 일정한 거처도 없이 아무 때나 먹고 마셨으며, 머리카락도 몇 촌이나 기른 채 늘 맨발로 길거리를 돌아다녔다. 석장(錫杖) 하나를 짚고 다니면서 석장 끝에 가위와 거울을 걸기도 하고 간혹 한두 필의 비단을 걸기도 했다. 제(齊)나라 건원(建元) 연간(479~482)에 조금씩 기이한 행적을 보였는데, 며칠 동안 먹지 않더라도 배고픈 기색이 없었다. 남에게 해 준 말은 처음에는 정말로 알기 어려웠지만 나중에는 모두 영험함을 보였다. 무제(武帝)는 그가 대중을 미혹한다고 여겨 그를 체포해 건강(建康)에 가두었다. 아침이 되자 사람들은 그가 저잣거리로 들어오는 것을 보고 돌아가서 감옥 안에 있는지 검사해 보았더니, 스님 보지는 여전히 감옥 안에 있었다. 스님 보지가 옥리에게 말했다.

"문밖에 두 수레의 음식이 당도하고 황금 발우에 밥이 담겨 있을 것이니 그대가 가져다주시오."

곧이어 문혜태자(文惠太子)와 경릉왕(竟陵王) 소자량(蕭子良)이 함께 스님 보지에게 음식을 보내왔는데, 과연 그의 말과 같았다. 건강현령 여문현(呂文顯)이 이 일을 아뢰자, 무제는 즉시 그를 궁으로 맞이해 들여 후당에 머물게 했다. 무제가 또 일찍이 화림원(華林園)에서 스님 보지를 불렀는데, 스님 보지는 뜬금없이 세 겹의 베 모자를 쓰고 무제를 알현했다. 얼마 후에 무제가 붕어했고, 문혜태자와 예장왕(豫章王)이 계속해서 죽었다. 영명(永明) 연간(483~493)에 스님 보지는 늘 동궁(東宮)의 후당에 머물렀는데, 어느 날 새벽에 문을 출입하다가 갑자기 말했다.

"문 위의 피가 옷을 더럽히는군!"

그러고는 옷을 걷고 달려 지나갔다. 울림왕(鬱林王)이 살해당했을 때 수레에 싣고 이곳을 나갔는데, 잘린 목의 피가 문지방으로 흘렀다. 양(梁)나라 파양(鄱陽)의 충렬왕(忠烈王)이 일찍이 스님 보지를 자신의 저택으로 오게 했는데, 스님 보지는 갑자기 가시나무[荊]를 매우 급히 찾아오게 했다. 가시나무를 찾고 나서 그것을 문 위에 놓아두었는데, 사람들은 그 까닭을 알지 못했다. 얼마 후에 충렬왕은 형주자사(荊州刺史)로 나갔다. 스님 보지의 명철한 예지(預知)는 이러한 예가 하나둘이 아니었다. 양나라 무제(武帝)가 즉위하고 나서 조서를 내렸다.

"지 공(志公 : 스님 보지)의 자취는 모두 세속에 있지만 정신은 까마득히 넓은 세계를 노닐고 있으니, 어찌 속된 선비의 범속한 정으로 헛되이 구속할 수 있겠는가? 지금부터는 마음대로 궁궐을 출입해도 더 이상 금하지 말도록 하라."

스님 보지는 이때부터 자주 궁중을 출입했다. 일찍이 대성(臺城)에서 무제와 마주 대하고 회를 먹었는데, 소명태자(昭明太子)와 여러 왕자들이 모두 옆에서 모시고 식사했다. 무제가 말했다.

"짐은 맛을 모른 지 20여 년이 지났는데 선사께선 어찌 생각하시오?"

지 공은 바로 작은 물고기를 토해 냈는데 비늘과 꼬리가 선명하자, 무제는 이를 매우 기이하게 여겼다. 지금 말릉(秣陵)에는 아직도 회를 뜨고 남은 물고기가 있다. 스님 보지는 소변으로 머리 감기를 좋아했는데, 속승(俗僧) 중에 이를 몰래 비웃는 자가 있었다. 스님 보지는 또한 여러 승려들이 대부분 술과 고기를 끊지 않는 것을 알고 있었는데, 그를 비난하는 자가 술을 마시고 순대를 먹자 스님 보지가 분연히 말했다.

"그대는 내가 오줌으로 머리 감는 것을 비웃는데, 그대는 어찌하여 똥이 담긴 자루를 먹는가?"

스님 보지를 비웃던 자는 송구해하고 부끄러워하면서 인정했다. 태자 소강(蕭綱)이 막 태어났을 때 무제가 사자를 보내 스님 보지에게 물었더니 스님 보지가 합장하며 말했다.

"황자(皇子)께서 태어나신 것은 매우 다행한 일이지만 원수 또한 태어났습니다."

나중에 역수(曆數)를 꼽아 보니 후경(侯景)과 같은 해 같은 달 같은 날에 태어났다. 미 : 《조야첨재(朝野僉載)》를 살펴보니, 양나라 무제가 [제나라] 동혼후(東昏侯)를 죽인 그날에 후경이 태어났는데, 당시 사람들은 후경이 동혼후의 후신이라 생각했다.

또 후위(後魏 : 북위)에 사문(沙門) 보공(寶公)이 있었는데 어디 사람인지는 모른다. 그 모습이 매우 비루했으나 심식(心識 : 인식하고 식별하는 마음의 작용)으로 과거와 미래에 통달해 삼세(三世 : 전생·현생·내생)를 예견했는데, 하는 말이 참언(讖言)과 비슷해서 일이 일어난 후에야 비로소 그의 말이 증험되었다. 호 태후(胡太后 : 효명제의 생모)가 세상일에 대해 묻자, 보공은 좁쌀을 집어 닭에게 주면서 '주주(朱朱)' 하고 불렀는데, 당시 사람들은 이해할 수 없었다. 나중에 호 태후는 이주영(爾朱榮)에게 살해당했다. 당시 낙양(洛陽) 사람 조법화(趙法和)가 보공에게 자신이 조만간 작록을 얻게 될 것인지 점쳐 달라고 청하자 보공이 말했다.

"큰 대나무 화살은 화살 깃을 필요로 하지 않고, 동쪽 행랑채는 급히 손을 보아야 합니다."

당시 사람들은 그 의미를 알지 못했다. 한 달 남짓 지나

조법화의 아버지가 죽었다. "큰 대나무 화살"은 상주가 짚는 대나무 지팡이였고, "동쪽 행랑채"는 상주가 기거하는 여막(廬幕)이었다. 이 보공과 강남의 스님 보지가 같은 사람인지 다른 사람인지는 모르겠다.

釋寶志, 本姓朱, 金城人. 少出家, 止江東道林寺, 修習禪業. 至宋大[1]始初, 忽如僻異, 居止無定, 飮食無時, 髮長數寸, 常跣行街巷. 執一錫杖, 杖頭掛剪刀及鏡, 或掛一兩匹帛. 齊建元中, 稍見異迹, 數日不食, 亦無饑容. 與人言, 始苦難曉, 後皆效驗. 武帝謂其惑衆, 收駐建康. 旣旦, 人見其入市, 還檢獄中, 志猶在焉. 志語獄吏: "門外有兩輿食來, 金鉢盛飯, 汝可取之." 旣而文惠太子·竟陵王子良並送食餉志, 果如其言. 建康令呂文顯以事聞, 武帝卽迎入宮, 居之後堂. 帝又嘗於華林園召志, 志忽著三重布帽以見. 俄而武帝崩, 文惠太子及豫章王相繼而薨. 永明中, 常住東宮後堂, 一旦平明, 從門出入, 忽云: "門上血污衣!" 褰衣走過. 及鬱林見害, 車載出此, 頸血流於門限. 梁鄱陽忠烈王嘗屈志至第, 忽令覓荊子甚急. 旣得, 安於門上, 莫測所以. 少時, 王出爲荊州刺史. 其預鑒之明, 此類非一. 梁武卽位, 下詔曰: "志公迹均塵垢, 神遊冥漠, 豈得以俗士凡情, 空相拘制? 自今隨意出入, 勿得復禁." 志自是多出入禁中. 嘗於臺城, 對武帝喫鱠, 昭明諸王子皆侍食. 帝曰: "朕不知味二十餘年矣, 師何謂爾?" 志公乃吐出小魚, 依依鱗尾, 帝深異之. 今秣陵尙有膾殘魚也. 志好用小便濯髮, 俗僧暗有譏笑者, 志亦知衆僧多不斷酒肉. 譏之者飮酒食猪肚, 志勃然謂曰: "汝笑我以溺洗頭, 汝何爲食盛糞袋?" 譏者懼而慚服. 太子綱初生, 帝遣使問志, 志合掌云:"皇子誕育幸甚, 然寃家亦生." 於後推尋曆數, 與侯景同年月日而生也. 眉:按《朝野僉載》, 梁武殺東昏侯, 是日侯景生, 時謂景是東昏侯後身.

又後魏有沙門寶公者, 不知何處人. 形貌寢陋, 心識通達過去未來, 預睹三世, 發言似讖, 事過始驗. 胡太后問以世事, 寶公把粟與鷄, 喚朱朱, 時人莫解. 後爲爾朱榮所害. 時有洛陽人趙法和, 請占早晚當有爵, 寶公曰:"大竹箭, 不須羽, 東廂屋, 急手作." 時人不曉其意. 經月餘, 法和父亡. "大竹箭"者, 苴杖, "東廂屋"者, 倚廬. 此寶公與江南者, 未委是一人・兩人也.

* 이 고사는《태평광기》권90〈이승・석보지〉에 실려 있다.
1 대(大): '대'는 '태(太)'와 통하고 '태(太)'는 "태(泰)"와 같다.

13-8(0232) 통공

통공(通公)

출《광고금오행기(廣古今五行記)》

 양(梁)나라 말에 통공이라는 승려가 있었는데, 그 성씨를 알지 못하고 거처도 일정하지 않았다. 하는 말은 거칠고 황당무계했지만 반드시 영험한 바가 있었다. 그는 술도 마시고 고기도 먹으면서 민간을 떠돌아다녔는데, 후경(侯景)은 그를 매우 신임했다. 양주(揚州)가 아직 [후경에게] 함락되지 않았던 때에 통공은 수많은 죽은 물고기 머리를 주워서 서명문(西明門) 밖에 쌓았으며, 또한 푸른 풀과 가시나무를 뽑아서 성안에 심었다. 후경은 장강을 건넌 뒤 먼저 동문(東門)에서 백성을 학살했으며, 온 성안의 사람들을 모두 죽여 그 머리를 서명문 밖에 놓아두어 큰 구경거리로 삼았다. 양주 시내는 폐허가 되었으며 모든 곳이 황량해졌다. 통공이 그 일의 잘잘못을 말하면서 후경을 불편해하자, 후경은 그를 미워했지만 평범한 사람이 아님을 꺼려서 감히 해를 가하지 못했다. 그래서 후경은 소장(小將) 우자열(于子悅)을 보내 무사 네 명을 데리고 가서 그를 감시하게 하면서 우자열에게 말했다.

 "만약 죽이러 온 것을 알면 해치지 말고, 죽이러 온 것을 모른다면 은밀히 잡아 오도록 하라."

우자열은 네 명의 무사를 문밖에 세워 두고 혼자 들어가서 통공을 만났다. 통공은 옷을 벗고 불을 쬐고 있다가 우자열에게 먼저 말했다.

"너는 나를 죽이러 왔구나! 내가 어떤 사람인데 네가 감히 죽이려 하다니!"

우자열이 말했다.

"감히 그럴 수 없습니다."

그러고는 급히 달려가서 후경에게 보고하자, 후경은 통공에게 절을 올리며 사죄하고 결국 감히 해치지 못했다. 나중에 후경이 연회를 열고 통공을 불렀는데, 통공은 고기를 들어 소금을 뿌리고 후경에게 주면서 물었다.

"맛이 어떻습니까?"

후경이 말했다.

"너무 짭니다."

통공이 말했다.

"짜지 않으면 바로 썩습니다."

후경이 죽고 나서 며칠 후에 사람들은 소금 다섯 섬을 그의 배 속에 넣어 시체를 건강(建康)의 시장으로 보냈는데, 백성이 다투어 그 살을 도륙해 모두 먹어 치웠다.

梁末有通公道人者, 不知其姓氏, 居處無常. 所語狂譎, 然必有驗. 飮酒食肉, 遊行民間, 侯景甚信之. 揚州未陷之日, 多拾無數死魚頭, 積於西明門外, 又拔青草荊棘栽市里. 及景渡江, 先屠東門, 一城盡斃, 置其首於西明門外, 爲京觀焉. 市井破落, 所在荒蕪. 通公言說得失, 於景不便, 景惡之, 又憚非常人, 不敢加害. 私遣小將于子悅將武士四人往候之, 謂子悅云 : "若知殺, 則勿害, 不知則密捉之." 子悅立四人於門外, 獨入見. 通脫衣燎火, 逆謂子悅曰 : "汝來殺我! 我是何人, 汝敢輒殺!" 子悅云 : "不敢." 於是馳往報景, 景禮拜謝之, 卒不敢害. 景後因宴召通, 通取肉捏鹽以進, 問曰 : "好否?" 景曰 : "大鹹." 通曰 : "不鹹則爛." 及景死數日, 衆以鹽五石置腹中, 送尸於建康市, 百姓爭屠食之, 皆盡.

* 이 고사는 《태평광기》 권91 〈이승·통공〉에 실려 있다.

13-9(0233) 아 전사

아전사(阿專師)

출《광고금오행기》

후경(侯景)이 정주자사(定州刺史)로 있었을 때, 성씨는 모르지만 이름이 아 전사인 어떤 승려가 있었는데, 그는 대부분 정주의 시정에서 지냈다. 그는 사람들이 공양·혼례·상례를 치른다는 소문을 듣거나 젊은이들이 매와 개를 풀어 사냥하고 연회에 모인다는 소문을 들으면, 그 사이에 있지 않은 적이 없었다. 또 사람들이 시끄럽게 다투면 싸움패를 부추겼는데, 미 : 스님 중의 미치광이다. 여러 해 동안 이렇게 했다. 나중에 정월 보름날 밤에 아 전사가 다른 사람의 자리를 범하고 심한 욕을 마구 해 대자 그 사람이 그를 때려죽이려 했는데, 시정의 무리가 그를 구해 데리고 갔다. 다음 날 아침에 그 집의 형제들이 그를 붙잡으러 찾아다니다가 보았더니, 아 전사가 무너진 담장 위에 걸터앉아 있다가 히죽거리며 그들에게 말했다.

"너희가 나를 미워하고 천대하니 나는 너희를 버리고 떠나련다."

그를 잡으러 온 사람들이 막대기를 치켜들어 던지려 하자, 아 전사가 지팡이로 담을 치며 이랴! 하고 소리쳤더니 걸

터앉았던 담장의 한 모퉁이가 갑자기 위로 수십 길이나 솟구쳤다. 미: 감정이 없는 사물까지도 모두 부릴 수 있다. 아 전사가 손을 들어 마을 사람들에게 작별하자, 그 모습을 본 백성 중에 그에게 절하며 잘못을 후회하지 않는 사람이 없었다. 잠시 후 그는 구름에 가린 채 사라졌다.

侯景爲定州刺史之日, 有僧不知氏族, 名阿專師, 多在州市. 聞人有會齋供嫁娶喪葬之席, 或少年放鷹走狗追隨宴集之處, 未嘗不在其間. 鬪爭喧囂, 亦曲助朋黨, 眉: 僧中之狂. 如此多年. 後正月十五日夜, 觸他坐席, 惡口聚罵, 欲打死之, 市徒救解將去. 其家兄弟明旦捕覓, 正見阿專師騎一破牆上坐, 嘻笑謂之曰: "汝等厭賤我, 我捨汝去." 捕者奮杖欲擲, 阿專師以杖擊牆, 口唱叱叱, 所騎之牆一堵, 忽然升上, 可數十仞. 眉: 無情之物, 皆可驅使. 擧手謝鄕里, 百姓見者, 無不禮拜悔咎. 須臾, 映雲而滅.

* 이 고사는 《태평광기》 권91 〈이승·아전사〉에 실려 있다.

13-10(0234) 조 선사

조선사(稠禪師)

출《기문(奇聞)》·《조야첨재》

　북제(北齊)의 조 선사(稠禪師)는 업(鄴) 땅 사람이다. 처음에 삭발하고 사미승이 되었는데, 그때 동료 무리가 매우 많았다. 매번 쉬는 시간이면 늘 힘겨루기와 뛰어오르기를 하며 놀았는데, 조 선사는 몸집이 작고 약했기 때문에 업신여김을 당했다. 조 선사는 마침내 불전 안으로 들어가서 문을 닫아걸고 금강역사(金剛力士)의 발을 껴안고 맹세했다.

　"저는 허약한 탓에 동료들의 멸시를 받아 욕됨이 너무 심하니 죽느니만 못합니다. 당신은 힘으로 유명하시니 틀림없이 저를 도와주실 수 있을 것입니다. 제가 당신의 발을 이레 동안 받들고 있어도 제게 힘을 주지 않으시면 반드시 여기에서 죽을 것이며, 이 뜻을 바꾸지 않을 것입니다."

　서약을 마치고 나서 지극정성으로 기원했다. 처음 하루 이틀 저녁은 예전과 변함이 없었지만, 그의 염원은 더욱 굳어졌다. 엿새째 되던 날 새벽 무렵에 금강역사가 모습을 나타냈는데, 손에 힘줄이 가득 담긴 커다란 발우를 들고 조 선사에게 말했다.

　"너는 힘을 원하느냐?"

조 선사가 말했다.

"원합니다."

금강역사가 말했다.

"힘줄을 먹을 수 있느냐?"

조 선사가 말했다.

"먹을 수 없습니다."

금강역사가 말했다.

"무슨 까닭이냐?"

조 선사가 말했다.

"출가인은 고기를 끊기 때문입니다."

금강역사가 발우와 숟가락을 들고 힘줄을 보여 주었지만 조 선사는 감히 먹지 못했다. 그러자 금강역사가 금강저(金剛杵)로 겁을 주었더니 조 선사는 두려워서 마침내 먹게 되었다. 힘줄을 후다닥 입에 넣었더니 금강역사가 말했다.

"너는 이미 힘이 세졌지만 가르침을 잘 지켜야 하니 열심히 노력해라." 미 : 정신으로 느낀 것이다.

금강역사가 떠나고 날이 밝아 조 선사가 거처로 돌아갔더니 여러 동료들이 물었다.

"꼬마야, 한동안 어디에 갔다가 오는 것이냐?"

조 선사는 대답하지 않았다. 잠시 후 불당에 모여 밥을 먹었는데, 밥을 먹고 나서 동료들이 또 장난삼아 그를 때리자 조 선사가 말했다.

"나는 힘이 생겼으니 아마도 너희들이 감당하지 못할 것이다."

동료들이 시험 삼아 그의 팔을 당겨 보았더니, 뼈와 근육이 단단하고 굳센 것이 거의 사람이 아닌 것 같았다. 동료들이 한창 놀라고 의아해하고 있을 때 조 선사가 말했다.

"내가 너희를 위해 보여 주겠다."

그러고는 불전 안으로 들어가서 옆으로 벽을 타고 서쪽에서 동쪽까지 수백 보를 갔다가, 또 머리가 대들보에 닿도록 뛰어오르길 서너 번이나 했으며, 1000균(鈞 : 1균은 30근)의 무게를 끌었다. 이전에 그를 경시하고 업신여기던 자들은 모두 바닥에 엎드려 땀을 흘리면서 감히 그를 쳐다보지 못했다. 조 선사는 후에 깨달음을 얻고 임려산(林慮山)에 살면서 정사(精舍)와 불당을 지었는데 매우 크고 웅장했으며, 그를 따르는 승려들이 수천 명이나 되었다. 북제의 문선제(文宣帝)는 그가 많은 무리를 모은 것에 노해 날쌘 기병 만 명을 데리고 직접 토벌하러 갔는데, 조 선사는 그날 승려들을 이끌고 계곡 입구에서 문선제를 영접했다. 문선제가 물었다.

"선사는 어찌하여 급하게 여기까지 오셨습니까?"

조 선사가 말했다.

"폐하께서 장차 빈도(貧道)를 죽이려 하시는데, 산중에서 죽으면 피가 가람(伽藍 : 절)을 더럽힐까 봐 걱정스럽기 때문에 계곡 입구로 와서 죽음을 받으려 합니다."

문선제는 크게 놀라며 말에서 내려 자신의 잘못을 뉘우치면서 음식을 차리라 명하고 식사를 마친 뒤에 조 선사에게 청했다.

"듣기에 선사는 금강역사에게 빌어서 힘을 얻으셨다고 하는데, 지금 선사의 공력을 조금이나마 보고자 하니 괜찮겠습니까?"

조 선사가 말했다.

"예전의 힘은 사람의 힘이었을 뿐이니, 지금 폐하를 위해 신력(神力)을 보여 드리고자 합니다."

이전에 조 선사는 절을 지으면서 사방에 수천 그루의 나무를 가져다 놓았는데 계곡 입구에 쌓여 있었다. 조 선사가 주문을 외우자 목재들이 공중으로 일어서서 서로 부딪쳤는데, 우레와 같은 소리를 내면서 부러져 조각난 파편들이 어지럽게 비처럼 떨어졌다. 문선제는 크게 두려워했고 시종관이 흩어져 도망가자, 문선제는 머리를 조아리며 멈춰 달라고 청했다. 그러고는 칙령을 내려 조 선사가 사람들을 제도하고 절을 짓는 것을 금지하지 못하게 했다. 나중에 조 선사는 병주(幷州)에서 절을 짓다가 완공하지 못하고 병이 들었는데, 임종할 때 탄식하며 말했다.

"대저 삶과 죽음이라는 것은 사람의 운명에 정해진 것으로 부처님도 면할 수 없는 바다. 단지 아직 공덕을 이루지 못했기에 이것이 한스러울 뿐이다. 내가 죽은 뒤에 대력장자(大力長者)가 되어 이 공덕을 이어서 이루길 원한다."

말을 마치고 나서 열반에 들었다. 30년 뒤에 수(隋)나라 황제가 병주를 지나다가 이 절을 보았는데, 마음속에 분명히 예전에 수행했던 곳 같은 기억이 떠올라 미: 수나라 황제는 조 선사가 환생한 것이다. 공경히 이마를 땅에 대고 절하면서 온갖 정성을 다했다. 황제가 병주에 명을 내려 절 공사를 크게 일으켜 그 절이 마침내 완공되었다. 당시 사람들은 황제를 대력장자라고 생각했다.

北齊稠禪師, 鄴人也. 初落髮爲沙彌, 時輩甚衆. 每休暇, 常角力騰趠爲戲, 禪師每以劣弱見凌. 乃入殿中閉戶, 抱金剛足, 誓曰: "我以羸弱, 爲等類輕侮, 爲辱已甚, 不如死也. 汝以力聞, 當祐我. 我捧汝足七日, 不與我力, 必死於此, 無還志." 約旣畢, 因至心祈之. 初一兩夕恒爾, 念益固. 至六日將曙, 金剛形見, 手執大鉢, 滿中盛筋, 謂稠曰: "小子欲力乎?" 曰: "欲." "能食筋乎?" 曰: "不能." 神曰: "何故?" 稠曰: "出家人斷肉故耳." 神因操鉢擧匕, 以筋餧之, 禪師未敢食. 乃怖以金剛杵, 稠懼遂食. 斯須入口, 神曰: "汝已多力, 然善持教, 勉旃." 眉: 情神所感. 神去且曉, 乃還所居, 諸同列問曰: "竪子頃何至?" 稠不答. 須臾, 於堂中會食, 食畢, 諸同列又戲毆, 禪師曰: "吾有力, 恐不堪於汝." 同列試引其臂, 筋骨彊勁, 殆非人也. 方驚疑, 禪師曰: "吾爲汝試." 因入殿中, 橫蹋壁行, 自西至東, 凡數百步, 又躍首至於梁數四, 乃引重千鈞. 先輕侮者, 俯伏流汗, 莫敢仰視. 禪師後證果, 居於林慮山, 構精廬殿堂, 窮極土木, 諸僧從者數千人. 齊文宣怒其聚衆, 因領驍勇萬騎, 躬自往討, 禪師是日領僧徒谷口迎候. 文宣問曰:"師何遽來?" 稠曰:"陛下將殺貧道, 恐山中血汚伽藍, 故至谷口受戮." 文宣大驚, 降駕悔過, 命設饌, 施畢, 請曰:"聞師金剛處祈得力, 今欲見師效少力, 可乎?" 稠曰:"昔力者人力耳, 今爲陛下見神力." 先是禪師造寺, 諸方施木數千根, 臥在谷口. 禪師咒之, 諸木起空中, 自相搏擊, 聲若雷霆, 鬪觸摧折, 繽紛如雨. 文宣大懼, 從官散走, 文宣叩頭請止之. 因敕禪師度人造寺, 無得禁止. 後於幷州營幢子, 未成遘病, 臨終嘆曰:"夫生死者, 人之大分, 如來尙所未免. 但功德未成, 以此爲恨耳. 死後願爲大力長者, 繼成此功." 言終而化. 至後三十年, 隋帝過幷州, 見此寺, 心中渙然記憶, 有似舊修行處, 曰:隋帝, 稠禪師轉世. 頂禮恭敬, 無所不爲. 處分幷州, 大興營葺, 其寺遂成. 時人謂帝爲大力長者云.

* 이 고사는 《태평광기》 권91 〈이승·조선사〉에 실려 있다.

권14 이승부(異僧部)

이승(異僧) 2

14-1(0235) 현장

현장(玄奘)

출《독이지》·《당신어(唐新語)》

사문(沙門) 현장은 속성(俗姓)이 진씨(陳氏)이고 언사현(偃師縣) 사람이다. 당(唐)나라 무덕(武德) 연간(618~626) 초에 불경을 가지러 서역으로 갔는데, 계빈국(罽賓國: 지금의 카슈미르 지방에 있던 나라)에 이르렀을 때 길이 험해 지나갈 수 없었다. 현장은 방법을 알지 못해 그저 빈방의 문을 잠그고 앉아 있었다. 저녁이 되어 방문을 열고 보았더니, 머리와 얼굴에 부스럼이 나 있고 몸에선 피고름이 흐르는 한 노승이 평상에 혼자 앉아 있었는데, 어디서 왔는지 알 수 없었다. 현장이 곧 예를 갖추어 절하고 간청하자, 노승은《다심경(多心經)》1권을 구술해 주면서 현장에게 외우라고 했다. 그랬더니 마침내 산과 강이 평평해지고 길이 열렸으며, 호랑이와 표범이 모습을 숨기고 마귀가 자취를 감추었다. 그리하여 현장은 마침내 불국(佛國)으로 가서 불경 600여 부(部)를 가지고 돌아왔다. 그《다심경》은 지금까지 독송되고 있다. 처음 현장이 장차 서역으로 가려 했을 때 영암사(靈岩寺)에서 소나무 한 그루를 보았는데, 현장은 정원에 서서 손으로 그 나뭇가지를 어루만지며 말했다.

"내가 부처의 가르침을 구하러 서쪽으로 가면 너는 서쪽으로 자라다가, 내가 돌아오게 되면 곧바로 동쪽으로 가지를 돌려, 나의 제자들이 알게끔 해라."

현장이 떠나자 그 나뭇가지는 해마다 서쪽으로 뻗어 나가 몇 장(丈)이나 자랐다. 그러다가 어느 해에 그 나무가 갑자기 동쪽으로 가지를 돌리자 제자들이 말했다.

"교주님께서 돌아오신다!"

그러고는 그를 맞이하러 서쪽으로 갔는데 과연 현장이 돌아왔다. 사람들은 그 소나무를 마정송(摩頂松)이라 부른다.

沙門玄奘, 俗姓陳, 偃師縣人也. 唐武德初, 往西域取經, 行至罽賓國, 道險不可過. 奘不知爲計, 乃鎖空房而坐. 至夕開門, 見一老僧, 頭面瘡痍, 身體膿血, 床上獨坐, 莫知來由. 奘乃禮拜勤求, 僧口授《多心經》一卷, 令奘誦之. 遂得山川平易, 道路開闢, 虎豹藏形, 魔鬼潛迹. 遂至佛國, 取經六百餘部而歸. 其《多心經》至今誦之. 初, 奘將往西域, 於靈岩寺見有一松樹, 奘立於庭, 以手摩其枝曰: "吾西去求佛敎, 汝可西長, 若吾歸, 卽却東回, 使吾弟子知之." 及去, 其枝年年西指, 約長數丈. 一年忽東回, 弟子曰: "敎主歸矣!" 乃西迎之, 奘果還. 衆謂此松爲摩頂松.

* 이 고사는 《태평광기》 권92 〈이승·현장〉에 실려 있다.

14-2(0236) 만회

만회(萬回)

출《담빈록(譚賓錄)》·《남경기(南京記)》

    만회 법사는 문향(閿鄕) 사람으로, 속성은 장씨(張氏)다. 만회는 태어나서 우둔해 여덟아홉 살 때에야 비로소 말을 할 줄 알았으며, 부모도 돼지나 개를 키우듯이 그를 길렀다. 만회가 나이가 들었을 때 아버지가 그에게 밭을 갈라고 했는데, 만회는 밭을 갈면서 뒤도 돌아보지 않고 곧장 앞으로 가기만 했으며, 입으로 연신 "평등"이라고 중얼거렸다. 그래서 수십 리까지 갈다가 도랑이 나오고 나서야 그쳤다. 아버지가 화가 나서 때리자 만회가 말했다.

    "저곳이나 이곳이나 모두 갈아야 하는데, 어찌 서로 차별하겠습니까?" 협:남다르도다! 미:이 가운데의 현허(玄虛)함을 상상할 만하다.

    만회의 형이 안서(安西)에서 수자리를 서고 있었는데 소식이 끊어졌기에 부모님은 그가 죽은 줄로 생각하고 밤낮으로 울었다. 만회가 갑자기 무릎을 꿇고 말했다.

    "이렇게 우는 것은 혹시 형을 걱정해서가 아닙니까?"

    부모님이 말했다.

    "그렇다."

만회가 말했다.

"우리 형이 필요한 것은 의복, 말린 밥, 두건, 신발 등이니 이 모든 것을 챙겨 주시면 제가 형에게 다녀오겠습니다."

문득 어느 날 아침에 만회는 부모님이 챙겨 준 것을 가지고 떠났다가 저녁에 집으로 돌아와서 부모님께 알렸다.

"형은 평안히 잘 있습니다."

[만회가 가지고 온 형의 편지를] 살펴보았더니 다름 아닌 형의 필적이었기에 온 집안사람들이 기이해했다. 홍농(弘農 : 홍농군에 문향현이 있었음)에서 안서까지는 거리가 만여 리나 되었는데, 그가 만 리를 갔다가 돌아왔기 때문에 그를 만회라고 불렀다. 이전에 현장 법사(玄奘法師)가 불경을 가지러 불국(佛國)에 갔다가 불감(佛龕 : 작은 규모의 불당)의 기둥에 쓰여 있는 것을 보았다.

"보살 만회가 문향 땅으로 귀양 가서 교화를 펼친다."

현장 법사는 역마(驛馬)를 급히 몰아 문향현에 도착해서 그곳에 만회 법사가 있는지 물어본 뒤 그를 불러오게 했다. 만회가 도착하자 현장 법사는 그에게 예를 갖추고 삼의(三衣)30)와 발우를 물려주고 떠났다. 나중에 측천무후(則天武

---

30) 삼의(三衣) : 승려가 입는 세 가지 옷으로, 승가리(僧伽梨 : 대의. 마을이나 궁중에 들어갈 때 입음), 울다라승(鬱多羅僧 : 상의. 예불·독경 등을 할 때 입음), 안타회(安陀會 : 내의. 절에서 작업할 때나 침상

后)가 만회를 궁 안으로 맞이해 들였는데, 그가 말한 일이 대부분 들어맞았다. 미 : 미리 안 것이다. 당시 장역지(張易之)가 대대적으로 저택을 지었는데, 만회가 늘 그 저택을 가리키면서 말했다.

"장작(將作)."

사람들은 무슨 뜻인지 알지 못했다. 장역지가 주살당한 뒤에 그 저택을 장작감(將作監)31)으로 삼았다. 만회는 또 일찍이 위 서인(韋庶人 : 위후, 중종의 황후)과 안락 공주(安樂公主 : 위후의 딸)에게 말했다.

"삼랑(三郞)이 그대들의 머리를 벨 것이오."

위 서인은 중종(中宗)이 셋째였기에 황제가 변고를 일으킬까 봐 두려워한 나머지 마침내 그를 짐독으로 죽였는데, 자기가 현종(玄宗)에게 주살당할 줄은 알지 못했다. 또 예종(睿宗)이 번저(藩邸)에 있을 때 간혹 민간에서 돌아다닌 적이 있었는데, 만회가 마을의 큰 길거리에서 "천자께서 납시신다!" 또는 "성인께서 납시신다!"라고 큰 소리로 외쳐 댔다. 만회가 그곳에 이틀 동안 머무는 사이에 예종이 어김없이 그곳을 거쳐 지나갔던 것이다. 태평 공주(太平公主)가 자기

에 누울 때 입음)를 말한다.
31) 장작감(將作監) : 토목 공사와 궁실 및 관사의 축조와 수리를 담당하던 관청.

저택의 오른쪽에 만회를 위해 집을 지어 주었는데, 만회는 경운(景雲) 연간(710~712)에 그 집에서 죽었다. 임종할 때 크게 소리치면서 자기 고향의 하수(河水)를 떠 오라고 시켰는데, 제자와 승려들이 찾지 못하자 만회가 말했다.

"당(堂) 앞이 바로 하수다."

사람들이 계단 밑에 우물을 팠더니 갑자기 하수가 솟아 나왔으며, 만회는 그 물을 마시고 나서 죽었다. 그곳의 우물 물은 지금까지도 감미롭다.

萬回師, 閿鄕人也, 俗姓張氏. 回生而愚, 八九歲乃能語, 父母亦以豚犬畜之. 年長, 父令耕田, 回耕田, 直去不顧, 口但連稱"平等". 因耕數十里, 遇溝坑乃止. 其父怒而擊之, 回曰: "彼此總耕, 何須異相?" 夾: 奇! 眉: 此中空洞可想. 回兄戍安西, 音問隔絶, 父母謂其死矣, 日夕涕泣. 回忽跪而言曰: "涕泣豈非憂兄耶?" 父母曰: "然." 回曰: "吾兄所要者, 衣裘糧糧巾履之屬, 請悉備焉, 某將往之." 忽一日, 朝齎所備而往, 夕返其家, 告父母曰: "兄平善矣." 視之, 乃兄迹也, 一家異之. 弘農抵安西, 蓋萬餘里, 以其萬里回, 故號曰萬回也. 先是玄奘向佛國取經, 見佛龕題柱曰: "菩薩萬回謫向閿鄕地敎化." 奘師馳驛至閿鄕縣, 問此有萬回師無, 令呼之. 萬回至, 奘師禮之, 施三衣瓶鉢而去. 後則天迎入內, 語事多驗. 眉: 前知. 時張易之大起第宅, 萬回常指曰: "將作." 人莫之悟. 及易之伏誅, 以其宅爲將作監. 常謂韋庶人及安樂公主曰: "三郞斫汝頭." 韋庶人以中宗第三, 恐帝生變, 遂酖之, 不悟爲玄宗所誅. 又睿宗在藩邸時, 或遊行人間, 萬回於聚落街衢中高聲曰：“天子來!” 或曰：“聖人來!” 其處信宿間, 睿宗必經過徘徊也. 太平公主爲造宅於己宅之右, 景雲中, 卒於此宅. 臨終大呼, 遣求本鄕河水, 弟子徒侶無覓, 萬回曰：“堂前是河水.” 衆於階下掘井, 忽河水湧出, 飮竟而終. 此坊井水至今甘美.

* 이 고사는 《태평광기》 권92 〈이승·만회〉에 실려 있다.

14-3(0237) 승가 대사

승가대사(僧伽大師)

출《본전(本傳)》·《기문록(紀聞錄)》

 승가 대사는 서역 사람으로 속성은 하씨(何氏)다. 당(唐)나라 용삭(龍朔) 연간(661~663) 초에 그는 북방으로 유람하러 왔는데, 승적은 초주(楚州) 용흥사(龍興寺)에 속해 있었다. 얼마 후에 사주(泗州) 임회현(臨淮縣) 신의방(信義坊)에 땅을 얻어 표식을 해 두고 장차 절을 세우려고 했다. 표식 아래에서 옛 향적사(香積寺)의 명기(銘記)와 황금 불상 하나를 파냈는데, 불상 위에 "보조왕불(普照王佛)"이라는 글자가 새겨져 있자 마침내 그곳에 절을 지었다. 당나라 경룡(景龍) 2년(708)에 중종(中宗)은 사자를 파견해 승가 대사를 내도량으로 모셔 들여 국사(國師)로 존중했다. 얼마 후에 궁궐을 나와 천복사(薦福寺)로 거처를 옮겨 늘 한 방에서 홀로 지냈다. 그는 정수리에 구멍 하나가 있었는데 항상 솜으로 막아 놓았다가 밤에 솜을 빼내면, 향이 정수리 구멍에서 나와 향내가 방에 가득했으며 매우 향기로웠다. 새벽이 되어 향이 정수리 구멍 안으로 도로 들어가면 다시 솜으로 막았다. 미 : 불도징(佛圖澄)의 젖가슴[32]과 대략 같다. 승가 대사가 늘 발을 씻고 나서 사람들이 그 물을 가져다 마시면 고

질병이 모두 나았다. 하루는 중종이 내전에서 승가 대사에게 말했다.

"경기 지방에 비가 내리지 않고 있으니, 대사께서 자비를 베풀어 주시길 원합니다."

이에 승가 대사가 물병 안의 물을 뿌렸더니 잠시 후 먹구름이 갑자기 일어나면서 단비가 크게 쏟아졌다. 중종은 매우 기뻐하며 그가 세운 절에 편액을 하사하고 이름을 임회사(臨淮寺)라고 했다. 하지만 승가 대사는 이름을 보조왕사(普照王寺)로 짓길 청했는데, 대개 황금 불상 위에 새겨진 글자를 따르고자 한 것이었다. 중종은 조(照) 자가 측천무후(則天武后)의 묘휘(廟諱)였기 때문에 결국 보광왕사(普光王寺)로 이름을 바꾸고 친히 편액에 글씨를 써서 하사했다. 경룡 4년(710) 3월 2일에 승가 대사는 장안(長安)의 천복사에서 단정히 앉아 숨을 거두었다. 중종은 곧장 천복사에 탑을 세우게 했으며, 그 몸에 옻칠을 하고 공양하도록 했다. 잠시 후 큰 바람이 갑자기 불면서 악취가 장안을 가득 채웠다. 이에 중종이 물었다.

"이는 무슨 징조인가?"

---

32) 불도징(佛圖澄)의 젖가슴 : 이 고사는 본서 13-3(0227) 〈불도징〉에 나온다.

측근 신하가 아뢰었다.

"승가 대사는 임회현에서 중생을 교화하는 인연을 맺었으니, 아마도 그곳으로 돌아가고 싶기 때문에 이러한 변고를 드러내 보인 듯합니다."

중종이 묵묵히 마음속으로 허락하자 그 악취가 순식간에 사라지더니 잠시 후에 기이한 향기가 짙게 퍼졌다. 그해 5월에 승가 대사의 유골을 임회현으로 보내고 탑을 세워 공양했다. 후에 중종이 만회 법사(萬回法師)에게 물었다.

"승가 대사는 어떤 사람입니까?"

만회 법사가 말했다.

"관음보살의 화신입니다."

이전에 승가 대사가 처음 장안에 이르렀을 때 만회 법사가 매우 공손하게 예를 갖춰 배알했는데, 승가 대사가 그의 머리를 두드리며 말했다.

"소자(小子)는 무슨 까닭으로 오래 머물고 있느냐? 떠나거라!"

승가 대사가 세상을 떠난 후 몇 달 지나지 않아 만회 법사 역시 죽었다.

僧伽大師, 西域人也, 俗姓何氏. 唐龍朔初, 來遊北土, 隷名於楚州龍興寺. 後於泗州臨淮縣信義坊乞地施標, 將建伽藍. 於其標下掘得古香積寺銘記, 並金像一軀, 上有"普照王佛"字, 遂建寺焉. 唐景龍二年, 中宗遣使迎師, 入內道場, 尊爲國師. 尋出居薦福寺, 常獨處一室. 而頂有一穴, 恒以絮塞之, 夜則去絮, 香從頂穴中出, 煙氣滿房, 非常芬馥. 及曉, 香還入頂穴中, 又以絮塞之. 眉:與佛圖澄乳大同. 師常濯足, 人取其水飮之, 痼疾皆愈. 一日, 中宗於內殿語師曰:"京畿無雨, 願師慈悲." 師乃將瓶水泛灑, 俄頃, 陰雲驟起, 甘雨大降. 中宗大喜, 詔賜所修寺額, 名臨淮寺. 師請以普照王字[1]爲名, 蓋欲依金像上字也. 中宗以照字是天后廟諱, 乃改爲普光王寺, 仍御筆書額以賜焉. 至景龍四年三月二日, 於長安薦福寺端坐而終. 中宗卽令於薦福寺起塔, 漆身供養. 俄而大風欻起, 臭氣遍滿於長安. 中宗問曰:"是何祥也?" 近臣奏曰:"僧伽大師化緣在臨淮, 恐是欲歸彼處, 故現此變也." 中宗默然心許, 其臭頓息, 頃刻之間, 奇香郁烈. 卽以其年五月送至臨淮, 起塔供養. 後中宗問萬回師曰:"僧伽大師何人耶?" 萬回曰:"是觀音化身也." 先是師初至長安, 萬回禮謁甚恭, 師拍其首曰:"小子何故久留? 可以行矣!" 及師化後, 不數月, 萬回亦卒.

* 이 고사는 《태평광기》 권96 〈이승·승가대사〉에 실려 있다.

1 자(字):《태평광기》 명초본에는 "사(寺)"라 되어 있는데 문맥상 타당하다.

14-4(0238) 일행

일행(一行)

출《개천전신기(開天傳信記)》등과《송창록(松窗錄)》

  승려 일행은 속성이 장씨(張氏)이고 거록(鉅鹿) 사람으로 본명은 수(遂)다. 당(唐)나라 현종(玄宗)이 그를 불러 접견하며 말했다.

  "경은 무엇에 능하오?"

  일행이 대답했다.

  "오직 본 것을 잘 기억할 뿐입니다."

  그래서 현종은 액정(掖庭 : 후궁의 거처)에 명해 궁인의 명부를 가져오게 해서 그에게 보여 주었는데, 일행은 한 번 보고 나서 마치 평소에 익혀 둔 것처럼 기억할 수 있었다. 현종은 자기도 모르게 어좌에서 내려와 그에게 예를 갖추고 성인이라 불렀다. 이전에 일행은 불교를 믿게 되었을 때 보적(普寂)을 스승으로 섬겼다. 보적 사부가 한번은 절에 공양을 차려 놓고 승려들을 크게 모은 적이 있었는데, 숭산(嵩山)의 은사(隱士) 노홍(盧鴻)에게 문장을 지어 그 모임을 기려 달라고 청했다. 정한 날이 되어 범종이 울리고 독경을 하자, 노홍이 문장을 가지고 와서 안석 위에 놓으며 보적에게 말했다.

"제가 지은 문장은 수천 자나 되며 게다가 글자가 벽자(僻字)이고 말이 특이하니, 여러 승려들 중에서 총명한 자를 뽑아 주시겠습니까? 그러면 제가 직접 그에게 가르쳐 주겠습니다."

그래서 보적은 일행을 불러오게 했다. 일행은 도착하고 나서 종이를 펼치더니 미소를 지으며 협 : 대수롭지 않게 여긴 것이다! 단지 한 번 훑어보고 난 뒤에 그것을 다시 안석 위에 놓았다. 노홍은 그가 대충 훑어본 것을 같잖게 여겼지만 속으로 의아해했다. 잠시 후에 승려들이 불당에 모이자, 일행은 소매를 걷어붙이고 앞으로 나아가 우렁찬 목소리로 외웠는데 한 글자도 빠뜨리지 않았다. 노홍은 깜짝 놀라 한참 동안 있다가 보적에게 말했다.

"당신이 가르칠 수 있는 사람이 아니니, 마땅히 그가 마음껏 돌아다니면서 공부하도록 놓아주어야 합니다."

그래서 일행은 대연력(大衍曆)을 궁구했으며, 이때부터 몇천 리도 멀다 하지 않고 스승을 찾아다녔다. 한번은 천태(天台)의 국청사(國淸寺)에 이르러 한 선원(禪院)을 보았더니, 오래된 소나무가 수십 보(步)에 심어져 있고 문 앞으로 냇물이 흐르고 있었다. 일행이 문의 가림벽 사이에 서 있었는데, 선원의 승려가 정원에서 산가지를 굴리느라 사륵사륵하는 소리가 들려왔다. 잠시 후에 그 승려가 도제(徒弟)에게 말했다.

"오늘 어떤 제자가 나에게 산법(算法)을 배우려고 멀리서 찾아와 이미 문에 당도해 있을 것이다."

그러고는 곧 산가지 하나를 덜어 내더니 또 말했다.

"문 앞의 냇물이 거꾸로 서쪽으로 흐르니 제자가 틀림없이 도착했을 것이다."

그 말이 끝남과 동시에 일행이 들어와 머리를 조아리고 산법을 청하자 승려는 그에게 산술(算術)을 모두 전수해 주었는데, 본래 동쪽으로 흐르던 문 앞의 냇물이 갑자기 방향을 바꿔 서쪽으로 흘렀다. 형화박(邢和璞)이 일찍이 윤음(尹愔)에게 말했다.

"일행은 혹시 성인인가! 한(漢)나라 때 낙하굉(洛下閎)이 책력(冊曆)을 만들면서 '800년 뒤에 틀림없이 하루의 오차가 생길 것인데, 필시 어떤 성인이 이것을 정정할 것이다'라고 말했소. 금년에 그 기한이 끝나오."

일행은 《대연력(大衍曆)》을 만들면서 비로소 그 오차를 바로잡았다.

일행이 또 일찍이 도사 윤숭(尹崇)을 찾아가 양웅(揚雄)의 《태현경(太玄經)》을 빌렸는데, 며칠 만에 다시 윤숭을 찾아가 그 책을 돌려주었더니 윤숭이 말했다.

"이 책은 뜻이 심오해서 나도 몇 년 동안 연구했지만 아직도 깨달을 수 없으니, 그대는 더 연구해 보시오. 어찌 이렇게 급하게 돌려주는 것이오?"

일행이 말했다.

"이미 그 뜻을 궁구했습니다."

그러면서 자신이 지은 《대연현도(大衍玄圖)》와 《의결(義訣)》 1권을 꺼내 윤숭에게 보여 주자, 윤숭은 크게 탄복하면서 말했다.

"이 사람은 안자(顔子 : 안회)의 후신이로다!"

이전에 일행이 어렸을 때 집이 가난했는데, 이웃에 사는 왕(王) 노파가 전후로 그를 도와준 것이 대략 수십만 전이나 되었기에 일행은 늘 그녀에게 보답하려고 생각했다. 미 : 왕 노파는 비범한 사람이며, 빨래하는 노파[33]는 말하기에 부족하다. 개원(開元) 연간(713~741)에 일행은 현종에게 공경스런 예우를 받았기에 말만 하면 안 되는 것이 없었다. 얼마 후에 왕 노파의 아들이 살인죄를 범해 옥사(獄事)가 아직 판결 나지 않았을 때, 왕 노파가 일행을 찾아와 구제해 달라고 청하자 일행이 말했다.

"할머니가 황금과 비단을 요구한다면 당연히 [이전에 빚진 것의] 10배로 갚아 주겠지만, 황상께서 법 집행을 엄정하게 하시므로 인정에 호소하기 어렵소."

---

33) 빨래하는 노파 : 옛날 한신(韓信)이 가난했을 때 빨래하는 노파로부터 밥을 얻어먹은 일이 있었는데, 나중에 한신이 초왕(楚王)이 되어 천금을 주어 은혜를 갚았다고 한다.

왕 노파는 일행에게 삿대질하며 크게 욕했다.

"이런 중놈을 안다고 무슨 소용이 있겠느냐!"

일행은 왕 노파를 쫓아가서 사과했지만 왕 노파는 끝내 뒤돌아보지 않았다. 일행은 마음속으로 계산해 보았더니 혼천사(渾天寺)에서 일하는 인부가 수백 명이나 되었기에, 곧 그들이 묵는 방을 비우게 하고 방 가운데에 커다란 항아리 하나를 옮겨 놓은 뒤, 상주하는 노복 2명을 은밀히 뽑아 베 자루를 주면서 말했다.

"어떤 동네의 어떤 모퉁이에 폐허가 된 정원이 있는데, 너희들이 그 안을 은밀히 지켜보고 있으면 정오에서 해 질 녘까지 틀림없이 어떤 동물 일곱 마리가 들어올 것이니, 모두 덮쳐서 잡아야 한다. 하나라도 놓치면 너희에게 곤장을 칠 것이다."

노복들이 그의 말대로 갔더니, 유시(酉時 : 오후 6시경) 이후에 과연 한 무리의 돼지가 오므로 모두 잡아서 돌아왔다. 일행은 크게 기뻐하면서 그 돼지들을 항아리 속에 넣게 한 뒤, 나무 뚜껑을 덮고 육일니(六一泥)[34]로 봉하고 붉은 글씨로 범어(梵語) 수십 자를 썼는데, 문도(門徒)들은 무슨

---

34) 육일니(六一泥) : 약명(藥名). 황토(黃土)·방분(蚌粉 : 방합조개 가루)·석회(石灰)·적석(赤石)·적석지(赤石脂)·식염(食鹽)의 여섯 가지 재료를 빻아 물에 개어 만든 약.

영문인지 알 수 없었다. 아침이 되자마자 중사(中使 : 궁중에서 파견한 사자)가 문을 두드리며 급히 불러, 일행이 편전(便殿)에 도착했더니 현종이 그를 맞이하며 물었다.

"어젯밤에 북두칠성이 보이지 않았다고 태사(太史)가 상주했는데, 이것은 어떤 징조요? 법사는 그것을 해결할 수 있소?"

일행이 말했다.

"천하에 대사면을 내리는 것만 한 것이 없습니다."

현종은 일행의 말을 따랐다. [그래서 결과적으로 왕 노파의 아들은 석방되었다.] 또 그날 밤에 태사가 북두칠성 가운데 한 별이 나타났다고 상주했으며, 모두 7일 만에 북두칠성이 본래대로 되었다.

현종이 동도(東都 : 낙양)로 행차했다가 우연히 가을비가 온 뒤 날이 개이자, 일행 법사와 함께 천궁사(天宮寺)의 누각에 올랐다. 현종은 한참 동안 아래를 내려다보다가 쓸쓸히 멀리 돌아보며 서너 번 탄식하더니 일행에게 말했다.

"내 나이가 예순인데 끝까지 근심거리가 없겠소?"

일행이 나아가 말했다.

"폐하께서는 만 리까지 납실 것이며, 성조(聖祚 : 제위)는 무궁할 것입니다."

현종은 서쪽으로 순행해 처음 성도(成都)에 이르렀을 때, 큰 다리가 앞에 바라보이기에 채찍을 들어 좌우 신하에게 물었다.

"저 다리 이름은 무엇인가?"

절도사(節度使) 최원(崔圓)이 말을 몰아 앞으로 나아가 말했다.

"만리교(萬里橋)라 합니다."

현종은 뒤늦게 감탄하며 말했다.

"일행의 말이 지금 과연 딱 들어맞으니 나는 걱정할 게 없겠구나!"

僧一行, 姓張氏, 鉅鹿人, 本名遂. 唐玄宗旣召見, 謂曰 : "卿何能?" 對曰 : "唯善記覽." 玄宗因詔掖庭, 取宮人籍示之, 一覽能記, 如素所習讀. 玄宗不覺降榻作禮, 呼爲聖人. 先是一行旣從釋氏, 師事普寂. 師嘗設食於寺, 大會群僧, 請嵩山隱士盧鴻爲文贊歎. 至日, 鐘梵旣作, 鴻持文致几案上, 謂普寂曰 : "某文數千言, 字僻而言怪, 盍於群僧中選聰悟者? 鴻當親爲傳授." 寂令召一行. 旣至, 伸紙微笑, 夾 : 輕薄! 止於一覽, 復置几上. 鴻輕其疏脫而竊怪之. 俄而群僧會於堂, 一行攘袂而進, 抗音興裁, 一無遺忘. 鴻驚愕久之, 謂寂曰 : "非君所能教導也, 當縱其遊學." 一行因窮大衍, 自此訪求師資, 不遠數千里. 嘗至天台國淸寺, 見一院, 古松數十步, 門有流水. 一行立於門屛間, 聞院僧於庭布算, 其聲簌簌. 旣而謂其徒曰 : "今日有弟子自遠求吾算法, 已合到門." 卽除一算, 又謂曰 : "門前水却西流, 弟子當至." 一行承言而入, 稽首請法, 盡授其術焉, 而門水舊東流, 忽改爲西矣. 邢和璞嘗謂尹愔曰 : "一行其聖人乎! 漢之洛下閎造曆, 云 : '八百歲當差一日,必有聖人定之.' 今年期畢矣." 至一行造《大衍曆》, 始正其差謬. 一行又嘗詣道士尹崇, 借揚雄《太玄經》, 數日, 復詣崇還其書, 崇曰:"此書意旨深遠, 吾尋之積年, 尚不能曉, 子試更研求. 何遽見還?" 一行曰:"已究其義矣." 因出所撰《大行[1]玄圖》及《義訣》一卷以示崇, 崇大嗟伏, 曰:"此後生顏子也!" 初, 一行幼時家貧, 鄰有王姥, 前後濟之約數十萬, 一行常思報之. 眉:王姥非常人, 漂母不足言矣. 至開元中, 一行承玄宗敬遇, 言無不可. 未幾, 會王姥兒犯殺人, 獄未具, 姥詣一行求救, 一行曰:"姥要金帛, 當十倍酬. 君上執法, 難以情求也." 王姥戟手大罵曰:"何用識此僧!" 一行從而謝之, 終不顧. 一行心計渾天寺中工役數百, 乃命空其室內, 徙一大甕於中央, 密選常住奴二人, 授以布囊, 謂曰:"某坊某角有廢園, 汝向中潛伺, 從午至昏, 當有物入來, 其數七者, 可盡掩之. 失一則杖汝." 如言而往, 至酉後, 果有群豕至, 悉獲而歸. 一行大喜, 令置甕中, 覆以木蓋, 封以六一泥, 朱題梵字數十, 其徒莫測. 詰朝, 中使叩門急召, 至便殿, 玄宗迎問曰:"太史奏昨夜北斗不見, 是何祥也? 師有以禳之乎?" 一行曰:"莫若大赦天下." 玄宗從之. 又其夕, 太史奏北斗一星見, 凡七日而復.

玄宗幸東都, 偶因秋霽, 與一行師共登天宮寺閣. 臨眺久之, 上遐顧淒然, 發嘆數四, 謂一行曰:"吾甲子得終無患乎?" 一行進曰:"陛下行幸萬里, 聖祚無疆." 西狩初至成都, 前望大橋, 上舉鞭問左右:"是橋何名?" 節度崔圓躍馬前進曰:"萬里橋." 上因追嘆曰:"一行之言, 今果符之, 吾無憂矣!"

* 이 고사는 《태평광기》 권92 〈이승·일행〉, 권136 〈징응(徵應)·만리교(萬里橋)〉에 실려 있다.

1 행(行):《태평광기》에 "연(衍)"이라 되어 있는데 타당하다.《신당서

(新唐書)》〈예문지(藝文志)·역류(易類)〉와 《명황잡록(明皇雜錄)》〈별록(別錄)〉에도 "연"이라 되어 있다.

14-5(0239) 무외

무외(無畏)

출《개천전신기》

당(唐)나라 무외 삼장(三藏)35)이 처음 천축(天竺)에서 왔을 때 담당 관리가 그를 인도해 현종(玄宗)을 알현했는데, 현종이 그를 공경하며 믿었다. 이어서 현종이 그에게 어디에서 쉬고 싶은지 물었더니 무외 삼장이 말했다.

"신은 천축에 있을 때, 대당(大唐) 서명사(西明寺)의 선율사(宣律師)가 계율을 지키는 것에 으뜸이라고 항상 들었으니, 그에게 의탁해 머물고 싶습니다."

현종이 허락했다. 선율사는 금계(禁戒)를 매우 엄격하게 지켰으며 정결하게 분향하고 수도했다. 그러나 무외 삼장은 술을 마시고 고기를 먹었으며, 말과 행동도 거칠고 함부로 하는 데다가 종종 술에 취해 시끄럽게 떠들면서 토한 오물로 자리를 더럽혔기에 선율사는 몹시 견딜 수 없었다. 그러던 어느 날 밤에 선율사가 이를 잡아서 땅에 내던지려 했는데, 무외 삼장이 반쯤 취한 상태에서 연거푸 소리쳤다.

---

35) 삼장(三藏) : 경(經)·율(律)·논(論)에 통달한 고승(高僧)에 대한 경칭.

"율사! 율사! 보살을 쳐 죽이렵니까?"

선율사는 그제야 그가 남다른 사람이라는 것을 알고서 옷매무새를 바로 하고 예를 갖추면서 그를 스승으로 섬겼다.

唐無畏三藏初自天竺至, 所司引謁玄宗, 玄宗敬信焉. 因問師欲於何方休息, 三藏進曰 : "臣在天竺, 常時聞大唐西明寺宣律師持律第一, 願往依止." 玄宗可之. 宣律禁戒堅苦, 焚修精潔. 三藏飮酒食肉, 言行粗易, 往往乘醉喧競, 穢汚綱席, 宣律頗不甘. 忽中夜, 宣律捫虱, 將投於地, 三藏半醉, 連聲呼曰 : "律師! 律師! 撲死佛子耶?" 宣律方知其異, 整衣作禮而師事焉.

* 이 고사는《태평광기》권92〈이승・무외〉에 실려 있다.

14-6(0240) 명 달사

명달사(明達師)

출《기문록》

　명 달사는 어디 출신인지 모르는데, 만회(萬回)가 옛날에 머물던 문향현(閿鄕縣)의 절에서 머물렀다. 그곳을 왕래하는 길손들이 모두 명 달사를 뵙고 길흉을 물었는데, 명 달사는 대답하지 않고 단지 그 뜻만 보여 줄 뿐이었다. 한번은 어떤 사람이 명 달사를 뵙고 물었다.

　"도성에 가서 부모님을 뵈려고 하는데 부모님의 안부는 어떻습니까?"

　명 달사는 대나무 지팡이를 주었는데, 그 사람이 도성에 도착했더니 부모님은 돌아가신 상태였다. 또 어떤 사람이 명 달사를 뵈러 오자, 명 달사는 절에 있는 말을 끌고 오더니 그 사람에게 타고서 남북으로 급히 달려가게 했다. 그 사람은 도성에 도착한 뒤, 채방판관(採訪判官)에 임명되어 역마를 타고 가지 않는 곳이 없었다. 미:미리 안 것이다. 이임보(李林甫)가 황문시랑(黃門侍郞)으로 있을 때, 천자를 수행해 서쪽으로 갔다가 돌아오는 길에 명 달사를 뵈었더니 명 달사가 그의 어깨에 저울을 얹었는데, 이임보는 도성에 도착한 뒤 재상이 되었다. 이옹문(李雍門)이 호성현령(湖城縣

令)으로 있을 때, 명 달사가 갑자기 그에게 작은 말을 달라고 했는데 이옹문이 주지 않았다. 하루 뒤에 이옹문이 말을 타고 외출하려 했는데, 말이 갑자기 정원에서 사람처럼 똑바로 서는 바람에 이옹문은 말에서 떨어져 죽었다.

明達師者, 不知其所自, 於閿鄉縣住萬回故寺. 往來過客, 皆謁問休咎, 達不答, 但見其旨趣而已. 曾有人謁達, 問曰 : "欲至京謁親, 親安否?" 達授以竹杖, 至京而親亡. 又有謁達者, 達取寺家馬, 令乘之, 使南北馳驟而去. 其人至京, 授採訪判官, 乘驛無所不至. 眉: 前知. 李林甫爲黃門侍郞, 扈從西還, 謁達, 加秤於其肩, 至京而作相. 李雍門爲湖城令, 達忽請其小馬, 雍門不與. 間一日, 乘馬將出, 馬忽庭中人立, 雍門墜馬死.

* 이 고사는 《태평광기》 권92 〈이승·명달사〉에 실려 있다.

14-7(0241) 화엄 화상

화엄화상(華嚴和尙)

출《원화기(原化記)》

    화엄 화상은 신수(神秀)에게서 수학했는데, 선종(禪宗)에서는 신수를 북조(北祖 : 북선종의 조사)라 부른다. 화엄 화상은 늘 낙도(洛都 : 낙양)의 천궁사(天宮寺)에 머물렀으며 제자가 300여 명이었다. 매일 불당에서 공양할 때면 화엄 화상이 단정하고 엄숙했기 때문에 발우를 반드시 가지런히 모아 두어야 했다. 한 제자는 하랍(夏臘 : 법랍. 승려의 나이)과 도업(道業)이 다른 제자들보다 높았지만 성정이 자못 조급했는데, 당시 병으로 몸져누워 있는 바람에 다른 스님들을 따라 그 자리에 가지 못했다. 한 사미(沙彌)가 발우를 미처 준비하지 못해 그 스님을 찾아가서 이마를 땅에 대고 절하면서, 발우를 빌려 잠시 쓰고 내일 틀림없이 스스로 가져다 놓겠다고 했다. 하지만 그 스님은 주지 않으며 말했다.

    "내 발우는 받아 사용한 지 이미 수십 년이 되었는데, 너에게 빌려주면 훼손할까 봐 걱정이다."

    사미가 멈추지 않고 간곡하게 부탁하자, 그 스님이 마침내 빌려주면서 말했다.

    "나는 이 발우를 목숨처럼 아끼니 만약 훼손하면 나를 죽이는 것과 같다."

사미는 발우를 받아 손으로 받쳐 들고 가면서 전전긍긍했다. 공양을 마치고 발우를 가지고 돌아가려는데 벌써 그 스님이 재삼 재촉했다. 사미는 발우를 들고 불당을 내려오다가 뜻밖에도 깨진 벽돌 때문에 넘어져 발우를 깨뜨리고 말았다. 협 : 너무 조심한 탓이다. 사미는 결국 그 스님의 처소로 가서 예를 갖춰 잘못을 빌고 백 번 천 번의 절을 올렸다. 그러자 그 스님이 크게 비명을 지르며 말했다.

"네가 나를 죽였구나!"

그 스님은 너무 심하게 화내며 욕하는 바람에 병이 더욱 심해져 하룻밤 뒤에 죽었다. 그 후로 어느 정도 시간이 흐른 뒤, 화엄 화상이 숭산(嵩山)의 절에서 제자 100여 명에게 한창 《화엄경(華嚴經)》을 강론하고 있었는데, 그 사미도 그곳에서 듣고 있었다. 갑자기 절 밖의 산골짜기에서 비바람 소리 같은 것이 들렸다. 그러자 화엄 화상은 그 사미를 불러 자신의 등 뒤에 서 있게 했다. 잠시 후에 보았더니 길이가 8~9장(丈)에 굵기가 네댓 아름이나 되는 커다란 뱀 한 마리가 곧장 절 안으로 들어오더니 성난 눈으로 아가리를 벌리고 있었다. 좌우의 스님들이 모두 달아나려고 하자 화엄 화상이 그들에게 움직이지 말라고 경고했다. 뱀이 점점 강당으로 다가오더니 계단에 올라 안을 흘겨보았는데, 찾는 것이 있는 것 같았다. 화엄 화상이 석장(錫杖)으로 뱀을 가로막으며 말했다.

"멈춰라!"

뱀은 마침내 머리를 숙이고 눈을 감았다. 화엄 화상은 석장으로 그 머리를 두드리며 말했다.

"이미 지은 업이 밝혀졌으니 지금 마땅히 삼보(三寶 : 불·법·승)에 귀의해야 한다."

화엄 화상이 스님들에게 한목소리로 염불하게 하면서 뱀에게 삼귀오계(三歸五戒)36)를 받게 하자, 뱀이 굼실굼실 강당을 빠져나갔다. 당시 죽은 스님의 제자 중에 그 법회에 참석한 자가 있었는데, 화엄 화상이 그를 불러 말했다.

"이 뱀은 바로 네 스승이다. 수행한 지 오래되어 마땅히 증과(證果)37)의 반열에 들어갔어야 하나, 임종할 때 발우 하나가 깨진 것을 아까워한 나머지 이 사미에게 화를 내는 바람에 결국 뱀이 되었다. 이 사미를 죽이려고 오늘 여기에 온 것이다. 만약 그를 죽였다면 마땅히 큰 지옥에 떨어져 그곳

---

36) 삼귀오계(三歸五戒) : '삼귀'는 불(佛)·법(法)·승(僧) 삼보(三寶)에 귀의하는 것을 말하고, '오계'는 불제자가 준수해야 할 기본 계율로, 살생하지 않고, 도둑질하지 않고, 간음하지 않고, 술을 마시지 않고, 망령된 말을 하지 않는 것을 말한다.

37) 증과(證果) : 수행에 의해 얻은 결과로, 열반의 경지에 드는 것도 그 중 하나다.

에서 빠져나올 기약이 없었을 것이다. 미 : 하물며 아까워한 것이 발우 하나에 그치지 않는 자는 어떤 지옥에 떨어질지 모르니 가련하도다! 내가 그것을 제지하고 금계(禁戒)를 준 덕분에 지금쯤 마땅히 뱀의 몸을 버렸을 것이니, 네가 가서 찾아보아라."

제자가 명을 받고 밖으로 나와 뱀이 지나갔던 곳을 보니, 마치 수레가 지나갔던 길처럼 초목이 쓸려 넘어가 있었다. 45리를 가서 깊은 계곡에 이르렀더니, 그 뱀이 스스로 머리를 돌에 부딪쳐 죽어 있었다. 제자가 돌아와서 아뢰었더니 화엄 화상이 말했다.

"그 뱀은 지금 이미 환생해 배 낭중(裵郞中) 집의 딸이 되었다. 그 딸은 열여덟 살에 죽었다가 다시 남자로 태어난 연후에 출가해 도를 닦을 것이다. 그 딸이 지금 태어나려고 하지만 매우 어려운 모양이니, 네가 가서 구해 주는 것이 좋겠다."

당시 배관(裵寬)이 병부낭중(兵部郞中)으로 있었는데, 바로 화엄 화상의 문인이었다. 제자가 명을 받고 배 낭중을 찾아가자, 배 낭중이 나와서 만났는데 안색에 근심이 가득한 채로 말했다.

"아내가 출산하려 한 지 이미 6~7일이 되어 등촉을 켜고 지키고 있지만 매우 위독한 상태입니다."

스님이 말했다.

"제가 구해 드릴 수 있습니다."

스님은 마침내 방 밖에 평상과 자리를 정갈히 준비하게 한 뒤, 들어가 향을 사르고 경쇠를 두드리며 연이어 화엄 화상을 세 번 불렀더니, 부인이 편안하게 딸아이를 출산했다. 나중에 과연 그 딸은 열여덟 살에 죽었다.

華嚴和尙學於神秀, 禪宗謂之北祖. 常在洛都天宮寺, 弟子三百餘人. 每日堂食, 和尙嚴整, 甁鉢必須齊集. 有弟子, 夏臘道業, 高出流輩, 而性頗偏躁, 時因臥疾, 不隨衆赴會. 一沙彌甁鉢未足, 來詣此僧頂禮, 借鉢暫用, 明日當自置. 僧不與曰: "吾鉢已受持數十年, 借汝恐損." 沙彌懇告不已, 僧乃借之曰: "吾愛鉢如命, 必若有損, 同殺吾也." 沙彌得鉢, 捧持兢懼. 食畢將歸, 僧已催之再三. 沙彌持鉢下堂, 不意磚破, 蹴倒碎之. 夾: 過愼之故. 遂至僧所, 作禮承過, 且千百拜. 僧大叫曰: "汝殺我也!" 怒罵至甚, 因之病亟, 一夕而卒. 爾後經時, 和尙於嵩山嶽寺與弟子百餘人, 方講《華嚴經》, 沙彌亦在聽會. 忽聞寺外山谷, 若風雨聲. 和尙遂招此沙彌, 令於己背後立. 須臾, 見一大蛇, 長八九丈, 大四五圍, 直入寺來, 怒目張口. 左右皆欲奔走, 和尙戒勿動. 蛇漸至講堂, 升階睥睨, 若有所求. 和尙以錫杖止之云: "住!" 蛇遂俯首閉目. 和尙以錫杖扣其首曰: "旣明所業, 今當回向三寶." 令諸僧齊聲念佛, 與受三歸五戒, 此蛇宛轉而出. 時亡僧弟子已有登會者, 和尙召謂曰: "此蛇, 汝之師也. 修行累年, 合證果之位, 爲臨終時, 惜一鉢破, 怒此沙彌, 遂作一蛇. 適來欲殺此沙彌, 更若殺之, 當墮大地獄, 無出期也. 眉: 況所惜不止一鉢者, 不知如何墮落, 可憐哉! 賴吾止之, 與受禁戒, 今當捨此身矣, 汝往尋之." 弟子受命而出, 蛇行所過, 草木開靡, 如車路焉. 行四十五里, 至深谷間, 此蛇自以其首叩石而死矣. 歸白, 和尙曰:"此蛇今已受生, 在裴郞中宅作女. 年十八當亡, 卽却爲男, 然後出家修道. 其女今已欲生, 而甚艱難, 汝可救之." 時裴寬爲兵部郎中, 卽和尙門人也. 弟子受命詣裴, 裴出見, 神色甚憂, 云:"妻欲産, 已六七日, 燈燭相守, 甚危困矣." 僧曰:"我能救之." 遂令於房外淨設床席, 僧入焚香擊磬, 呼和尙者三, 其夫人安然而産一女. 後果年十八而卒.

* 이 고사는《태평광기》권94〈이승·화엄화상〉에 실려 있다.

14-8(0242) 홍방 선사

홍방선사(洪昉禪師)

출《기문》

섬주(陝州)의 홍방은 경조(京兆) 사람이다. 고요히 참선하는 데에 뜻을 두었지만 불경 강설을 하기도 했는데, 문인(門人)이 늘 수백 명이었다. 어느 날 밤에 홍방이 홀로 좌정하고 있었는데 네 사람이 다가와서 말했다.

"귀왕(鬼王)께서 따님의 병 때문에 재(齋)를 올리기 위해 선사께서 왕림해 주시길 청하십니다."

홍방이 말했다.

"나는 사람이고 그대들은 귀신이거늘 어떻게 그곳에 갈 수 있겠소?"

네 사람이 말했다.

"사리(闍梨 : 고승)께서 가겠다고만 하시면 제자들이 모시고 갈 수 있습니다."

홍방은 따라가기로 했다. 네 사람은 말을 타고 각자 [홍방이 앉은] 새끼줄 의자의 다리 하나씩을 잡고 북쪽으로 갔다. 수백 리쯤 가서 한 산에 이르렀는데 산허리에 작은 붉은 문이 있었다. 네 사람은 홍방에게 눈을 감으라고 청했다가 한 식경도 되지 않아 눈을 뜨고 보게 했는데, 이미 귀왕의 궁정에 도착해 있었다. 그 궁궐과 시위(侍衛)는 인간 세상의 군주와 흡사했다. 귀왕은 의관을 갖추고 계단을 내려와 홍방을 맞이하며 예를 올렸다. 귀왕이 말했다.

"어린 딸이 오랫동안 병을 앓다가 다행히 나았기에 작은 복덕이라도 짓고자 합니다. 재를 마치고 나서 당연히 시종에게 배웅해 드리게 할 테니 걱정하지 마십시오."

그리고는 궁중으로 들어가길 청했다. 재를 올리는 장소는 장식이 장엄하고 승려들이 만 명이나 되었으며 불상이 굉장히 많았는데, 인간 세상에서의 일과 완전히 똑같았다. 홍방이 하늘을 우러러보니 밝은 태양이 보이지 않았는데, 마치 인간 세상에서 겹겹이 어둠이 내린 형상과 같았다. 잠시 뒤에 귀왕의 부인과 후궁 수백 명이 모두 나와 배알했다. 귀왕의 딸은 열네댓 살 정도의 나이였으며 외모에 병색이 완연했다. 홍방이 그녀를 위해 찬례(贊禮)와 발원(發願)을 마치고 나서 보았더니, 여러 사람이 1000여 개의 상아 쟁반에 담은 음식을 들고 와서 차례대로 승려들 앞에 놓았다. 그들은 홍방을 큰 좌상에 앉히고 따로 훌륭한 음식을 차렸는데, 음식이 매우 향기롭고 정갈했다. 홍방이 그것을 먹으려 했더니 귀왕이 말했다.

"만약 귀신의 음식을 드시면 마땅히 여기에 상주해야 합니다."

홍방은 두려워서 그만두었다. 재를 마치고 남은 음식이

수백 쟁반이나 되었다. 홍방이 보았더니 1000명 가까이 되는 시위와 신하들이 모두 음식을 먹고 싶어 하는 기색이므로, 귀왕에게 남은 음식을 그들에게 내려 달라고 청했더니 귀왕이 말했다.

"속히 가져다주어라."

여러 관리들은 감사의 절을 올리고 서로 돌아보며 기쁘게 웃어 입이 귀에까지 걸렸다. 귀왕이 무릎을 꿇고 말했다.

"선사께서 이렇게 보살펴 주셨는데 달리 공양할 것이 없습니다. 비단 500필을 선사께 바치겠으니 이를 팔관재(八關齋)를 지내는 데에 써 주십시오."

선사가 말했다.

"귀신의 비단은 종이이니 나는 쓰지 못합니다."

귀왕이 말했다.

"당연히 인간의 비단을 선사께 바치겠습니다."

그래서 홍방은 팔관재를 지내 주었다. 재가 끝나자 귀왕이 다시 이전의 네 사람을 불러 이전처럼 홍방을 전송해 드리게 했다. 홍방이 문득 눈을 떠 보니 이미 거처에 도착해 있었다. 불을 가져와 비춰 보라 했더니 비단 500필이 있었다. 홍방은 그저 정신만 갔던 것일 뿐 그의 몸은 움직이지 않았던 것이다. 문인들은 그저 홍방이 선정(禪定)에 들었다고만 여겼지 어디에 갔었다는 사실은 깨닫지 못했다. 얼마 되지 않아 새벽에 앉아 있을 때, 모습이 매우 아름다운 한 천인(天

人)이 홍방을 배알하며 청했다.

"남천왕(南天王) 제두뢰타(提頭賴吒)께서 선사께 하늘에 오셔서 공양하시길 청하십니다."

홍방이 허락하자 천인은 천의(天衣)를 펼쳐 홍방을 앉게 한 뒤에 두 사람이 그 옷을 잡고 허공으로 솟구쳐 올라 순식간에 도착했다. 남천왕이 시종을 거느리고 몸을 굽히며 예를 올리면서 말했다.

"선사의 도행이 드높아 여러 천신께서 선사의 불경 강설을 듣고자 하셨기에 선사를 청해 온 것입니다."

그러고는 고좌(高座)에 홍방을 앉게 했다. 그 도량(道場)은 높다랗고 아름다운 것이 거의 인간 세상의 것이 아니었다. 천인들은 모두 키가 컸으며 몸에서 광채가 났다. 전당과 나무는 모두 칠보(七寶)로 되어 있어서 광채에 눈이 부셨다. 홍방이 처음 하늘에 도착했을 때는 몸이 여전히 인간과 같았으나, 남천왕을 만나고 난 뒤에는 몸이 저절로 자라 천인과 대등해졌다. 여러 진수성찬을 차렸는데 모두 맛이 자연스럽고 매우 감미로웠다. 식사를 마치자 남천왕이 홍방에게 입궁하길 청하더니 다시 음식을 차려 대접하고 아주 즐겁게 담소했다. 시위와 천관(天官) 및 귀신들이 매우 많았다. 잠시 후에 남천왕이 갑자기 말했다.

"제자는 33천(天)에 가서 일을 의논해야 하니 선사께서는 잠시만 머물러 주십시오."

또 좌우 시종들에게 경계시키며 말했다.

"선사께서 유람하고자 하시면 어디든지 모셔다드리되 후원(後園)만은 가시게 해서는 안 된다."

남천왕은 이를 두세 번 말하고 떠났다. 남천왕이 떠난 후에 홍방이 생각했다.

"후원에 무슨 험한 것이 있기에 날 그곳에 가지 못하게 하려는 것일까?"

홍방은 아무도 없을 때를 기다렸다가 몰래 후원으로 가서 엿보았다. 후원은 매우 컸고 샘물이 못으로 흘러들며 수목과 꽃과 약초들이 곳곳에 모두 있었는데, 인간 세상에서 볼 수 있는 바가 아니었다. 홍방이 점점 깊이 들어가자 멀리서 큰 소리로 울부짖는 소리가 들렸는데 차마 들을 수가 없었다. 마침내 그 옆으로 가서 보았더니, 직경이 수백 척이나 되고 높이가 1000장이나 되는 거대한 구리 기둥이 있었는데, 기둥에 구멍이 뚫려 있어 좌우로 통하게 되어 있었다. 어떤 이는 은사슬을 목에 차고 있었고, 또 어떤 이는 가슴을 꿰뚫어 차고 있었는데, 그 수가 수만 명에 달했으며 모두 야차(夜叉)였다. 톱과 같은 이빨과 갈고리 같은 손톱을 하고 있었으며 몸은 천인보다 배나 되었다. 그들은 선사가 온 것을 보고 머리를 조아리며 말했다.

"우리는 사람을 잡아먹은 까닭에 천왕에게 잡혀 와 묶여 있습니다. 오늘 우리를 풀어 주시길 청하니, 우리가 만약 여기서 벗어날 수 있다면 인간 세상에서 다른 것을 구해 먹을 것이며 절대로 감히 사람을 잡아먹는 해를 입히지 않겠습니다."

야차는 배고픔과 목마름에 시달려 이 말을 할 때 입에서 불을 내뿜었다. 미 : 이미 수천만 년 동안 굶주리고 목말랐지만 죽지 않았는데, 불도(佛道)로 마음을 돌리는 것이 더 편하지 않았을까? 불도를 향하는 것이 그다지 편하지 않았단 말인가? 홍방이 그 은사슬이 언제 씌워졌냐고 물었더니, 어떤 이가 비바사시불(毗婆師尸佛)38)이 세상에 나오실 때였으니 거의 수천만 년이 되었다고 말했다. 또한 3~5명의 늙은 야차가 있었는데, 진실한 뜻으로 간절히 애원하자 홍방은 그들을 풀어 주겠다고 허락했다. 잠시 후에 남천왕이 돌아와서 먼저 물었다.

"선사께서 후원을 노니셨느냐?"

좌우 시종들이 말했다.

"아닙니다."

남천왕이 이에 기뻐하며 좌정하자 홍방이 말했다.

"마침 후원에 갔다가 사슬에 묶인 수만 명의 중생을 보았

---

38) 비바사시불(毗婆師尸佛) : 보통 비바시불(毗婆尸佛)이라 한다. 과거칠불(過去七佛) 중 첫째 존불(尊佛)로, 남녀가 이 부처의 이름을 들으면 영원히 악도(惡道)에 떨어지지 않고 늘 인간계와 천상계에 태어나 묘락(妙樂)을 즐긴다고 한다.

는데 저들은 무슨 잘못을 했습니까?"

남천왕이 말했다.

"선사께서는 결국 후원을 노니셨군요. 그러나 작은 자비심은 큰 자비심의 적이니 선사께서는 캐묻지 마십시오."

홍방이 다시 한사코 묻자 남천왕이 대답했다.

"그곳의 여러 악귀들은 오로지 사람 고기만 먹었습니다. 여러 천신들이 방비하고 보호하지 않았더라면 세상 사람들은 이미 그 악귀들에게 모두 잡아먹혔을 것입니다."

홍방이 말했다.

"마침 3~5명의 늙은 야차를 보았는데, 말하는 것이 자못 진실했으며 이젠 인간 세상에서 다른 것만을 구해 먹겠다고 말했으니, 청컨대 그들을 놓아주시지요."

남천왕이 말했다.

"그 악귀의 말은 믿을 수 없습니다."

하지만 홍방이 한사코 청하자, 남천왕은 좌우 시종들을 보더니 그 늙은 야차 3~명을 풀어서 데려오라고 명했다. 잠시 후에 그들이 풀려나 오더니 머리를 조아리며 말했다.

"은혜를 입어 풀려나게 되었지만 이미 늙어 버렸습니다. 이제 떠나게 되면 절대로 감히 사람들을 괴롭히지 않겠습니다."

남천왕이 말했다.

"선사 때문에 너희를 인간 세상에 풀어 주는 것이다. 만약 또 사람을 잡아먹었다가 다시 잡혀 오면 반드시 죽음 같은 고통을 맛보게 해 주겠다." 미 : 과연 죽게 할 수 있다면 어찌하여 그들을 없애지 않았는가? 작은 인정이 큰 인정을 해치는 것은 아닌가?

그들이 모두 말했다.

"감히 그러지 않겠습니다."

그래서 그들은 풀려났다. 오래되지 않아 갑자기 왕궁의 뜨락 앞으로 신(神)이 오는 것이 보였는데, 스스로를 산악과 하천의 신이라고 했으며, 황금색 얼굴에 갑옷을 입고 급히 달려와서 말했다.

"어디서 왔는지 모르겠으나 난데없이 네댓 명의 야차가 인간 세상으로 와서 아주 많은 사람들을 죽여 먹어 치웠는데, 도저히 제압할 수 없기 때문에 아룁니다."

남천왕이 홍방에게 말했다.

"제자의 말이 어떻습니까? 그런 악귀의 말을 어찌 믿을 수 있겠습니까?"

남천왕이 여러 신들에게 말했다.

"속히 그들을 잡아 오라." 협 : 이때는 또 어떻게 제압할 수 있을까?

잠시 뒤에 여러 신들이 야차를 붙잡아 도착하자 남천왕이 분노했다.

"어찌하여 간청했던 바를 어겼느냐?"

그러고는 그들의 수족을 자르고 쇠사슬로 뇌를 꿰어 끌고 가서 묶어 두게 했다. 이에 홍방이 돌아갈 것을 청하자, 남천왕은 다시 이전의 두 사람에게 절까지 전송해 드리게 했다. 절에서는 홍방이 없어진 지 이미 14일이 되었으나, 하늘에서는 마치 잠깐이었던 것 같았다. 홍방은 섬주 성내의 빈 땅을 골라 용광사(龍光寺)를 짓고 또 병실(病室)도 지어

협: 큰 음덕(陰德)이다. 늘 수백 명의 병자를 봉양했다. 절이 지극히 높고 아름다웠으므로 원근의 출가인과 속인들이 구름처럼 몰려들었다. 홍방이 이른 아침에 양치하고 있을 때 야차가 그의 앞에 이르렀는데, 머리에 오색 담요를 이고서 말했다.

"제석천왕(帝釋天王)께서 선사께 《대열반경(大涅槃經)》을 강설해 주시길 청하십니다."

홍방이 묵묵히 자리로 돌아오자, 야차가 새끼줄 의자를 들어 왼쪽 팔뚝에 놓으며 말했다.

"선사께서는 눈을 감으십시오."

이어서 왼손을 들고 오른발을 펴더니 말했다.

"선사께서는 눈을 뜨십시오."

홍방이 살펴보니 이미 선법당(善法堂)에 도착해 있었다.

미: 야차 중에도 제석천왕에게 귀의한 자가 있으니, 선악은 스스로 짓는 것임을 알 수 있다. 선사는 이미 천당(天堂)에 도착했지만, 하늘 빛에 눈이 부셔서 눈을 뜰 수 없었다. 천제(天帝: 제석

천왕)가 말했다.

"선사께서는 미륵불(彌勒佛)을 염불하십시오."

홍방이 급히 염불했더니 눈을 떠도 눈부시지 않았다. 사람의 몸은 보잘것없이 작아서 하늘을 우러러보았지만 그 끝이 보이지 않았다. 천제가 또 말했다.

"선사께서 다시 미륵불을 염불하시면 몸이 커질 것입니다."

천제의 말대로 염불했는데, 세 번 염불하자 몸이 세 번 길어져 마침내 천인과 대등하게 되었다. 미 : 눈이 아픈 자와 왜소증을 앓는 자는 마땅히 미륵불을 염불해야 한다. 천제와 여러 천신들이 홍방에게 공경히 예를 올리며 선사의 불경 강설을 들려 달라고 청했다. 하지만 홍방이 사양하며 말했다.

"병실 안의 병자 수백 명이 저를 기다려 연명하는지라 늘 탁발을 해서 음식을 주고 있습니다. 지금 만약 여기에 머물면서 불경을 강설한다면 인간 세상에서는 몇 년 몇 달이 흘러가 버릴 것이니, 병자들이 굶어 죽을까 봐 두렵습니다." 미 : 홍방이 병자를 염려했으니, 이 염려가 바로 이미 대천인(大天人)을 감동시킨 것이다.

천제가 한사코 청했지만 홍방은 할 수 없다고 했다. 그때 갑자기 공중에서 대천인(大天人)이 내려왔는데 몸이 제석천왕보다 몇 배나 컸다. 천제가 공경히 일어나 맞이하자 대천인이 말했다.

"대범천왕(大梵天王)의 칙명이오!"

천제는 망연해하며 말했다.

"본래 선사를 붙들어 불경을 강설하시게 하려 했는데, 지금 대범천왕께서 칙명을 내려 이를 허락하지 않으십니다. 협 : 무슨 까닭에 허락하지 않았을까? 하지만 선사께서 기왕에 오셨으니 혹시 잠시 불경을 펼쳐 그 종지(宗旨)를 조금 강설함으로써 천인들이 믿고 받아들일 수 있게 할 수 없겠습니까?"

홍방은 결국 허락했다. 그러자 음식을 차렸는데 식기는 모두 칠보였고 음식은 향기롭고 맛있었으며, 그 정묘함이 속세의 것보다 배는 더했다. 선사가 식사를 마치자 몸의 모공(毛孔)에서 모두 기이한 빛이 나왔으며, 모공 속에서 여러 물체를 모두 볼 수 있었다. 이윽고 고좌를 마련하고 천의를 펼쳐 놓자 홍방은 마침내 고좌에 올랐다. 선법당 안에는 여러 천신들이 수백 수천만 명이 있었고 또한 사천왕(四天王)이 각자 무리를 이끌고 와서 함께 모여 불법을 들었다. 계단 아래의 좌우에는 용왕·야차 등 사람이 아닌 귀신들이 모두 합장을 하고 들었다. 홍방은 《열반경》의 처음을 펼쳐 한 장 정도를 강설했는데, 언사가 전아하고 유창했으며 심오한 불가의 종지를 담아 선양했다. 천제는 홍방의 공덕을 크게 칭찬했으며, 불경 강설이 끝나자 다시 이전의 야차에게 홍방을 본래 절까지 전송해 드리게 했다. 제자들이 홍방의 소재를 알지 못한 지 이미 27일이나 되었다. 불경에 따르면 선법

당은 환희원(歡喜園)에 있으며, 천제의 도읍지로 천왕의 정전(正殿)이라 한다. 그 당은 칠보로 만들어져 있고 사방의 벽은 모두 백은(白銀)이며 황금으로 바닥을 깔았다. 천당의 물건들은 모두 저절로 생겨났는데, 만약 음식을 생각하면 칠보 그릇에 담긴 음식이 즉시 이르렀으며, 만약 옷을 생각하면 보배로운 옷이 역시 이르렀다. 햇빛과 달빛은 없지만 천인 한 명의 몸에서 나오는 빛이 해와 달보다 밝았다. 먼 곳을 가야 하면 공중을 날아서 가는데 생각한 대로 즉시 목적지에 도착했다. 홍방은 이런 기이한 것들을 보고 나서 그 본 것을 갖추어 말하고 그림으로 그려 병풍을 만들었는데 모두 24폭이었다. 이를 구경한 사람들은 깜짝 놀랐다. 홍방이 처음 절에 도착했을 때는 모공 속에서 물체를 모두 볼 수 있었는데, 얼마 후에 제자가 식사를 올려 이를 먹고 났더니 모공이 모두 이전처럼 닫혀 버렸다. 그래서 인간 세상의 음식과 하늘의 음식 사이의 정갈하고 거친 정도의 차이가 이와 같음을 알게 되었다.

평 : 귀왕도 오히려 재를 지내고 여러 천신들도 여전히 불경 강설을 들으니, 부처의 가르침이 유독 성행함이 마땅하다.

陝州洪昉, 京兆人. 志在禪寂, 而亦以講經爲事, 門人常數百. 一夜, 昉獨坐, 有四人來前曰 : "鬼王爲女疾止造齋, 請師臨赴."昉曰："吾人汝鬼，何以能至？"四人曰："闍梨但行，弟子能致之."昉從之. 四人乘馬，人持繩床一足，遂北行. 可數百里，至一山，山腹有小朱門. 四人請昉閉目，未食頃，令開視，已到王庭矣. 其宮闕侍衛，頗倬人主. 鬼王具衣冠，降階迎禮. 王曰："小女久疾幸瘥，欲造小福. 齋畢，自令侍送無慮."於是請入宮中. 其齋場嚴飾，僧且萬人，佛像至多，一似人間事. 昉仰視空中，不見白日，如人間重陰狀. 須臾，王夫人後宮數百人，皆出禮謁. 王女年十四五，貌獨病色. 昉爲贊禮願畢，見諸人持千餘牙盤食到，以次布於僧前. 坐昉於大床，別置名饌，饌甚香潔. 昉欲食，鬼王白曰："若餐鬼食，當常住此."昉懼而止. 齋畢，餘食猶數百盤. 昉見侍衛臣吏向千人，皆有欲食之色，請王賜之，王曰："促持去."諸官拜謝，相顧喜笑，口開達於兩耳. 王因跪曰："師既惠顧，無他供養. 有絹五百匹奉師，請爲受八關齋戒."師曰："鬼絹，紙也，吾不用之." 王曰："自有人絹奉師."因爲受八關齋戒. 戒畢，王又令前四人者依前送之. 昉忽開目，已到所居，天猶未曙. 命火照床，五百絹在焉. 昉但神往，其形不動，門人但爲入禪，不覺所適. 未幾晨坐，有一天人，其質殊麗，拜謁請曰："南天王提頭賴吒，請師至天供養."昉許之，因敷大¹衣坐昉，二人執衣，舉而騰空，斯須已到. 南天王領侍從，曲躬禮拜曰："師道行高遠，諸天願睹師講誦，是以輒請."因置高座坐昉. 其道場崇麗，殆非人間. 天人皆長大，身有光明. 其殿木皆七寶，光彩奪目. 昉初到天，形質猶人也，見天王之後，身自長大，與天人等. 設諸珍饌，皆自然味，甘美非常. 食畢，王因請入宮，更設供具，談話款至. 其侍衛天官兼鬼神甚衆. 後忽言曰："弟子欲至三十三天議事，請師且少留."又戒左右曰："師欲遊覽，所在聽之，但莫使到後園."再三言而去. 去後，昉念："後園有何利害，不欲吾到？"伺無人之際，竊往窺之.其園甚大,泉流池沼,樹林花藥,處處皆有,非人間所見.漸漸深入,遙聞大聲呼叫,不可忍聽.遂到其旁,見大銅柱,徑數百尺,高千丈,柱有穿孔,左右旁達.或有銀鐺鎖其項,或穿胸骨,凡數萬頭,皆夜叉也.鋸牙鈎爪,身倍於天人.見禪師至,叩頭言曰:"我以食人故,爲天王所鎖.今乞免我,我若得脫,但人間求他食,必不敢食人爲害."爲饑渴所逼,發此言時,口中火出.眉:既千萬年饑渴不死,回心道不更便乎?向道不甚便乎?問其鎖早晚,或云毗婆師尸佛出世時,動則數千萬年.亦有三五輩老者,志誠哀懇,僧許解釋.斯須王至,先問:"師頗遊後園乎?"左右曰:"否."王乃喜,坐定,昉曰:"適到後園,見鎖衆生數萬,彼何過乎?"王曰:"師果遊後園.然小慈是大慈之賊,師不須問."昉又固問,王曰:"此諸惡鬼,唯食人肉.非諸天防護,世人已爲此鬼食盡."昉曰:"適見三五輩老者,發言頗誠,言但於人間求他食,請免之."王曰:"此鬼言不可信."昉固請,王目左右,命解老者三五人來.俄而解至,叩頭言曰:"蒙恩釋放,年已老矣.今得去,必不敢擾人."王曰:"以禪師故,放汝到人間.若更食人,此度重來,當令若死."眉:果能令死,何不除之?獨非小仁賊大仁乎?皆曰:"不敢."於是釋去.未久,忽見王庭前有神至,自稱山嶽川瀆之神,被甲,面金色,奔波而言曰:"不知何處,忽有四五夜叉到人間,殺人食甚衆,不可制,故白之."王謂昉曰:"弟子言何如?此等惡鬼言寧可保?"王語諸神曰:"促擒之."夾:此時又如何可制?俄而諸神執夜叉到,王怒:"何違所請?"命斬其手足,以鐵鎖貫腦,曳去而鎖之.昉乃請還,又令前二人送至寺.寺已失昉二七日,而在天猶如少頃.昉於陝城中選空曠地,造龍光寺,又建病坊,夾:大陰德.常養病者數百人.寺極崇麗,遠近道俗,歸者如雲.昉晨方漱,有夜叉至其前,頭負五色毯而言曰:"帝釋天王請師講《大涅槃經》."昉默然還座,夜叉遂挈繩床,置於左髀曰:"請師合目."因舉其左手,而伸其右足,曰:"請師開目."視之,已到善法堂. 眉:夜叉亦有皈依帝釋者,可見善惡自作. 禪師既到天堂,天光眩目,開不能得. 天帝曰:"師念彌勒佛." 昉邃念之,於是目開不眩. 而人身卑小,仰視天形,不見其際. 天帝又曰:"禪師又念彌勒佛,身形當大." 如言念之,三念而身三長,遂與天等. 眉:病目病矮者,當念彌勒佛. 天帝與諸天禮敬,請大師講經聽受. 昉辭曰:"病坊之中,病者數百,待昉爲命,常行乞以給之. 今若流連講經,人間動涉年月,恐病人餒死." 眉:昉念病者,此念便已感動大天人矣. 天帝固請,昉不可. 忽空中有大天人,身又數倍於釋. 天帝敬起迎之,大天人言曰:"大梵天王有敕!" 天帝憮然曰:"本欲留師講經,今梵天有敕不許. 夾:何故不許? 然師已至,豈不能暫開經卷,少講經旨,令天人信受?" 昉許之. 於是置食,食器皆七寶,飲食香美,精妙倍常. 禪師食已,身諸毛孔,皆出異光,毛孔之中,盡能觀見諸物. 既登高座,敷以天衣,昉遂登座. 其善法堂中,諸天數百千萬,兼四天王,各領徒衆,同會聽法. 階下左右,則有龍王夜叉諸鬼神非人等,皆合掌而聽. 昉因開《涅槃經》首,講一紙餘,言辭典暢,備宣宗旨. 天帝大稱贊功德,開經畢,又令前夜叉送至本寺. 弟子失昉,已二十七日矣. 按佛經,善法堂在歡喜園,天帝都會,天王之正殿也. 其堂七寶所作,四壁皆白銀,以黃金爲地. 其天中物皆自然化生,若念食時,七寶器盛食卽至,若念衣時,寶衣亦至. 無日月光,一天人身光,逾於日月. 須至遠處,飛空而行,如念卽到. 昉既睹其異,備言其見,乃圖爲屏風,凡二十四扇. 觀者驚駭. 昉初到寺,毛孔之中,盡能見物,既而弟子進食,食訖,毛孔皆閉如初. 乃知人食·天食精粗之分如此.

評:鬼王尚修齋,諸天猶開講,宜釋教之獨盛也.

* 이 고사는 《태평광기》 권95 〈이승·홍방선사〉에 실려 있다.
1 대(大) : 《태평광기》에는 "천(天)"이라 되어 있는데, 문맥상 보다 타당하다.

14-9(0243) 회향사의 미치광이 승려

회향사광승(回向寺狂僧)

출《일사》

[당나라] 현종(玄宗) 개원(開元) 연간(713~741) 말에 현종의 꿈에 어떤 사람이 나타나 말했다.

"수건 500장과 가사 500벌을 회향사(回向寺)에 보시하십시오."

현종은 잠에서 깨어 좌우 사람들에게 [회향사에 대해] 물었지만 모두들 그런 절은 없다고 했다. 이에 사람을 파견해 도력이 높은 승려를 모집해서 그에게 회향사를 찾아보게 했다. 어떤 미치광이 중이 스스로 나와 부름에 응해 말했다.

"저는 회향사의 소재를 알고 있습니다."

그에게 몇 사람이 필요하냐고 물었더니 그가 말했다.

"가져갈 물건과 명향(名香) 한 근만 있으면 즉시 떠나겠습니다."

그것을 주자 그 중은 곧장 종남산(終南山)으로 들어갔다. 이틀 정도를 가서 매우 깊고도 험준한 곳에 이르니 보이는 게 전혀 없었다. 그러던 중에 갑자기 맷돌 하나를 맞닥뜨리자 그는 놀라며 말했다.

"이곳은 인적이 닿지 않는 곳인데 어떻게 이런 물건이 있단 말인가!"

그러고는 맷돌 위에 가지고 온 향을 피우고 정오부터 저녁까지 간절히 절하면서 기원했다. 한참이 지나 골짜기에서 안개가 피어오르더니 지척도 분간할 수 없었다. 가까이 갔더니 안개가 점차 걷히면서 절벽 중턱쯤에 그림같이 영롱한 붉은 기둥과 흰 벽이 나타났다. 잠시 후에는 더욱 분명해지면서 절 한 채가 구름 속에 있는 듯이 보였다. 세 개의 문에는 커다란 편액이 걸려 있었는데, 자세히 살펴보니 바로 '회향'이라 쓰여 있었다. 중은 몹시 기뻐하며 붙잡고 기어올라가 마침내 그곳에 이르렀다. 때는 이미 황혼 무렵이었으며 종과 경쇠 소리 및 예불하는 소리가 들려왔다. 문지기가 중에게 어디서 왔느냐고 캐물은 후에 그를 데리고 안으로 들어갔다. 중은 한 노승을 만나 말했다.

"당 황제는 만복을 누리소서!"

노승이 그에게 다른 사람을 따라가게 하자, 그는 방을 차례로 돌며 수건 등을 나눠 주었고 한 명 몫만 남았는데, 어느 한 방에는 빈 평상만 있고 사람은 보이지 않았다. 또 그 사실을 자세히 말하자 노승이 웃으며 그에게 앉으라 하고는 시종을 돌아보며 말했다.

"그 방에서 피리를 가져오너라."

그것은 바로 옥피리였다. 노승이 말했다.

"그대는 저 호승(胡僧)이 보이는가?"

중이 말했다.

"보입니다."

노승이 말했다.

"이것은 임시로 그대의 군주를 대신하고 있네. 장차 나라 안에 변란이 일어나 무수히 많은 사람들이 죽을 것이네. 이것은 마멸왕(磨滅王)이라 하고, 미 : 안녹산(安祿山)은 바로 마멸왕이 세상에 나온 것이다. 그 빈방은 바로 그대 군주의 방이네. 그대의 군주가 이 절에 있을 때 피리 불기를 좋아했기에 인간 세상에서 귀양살이를 하고 있는데, 협 : 이것이 무슨 죄인가? 이것은 그가 늘 불던 것이네. 지금 그 기한이 이미 찼으니 곧 다시 돌아올 것이네."

이튿날 노승은 그에게 좌재(坐齋)39)하게 하고 좌재가 끝나자 말했다.

"그대는 돌아가서 이 옥피리를 그대의 군주에게 전해 주게. 아울러 수건과 가사는 스스로 거둬 가라고 하게."

미치광이 중이 예를 갖춰 절하고 돌아가자 동자가 그를 전송했다. 겨우 몇 발자국을 가자 다시 사방에서 구름과 안개가 일어나 절이 있던 곳이 더 이상 보이지 않았다. 그는 수

---

39) 좌재(坐齋) : 제사나 재를 올리기 전날부터 부정한 일을 삼가고 몸을 깨끗이 하는 것을 말한다.

건과 피리를 가져가 현종에게 바치면서 그 일의 자초지종을 자세히 아뢰었다. 현종은 크게 감격하고 기뻐하며 피리를 들고 불었는데, 완연히 예전에 불어 본 것이었다. 20여 년 후에 마침내 안녹산(安祿山)의 난이 일어났다.

玄宗開元末, 夢人云:"將手巾五百條, 袈裟五百領, 於回向寺布施." 及覺, 問左右, 並云無. 乃遣募緇徒道高者, 令尋訪. 有狂僧自出應召曰:"某知回向寺處." 問要幾人, 曰:"但得賫持諸物, 及名香一斤, 卽可去." 授之, 其僧徑入終南. 行兩日, 至極深峻處, 都無所見. 忽遇一碾石, 驚曰:"此地人迹不到, 何有此物!" 乃於其上焚所携香, 禮祝哀祈, 自午至夕. 良久, 谷中霧起, 咫尺不辨. 近來漸散, 當半崖, 有朱柱粉壁, 玲瓏如畫. 少頃轉分明, 見一寺若在雲間. 三門巨額, 諦視之, 乃回向也. 僧喜甚, 攀陟遂到. 時已黃昏, 聞鐘磬及禮佛之聲. 守門者詰其所從來, 遂引入. 見一老僧, 曰:"唐皇帝萬福!" 令與人相隨, 歷房散手巾等, 唯餘一分, 一房但空榻無人. 又具言之, 僧笑令坐, 顧侍者曰:"彼房取尺八來." 乃玉尺八也. 僧曰:"汝見彼胡僧否?" 曰:"見." 僧曰:"此是權代汝主也. 國內當亂, 人死無數. 此名磨滅王, 眉:安祿山乃磨滅王出世. 其一室是汝主房也. 汝主在寺, 以愛吹尺八, 謫在人間, 夾:此何罪? 此常吹者也. 今限已滿, 卽却歸矣." 明日, 遣就坐齋, 齋訖, 曰:"汝當回, 可將此玉尺八付與汝主. 並手巾袈裟令自收也." 狂僧禮拜而回, 童子送出. 纔數步, 又雲霧四合, 不復見寺所在矣. 乃持手巾尺八, 進於玄宗, 具述本末. 玄宗大感悅, 持尺八吹之, 宛是先所御者. 後二十餘年, 遂有祿山之亂.

* 이 고사는《태평광기》권96〈이승·회향사광승〉에 실려 있다.

14-10(0244) 나잔

나잔(懶殘)

출《감택요(甘澤謠)》

나잔은 [당나라] 천보(天寶) 연간(742~756) 초에 형악사(衡嶽寺)에서 허드렛일을 하는 승려였다. 천성이 게으르고[懶] 남이 먹다 남긴[殘] 음식을 먹었으므로 나잔이라 불렸다. 그는 낮에는 온 절의 잡일을 도맡아 하고 밤에는 소 떼의 밑에서 머물렀어도 한 번도 지겨워하는 기색이 없이 이미 20년을 지냈다. 당시 업후(鄴侯) 시중(侍中) 이필(李泌)이 형악사에서 공부하고 있었는데, 나잔의 행동을 눈여겨보며 말했다.

"비범한 인물이로다!" 미 : 오직 이인(異人)만이 이인을 알아볼 수 있다.

이필은 한밤중에 독경하는 소리를 들었는데 온 산림에 울려 퍼졌다. 이 공(李公 : 이필)은 음악을 잘 알고 있었기에 그 기쁨과 근심의 감정을 분별해 낼 수 있었으므로, 나잔이 독경하는 소리가 처연했다가 나중에 기쁨으로 변하는 것을 듣고 분명 인간 세상으로 쫓겨 내려온 신인이라 여겼다. 이 공은 장차 떠날 때가 되자 한밤중까지 기다렸다가 나잔을 뵈러 가서 거적문을 향해 성명을 알리며 절했다. 그러자 나잔은 심하게 욕하고 허공을 향해 침을 뱉으며 말했다.

"장차 나를 해칠 것이다!"

하지만 이 공은 더욱 공경하고 삼가며 절할 뿐이었다. 나잔은 쇠똥을 태운 불을 뒤적여 토란을 꺼내 먹다가 한참 후에 말했다.

"땅바닥에 앉게."

그러고는 먹다 남긴 토란 반쪽을 이 공에게 주었는데, 이 공은 공손히 받아서 다 먹고 감사를 드렸다. 나잔이 이 공에게 말했다.

"부디 말을 많이 하지 말게. 그대는 10년간 재상을 지낼 것이네."

이 공은 또 절하고 물러났다. 한 달쯤 지나서 자사(刺史)가 형악에서 제사를 지내고자 매우 엄격하게 수도하고 있었다. 그러던 어느 날 갑자기 한밤중에 광풍이 불고 천둥이 치면서 산봉우리 하나가 무너져 내려, 산길을 따라 난 돌계단이 큰 바위에 막혀 버렸다. 그래서 소 10마리로 당기고 또 수백 명이 함성을 지르며 밀었지만 힘을 다해도 꼼짝하지 않았다. 그때 나잔이 말했다.

"사람의 힘을 빌리지 못한다면 내가 한번 치워 보겠소."

사람들이 모두 비웃으며 그를 미치광이라고 여겼다. 나잔이 바위를 밟자 바위가 움직이면서 천둥 치는 듯한 소리를 내며 순식간에 아래로 굴러 내려갔다. 산길이 열리자 승려들은 모두 늘어서서 나잔에게 절을 올렸고, 온 군의 백성은 그를 지성(至聖)이라 불렀으며, 자사는 그를 신처럼 모셨다. 하지만 나잔은 바로 떠날 뜻을 품었다. 미 : 20년 동안 허드렛일을 했는데 신처럼 받들자 바로 떠날 뜻을 품었다. 그 까닭을 당신은 아는가? 당시 형악사 밖에서 호랑이와 표범이 갑자기 무리지어 다니면서 날마다 사람을 죽이거나 해를 입혔는데, 이를 막을 방법이 없었다. 이에 나잔이 말했다.

"나에게 몽둥이를 주면 당신들을 위해 그것들을 쫓아 버리겠소."

사람들은 그에게 가시나무 몽둥이를 주고 모두 뒤따라가서 살펴보았는데, 문을 나서자마자 호랑이 한 마리가 나잔을 물고 가는 것이 보였다. 나잔이 떠난 후로 호랑이와 표범 또한 종적을 감추었다.

懶殘者, 天寶初衡嶽寺執役僧也. 性懶而食人殘, 故號懶殘 畫專一寺之工, 夜止群牛之下, 曾無倦色, 已二十年矣. 時鄴侯李泌寺中讀書, 察其所爲, 曰: "非凡物也!" 眉 : 惟異人能識異人. 聽其中宵梵唱, 響徹山林, 李公頗知音, 能辨休戚, 謂懶殘經音悽惋而後喜悅, 必謫墮之人. 時至將去矣, 候中夜, 李公往謁, 望席門通名而拜. 懶殘大詬, 仰空而唾曰: "是將賊我!" 李公愈加敬謹, 惟拜而已. 懶殘正撥牛糞火, 出芋啗之, 良久乃曰: "可以席地." 取所啗芋之半以授焉, 李公捧承, 盡食而謝. 謂李公曰: "愼勿多言. 領取十年宰相." 公又拜而退. 居一月, 刺史祭嶽, 修道甚嚴. 忽中夜風雷, 而一峰頦下, 其緣山磴道, 爲大石所攔. 乃以十牛挽之, 又數百人鼓噪以推之, 力竭而愈固. 懶殘曰:"不假人力, 我試去之." 衆皆笑, 以爲狂. 懶殘履石而動, 忽轉盤而下, 聲若雷震. 山路旣開, 衆僧皆羅拜, 一郡皆呼至聖, 刺史奉之如神. 懶殘乃懷去意. 眉:執役二十年, 奉之如神, 便懷去意. 此其故, 你知麽? 寺外虎豹, 忽爾成群, 日有殺傷, 無由禁止. 懶殘曰:"授我梃, 爲爾盡驅除." 衆遂與之荊梃, 皆躡而觀之, 纔出門, 見一虎銜之而去. 懶殘旣去之後, 虎豹亦絕踪跡.

* 이 고사는 《태평광기》 권96 〈이승·나잔〉에 실려 있다.

14-11(0245) 위고

위고(韋皐)

출《선실지(宣室志)》

위고가 태어난 지 한 달 정도 되었을 때 그의 집에서 여러 승려들을 불러 음식을 대접했는데, 모습이 몹시 누추한 한 호승(胡僧)이 부르지도 않았는데 오자 가동이 마당 가운데 허름한 자리에 그를 앉혔다. 식사를 마치자 위씨(韋氏 : 위고의 아버지)는 유모에게 아기를 안고 나오게 해서 승려들에게 아기의 수명을 축복해 달라고 청했다. 그때 호승이 갑자기 계단으로 오르더니 아기에게 말했다.

"헤어진 지 오래되었는데 그동안 별고 없었는가?"

아기가 마치 기쁜 기색을 띠는 듯하자 사람들이 모두 이상히 여겼다. 위씨가 말했다.

"이 아이는 태어난 지 겨우 한 달 되었는데, 어째서 헤어진 지 오래되었다고 말합니까?"

호승이 말했다.

"이는 시주님이 아실 바가 아닙니다."

위씨가 한사코 묻자 호승이 말했다.

"이 아이는 바로 제갈 무후(諸葛武侯 : 제갈량)의 후신입니다. 제갈 무후는 촉(蜀)나라의 승상이 되어 촉나라 사람들이 그의 은혜를 오랫동안 입었습니다. 그가 지금 세상에 환생했으니, 장차 촉문(蜀門: 검문)의 장수가 되어 촉 땅 사람들의 축복을 받을 것입니다. 내가 옛날에 검문(劍門)에 있을 때 이 아이와 사이가 좋았기 때문에 멀다 하지 않고 온 것입니다."

위씨는 그의 말을 기이하게 여겨 '무후'로 아이의 자(字)를 삼았다. 나중에 위고는 검남절도사(劍南節度使)로 18년 동안 촉 땅에 있었으니, 과연 호승의 말과 일치했다.

평 : 제갈충무(諸葛忠武 : 제갈량)는 위고가 되고, 장 거기[張車騎 : 장비(張飛)]는 장휴양[張睢陽 : 장순(張巡)]과 악충무[岳忠武 : 악비(岳飛)]가 되었다. 염공[髯公 : 관우(關羽)]만 옥천산(玉泉山)에서 도를 깨달아 윤회의 밖으로 초탈했기 때문에 만고의 영령이 되었다.

韋皋既生彌月, 其家召群僧會食, 有一胡僧, 貌甚陋, 不召而至, 家童以敝席坐之庭中. 既食, 韋氏命乳母出嬰兒, 請群僧祝其壽. 胡僧忽自升階, 謂兒曰 : "別久無恙乎?" 兒若有喜色, 衆皆異之. 韋氏曰 : "此子生纔一月, 何言別久?" 胡僧曰 : "此非檀越所知也." 固問之, 胡僧曰 : "此子乃諸葛武侯後身耳. 武侯相蜀, 蜀人受賜日久. 今降生於世, 將爲蜀門帥, 受蜀人之福. 吾往歲在劍門, 與此子友善, 故不遠而來." 韋氏異其言, 因以武侯字之. 後皋節制劍南, 在蜀十八年, 果契胡僧之語.

評:諸葛忠武爲韋皐, 張車騎爲張睢陽·岳忠武. 獨髣公玉泉悟道, 超然輪迴之外, 所以英靈萬古.

* 이 고사는 《태평광기》 권96 〈이승·위고〉에 실려 있다.

14-12(0246) 스님 도흠

석도흠(釋道欽)

출《유양잡조》

　스님 도흠은 형산(陘山)에 살면서 도에 대해 묻는 이가 있으면 곧바로 대답해 주었는데, 모두 궁극의 종지(宗旨)에 이르렀다. 충주자사(忠州刺史) 유안(劉晏)이 일찍이 심게(心偈)를 청하자, 스님 도흠은 그에게 향로(香爐)를 잡고 들으라 하면서 재삼 말했다.

　"모든 악은 짓지 말고 많은 선은 받들어 행하라."

　유안이 말했다.

　"이것은 삼척동자도 모두 압니다."

　스님 도흠이 말했다.

　"삼척동자도 모두 알고 있지만 100세 노인도 실행하지 못합니다."

　이 말은 지금까지 명리(名理)로 여겨진다.

釋道欽住陘山, 有問道者, 率爾而對, 皆造宗極. 劉忠州晏常乞心偈, 令執爐而聽, 再三稱:"諸惡莫作, 衆善奉行." 晏曰:"此三尺童子皆知之." 欽曰:"三尺童子皆知之, 百歲老人行不得." 至今以爲名理.

*　이 고사는《태평광기》권96〈이승·석도흠〉에 실려 있다.

14-13(0247) 공여 선사

공여 선사(空如禪師)

출《조야첨재》

공여 선사는 젊어서부터 수도하는 것을 흠모했는데, 부모가 억지로 결혼시키려 해서 칼로 자신의 고환을 잘라 버리자 협 : 용맹스런 마음이다. 부모가 그만두었다. 나중에 장정이 되었을 때, 징용에 차출되자 마침내 초를 먹인 삼베를 팔에 감고 불로 태워 결국 불구가 되었다. [그렇게 해서 징용에 끌려가지 않았다.] 육혼산(陸渾山)에 들어가 난야(蘭若 : 사원)에 앉아 있었는데, 호랑이도 포악함을 부리지 않았다. 산속에서 멧돼지와 호랑이가 싸우는 것을 우연히 보고 명아주 지팡이를 휘두르며 말했다.

"단월(檀越 : 시주)은 서로 다투지 마시게."

그러자 멧돼지와 호랑이가 즉시 서로 떨어졌다.

師空如, 少慕修道, 父母迎¹婚, 以刀割其勢, 夾 : 勇猛心. 乃止. 後成丁, 徵庸課, 遂以麻蠟裹臂, 以火爇之, 成廢疾. 入陸渾山, 坐蘭若, 虎不暴. 山中偶見野猪與虎鬪, 以藜杖揮之, 曰 : "檀越不須相爭." 卽分散.

* 이 고사는 《태평광기》 권97 〈이승 · 공여선사〉에 실려 있다.

1 영(迎) : 《태평광기》에는 "억(抑)"이라 되어 있는데, 문맥상 보다 타당하다.

14-14(0248) 스님 사

승사(僧些)

출《유양잡조》

　　당(唐)나라 정원(貞元) 연간(785~805) 초에 형주(荊州)에 미치광이 중이 있었는데, 그의 이름은 사(些)였으며 〈하만자(河滿子)〉라는 노래를 잘 불렀다. 한번은 오백(伍伯)[40]을 우연히 만났는데, 오백이 술 취한 김에 길에서 그를 모욕하면서 노래를 부르라고 했다. 스님 사는 즉시 노래를 불렀는데, 그 가사가 모두 오백이 이전에 남몰래 한 못된 일을 말하는 것이었다. 오백은 놀라면서 [그를 모욕한 것을] 스스로 후회했다.

唐貞元初, 荊州有狂僧, 些其名者, 善歌〈河滿子〉. 常遇伍伯, 乘醉, 於途中辱之, 令歌. 僧卽發聲, 其詞皆陳伍伯從前隱慝. 伍伯驚而自悔.

* 　이 고사는 《태평광기》 권97 〈이승・승사〉에 실려 있다.

40) 오백(伍伯) : 군대의 최소 단위인 오(伍)의 우두머리로, 오장(伍長)이라고도 한다.

14-15(0249) 혜관

혜관(惠寬)

출《성도기(成都記)》

면주(綿州) 정혜사(靜慧寺) 승려 혜관은 여섯 살 때 아버지를 따라 황록재(黃籙齋)⁴¹⁾를 올렸는데, 많은 사람들이 돌로 만든 천존상(天尊像)에 예배했다. 혜관은 당시 그곳에 있었는데 예배하려 하지 않으면서 말했다.

"제가 예배하면 석상이 넘어질 것입니다."

하지만 혜관에게 예배하라고 강요해서 예배하고 났더니, 천존상이 과연 넘어져 다리가 부러졌다. 나중에 혜관은 출가해 절에 머물렀는데, 절이 연못 근처에 있고 사람들이 대부분 물고기 잡는 것을 생업으로 삼자, 혜관이 그들에게 계(戒)를 내려 주며 말했다.

"내가 당신들의 소득을 이전 못지않게 해 줄 수 있습니다."

그러고는 연못가를 손으로 가리켰더니 버섯이 가득 자라

---

41) 황록재(黃籙齋): 도교의 결재(潔齋) 가운데 하나로, 천신(天神)·지지(地祇)·인귀(人鬼)를 널리 불러 초례(醮禮)를 지내면서 죄의 근원을 참회하고 선계로 올라가기를 비는 의식을 말한다.

났다. 어부들은 그것을 캐서 힘을 덜 들이고 이득을 얻었다. 후인들은 그 버섯을 화상심(和尙蕈)이라 불렀다.

綿州淨慧寺僧惠寬, 六歲時, 隨父設黃籙齋, 衆禮石天尊像. 惠寬時在, 不肯禮, 曰:"禮則石像遂倒." 强之, 旣禮而天尊像果倒, 股已折矣. 後出家在寺, 寺近池, 人多捕魚爲業, 惠寬與受戒, 且曰:"吾能令汝所得, 不失於舊." 因指其池畔, 盡生菌蕈. 魚人採之, 省力得利. 後人呼爲和尙蕈也.

* 이 고사는 《태평광기》 권98 〈이승 · 혜관〉에 실려 있다.

14-16(0250) 소 화상

소화상(素和尙)

출《유양잡조》

    장안(長安) 흥선사(興善寺) 소 화상의 정원에 푸른 오동나무 몇 그루가 있었는데 모두 소 화상이 손수 심은 것이었다. 당(唐)나라 원화(元和) 연간(806~820)에 공경과 재상들이 이 정원으로 많이 놀러 왔다. 그런데 오동나무가 여름이 되면 땀을 흘려 마치 수레 굴대 기름통[輠] 미 : 과(輠)는 음이 호(胡)와 과(果)의 반절(反切)이며, 수레 굴대의 기름을 담아 두는 용기다. 오동나무도 오히려 선(善)을 받아들이는데 하물며 사람임에랴! 의 기름처럼 사람들의 옷을 더럽혀 빨 수도 없었다. 소국리(昭國里)의 정상[鄭相 : 정인(鄭姻)]이 한번은 승랑(丞郞) 몇 사람과 함께 더위를 피하러 왔는데, 오동나무가 땀 흘리는 것을 싫어해 소 화상에게 오동나무를 베고 소나무를 심게 하려고 했다. 그날 저녁에 소 화상이 오동나무에 빌며 말했다.

    "내가 너를 심은 지 20여 년이 되었는데 네가 땀을 흘려서 사람들이 싫어하니, 내년에도 만약 또 땀을 흘린다면 내가 반드시 너를 땔나무로 쓰겠다."

    이때부터 오동나무는 땀을 흘리지 않았다.

長安興善寺素和尙院庭有靑桐數株, 皆素手植. 唐元和中, 卿相多遊此院. 桐至夏有汗, 汚人衣如輠 眉:輠, 胡果切, 車盛膏器. 桐猶受善, 況人乎? 脂, 不可浣. 昭國鄭相, 嘗與丞郞數人避暑, 惡之, 欲爲素伐桐植松. 及暮, 素祝樹曰:"我種汝二十餘年, 汝以汗爲人所惡, 來歲若復有汗, 我必薪之." 自是無汗矣.

*　이 고사는《태평광기》권98〈이승·소화상〉에 실려 있다.

14-17(0251) 회신

회신(懷信)

출《독이지》

양주(揚州)의 서령탑(西靈塔)은 중원에서 가장 높은 불탑이다. 당(唐)나라 무종(武宗) 말, 이 절을 허물기 1년 전에 회남(淮南)의 사객(詞客) 유은지(劉隱之)가 명주(明州)에서 노닐었는데, 꿈에 자신이 마치 바다에 떠 있는 것 같았으며 탑이 동쪽으로 바다를 건너가고 있는 것이 보였다. 그때 문승(門僧)[42] 회신이 탑의 3층에 있었는데 난간에 기대어 유은지에게 말했다.

"잠시 탑을 호송해 동해를 건너갔다가 열흘 후에 돌아오겠습니다."

며칠 후에 유은지가 양주로 돌아와 곧바로 회신을 찾아갔더니 회신이 말했다.

"바다 위에서 서로 만난 때를 기억하시는지요?"

유은지는 분명하게 기억하고 있었다. 며칠 밤이 지난 후에 천화(天火 : 저절로 생긴 불)가 일어나 탑을 완전히 태웠

---

[42] 문승(門僧) : 대갓집을 전담해 예참(禮懺 : 부처나 보살에게 예배하고 죄를 참회하는 의식)을 주관하면서 평소에 자주 왕래하는 스님.

다. 미 : 무릇 천화는 모두 귀속하는 바가 있다.

揚州西靈塔, 中國之尤峻峙者. 唐武宗末, 拆寺之前一年, 有淮南詞客劉隱之薄游明州, 夢中如泛海, 見塔東渡海. 門僧懷信居塔三層, 憑闌與隱之言曰 : "暫送塔過東海, 旬日而還." 數日, 隱之歸揚州, 卽訪懷信, 信曰 : "記海上相見時否?"隱之了然省記. 數夕後, 天火焚塔俱盡. 眉 : 凡天火者, 皆有所歸.

* 이 고사는 《태평광기》 권98 〈이승·회신〉에 실려 있다.

14-18(0252) 흥원현의 상좌승

흥원상좌(興元上座)

출《운계우의(雲溪友議)》

흥원현(興元縣)의 서쪽 교외에 난야(蘭若 : 절)가 있었는데, 그곳의 상좌승이 늘 술을 마시고 고기를 먹자 여러 승려들이 모두 그를 따라 했다. 어느 날 상좌승은 아침에 큰 떡을 많이 만들어 제자 무리를 불러 시타림(尸陁林 : 시체를 버리는 곳)으로 들어가더니, 떡으로 썩은 시체 고기를 싸서 멈추지 않고 계속 먹었다. 승려들이 코를 막으며 달아나자 상좌승이 말했다.

"너희들은 이 고기를 먹을 수 있어야 비로소 다른 고기도 먹을 수 있느니라."

이때부터 승려들은 수행에 정진하게 되었다.

興元縣西墅有蘭若, 上座僧常飲酒食肉, 群輩皆效焉. 旦多作大餠, 招群徒衆, 入尸陁林, 以餠裹腐尸肉而食, 數啖不已. 衆僧掩鼻而走, 上座曰 : "汝等能食此肉, 方可食諸肉." 自此緇徒因成精進也.

* 이 고사는《태평광기》권98〈이승・흥원상좌〉에 실려 있다.

14-19(0253) **현람**

현람(玄覽)

출《유양잡조》

 당(唐)나라 대력(大曆) 연간(766~779) 말에 선사 현람은 형주(荊州)의 척기사(陟屺寺)에 머물고 있었는데, 불도가 높고 풍격이 고상해 사람들이 가까이할 수 없었다. 장조(張璪)는 일찍이 그의 승방 벽에 노송(老松)을 그렸고 부재(符載)는 그를 기리는 찬문(贊文)을 지었으며 위상(衛象)은 그를 위해 시를 지었는데, 또한 한 시대의 삼절(三絶)이었다. 하지만 현람은 이 모두에 회칠을 해서 지워 버렸는데, 사람들이 그 까닭을 물었더니 현람이 말했다.

 "그들이 쓸데없이 내 벽을 더럽혔소." 미 : 온갖 상서로움은 아예 없느니만 못하다.

 승나(僧那)는 현람의 조카로 절의 걱정거리였는데, 기와를 들춰 새 새끼를 잡고 담을 무너뜨려 쥐불을 놓았지만 현람은 그를 꾸짖은 적이 없었다. 또 의전(義詮)이라는 제자는 베옷을 입고 변변찮은 식사를 했는데도 현람은 그를 칭찬하지 않았다. 어떤 사람이 이를 이상히 여기자 현람은 대나무에 시를 지었다.

 "내 도법의 윤곽을 알고자 한다면, 세상 물정과 어긋나서는 안 되네. 큰 바다는 물고기가 뛰어놀도록 놓아주고, 넓은 하늘은 새가 날도록 내버려둔다네."

唐大曆末, 禪師玄覽住荊州陟屺寺, 道高有風韻, 人不可得而親. 張璪常畫古松於齋壁, 符載贊之, 衛象詩之, 亦一時三絶也. 悉加堊焉, 人問其故, 曰: "無事疥吾壁也." 眉: 萬般祥瑞不如無. 僧那卽其甥, 爲寺之患, 發瓦探鷇, 壞牆熏鼠, 覽未嘗責之. 有弟子義詮, 布衣粗食, 覽亦不稱之. 或有怪之, 乃題詩於竹上曰: "欲知吾道廓, 不與物情違. 大海從魚躍, 長空任鳥飛."

* 이 고사는 《태평광기》 권94 〈이승·현람〉에 실려 있다.

14-20(0254) 상주와 위주 사이의 승려
상위간승(相衛間僧)

출《원화기》

　상주(相州)와 위주(衛州) 사이에 한 승려가 있었는데, 어려서부터 경론(經論)을 널리 익혔고 강설에 뛰어났다. 매번 강설이 있을 때마다 스스로 매우 뛰어나다고 여겼으나 청중이 너무 적었기에 얻는 재물도 적었다. 이렇게 몇 년이 흘렀는데도 승려는 성을 내지 않았다. 결국 그는 경론을 가지고 명산을 두루 다니면서 자신을 알아줄 사람을 찾아다녔다. 나중에 형악사(衡嶽寺)에 이르러 한 달 남짓 머물면서 늘 절의 한적한 재실(齋室)에서 홀로 좌정하고 경론을 궁구했다. 또한 스스로를 탓하며 말했다.

　"내가 깨달은 의리(義理)가 성인(聖人 : 부처)의 뜻에 어긋나는 것은 아닐까?"

　깊이 사색하던 차에 문득 머리를 들어 보았더니 한 노승이 석장을 들고 들어오며 말했다.

　"스님은 어떤 경론을 공부하시오?"

　승려는 그 노승이 이인(異人)이 아닐까 의심하면서 자신이 고민하는 까닭을 말해 주고 아울러 스스로를 탓하며 말했다.

"만약 날 알아주는 사람을 만나 이 일을 판가름하게 된다면, 입에 자물쇠를 채우고 다시는 강연을 하지 않겠습니다."

노승이 웃으며 말했다.

"위대한 성인이라도 인연이 없는 사람을 제도(濟度)할 수는 없으니, 스님은 그저 여러 승려들과 인연이 없었을 뿐이오."

승려가 말했다.

"만약 그렇다 해도 어찌 평생 이럴 수 있겠습니까?"

노승이 말했다.

"내가 한번 그대를 위해 인연을 맺어 주겠소."

그러고는 물었다.

"스님은 지금 노자와 양식을 얼마나 가지고 있소?"

승려가 말했다.

"만 리 길을 지나왔기에 양식은 모두 바닥났습니다. 지금은 오직 대의(大衣)[43] 일곱 벌만 있을 뿐입니다."

노승이 말했다.

"그저 그거면 되오. 그것을 팔아서 얻은 수입으로 모두 쌀떡을 만늘도록 하시오."

---

43) 대의(大衣) : 승려가 입는 삼의(三衣) 가운데 하나로, 설법하거나 탁발할 때 입는다. 직사각형의 베 조각들을 세로로 나란히 꿰맨 것을 1조(條)로 해서 9조 내지 25조를 가로로 나란히 꿰맨 것을 말한다.

승려가 노승의 말대로 했더니, 협 : 신심(信心)이다. 대략 수천 명이 먹을 음식이 마련되었다. 승려와 노승은 이것을 가지고 평탄한 들녘에 이르러 흩뜨려 놓고 향을 사르며 공손히 무릎 꿇고 빌었다.

"오늘 내가 보시하는 음식을 먹는 이들은 원컨대 내세에 내 제자가 되어 내 가르침으로 보리(菩提 : 깨달음의 지혜)를 얻으소서!"

말을 마치자 온갖 새들이 어지러이 내려와 쪼아 먹었고, 땅의 개미들도 헤아릴 수 없이 몰려들었다. 미 : 여러 새와 벌레들이 신승(神僧)이 보시한 음식을 먹었기 때문에 사람의 몸을 얻은 것이다. 노승이 말했다.

"그대는 이후로 20년이 지나야 비로소 돌아가 법석(法席)을 열 수 있을 것이니, 지금은 세상을 두루 돌아다니기만 하고 강설은 하지 마시오."

노승이 말을 마치자 그 승려는 노승의 말대로 했다. 20년 후에 하북(河北)으로 돌아가 불법을 강설했더니 청중이 천만 명을 헤아렸는데, 그들은 모두 20세 이하였으며[44] 노인이나 장년은 열에 한둘도 되지 않았다.

---

[44] 그들은 모두 20세 이하였으며 : 이는 이전에 승려가 보시한 음식을 먹은 새와 개미들이 내세에 인간으로 환생해 그의 제자가 되었음을 말하는 것이다.

相衛間有僧, 自少博習經論, 善講說. 每有講筵, 自謂超絕, 然而聽者稀少, 財利寡薄. 如此積年, 其僧不憤. 遂將經論, 遍歷名山, 以訪知者. 後至衡嶽寺月餘, 常於寺閒齋獨坐, 尋繹經論. 又自咎曰: "所曉義理, 無乃乖於聖意乎?" 沈思之次, 忽舉頭見一老僧, 杖錫而入曰: "師習何經論?" 僧疑是異人, 乃述其由, 兼自咎曰: "倘遇知者, 分別此事, 卽鉗口不復開演耳." 老僧笑曰: "大聖猶不能度無緣之人, 師祇是與衆僧無緣耳." 僧曰: "若然者, 豈終世如此乎?" 老僧曰: "吾試爲爾結緣." 因問: "師今有幾許資糧?" 僧曰: "歷行萬里, 食費已竭. 今惟大衣七條而已." 老僧曰: "祇此可矣. 可賣之, 以所得直皆作餠食." 僧如言作之, 夾 : 信心. 約數千人食. 遂相與携至平野之中, 散掇, 焚香長跪, 咒曰: "今日食我施者, 願來世與我爲弟子, 我當教之, 得至菩提!" 言訖, 鳥雀亂下啄食, 地上螻蟻, 復不知數. 眉 : 諸蟲由神僧施食, 故得人身. 老僧謂曰: "爾後二十年, 方可歸開法席, 今且周遊, 未用講說也." 言訖, 而此僧如言. 後二十年, 却歸河北開講, 聽徒動千萬人, 皆年二十已下, 老壯者十無一二.

* 이 고사는 《태평광기》 권95 〈이승·상위간승〉에 실려 있다.

14-21(0255) 서경업과 낙빈왕

서경업 · 낙빈왕(徐敬業 · 駱賓王)

출《기문》 출《본사시(本事詩)》

[당나라] 천보(天寶) 연간(742~756) 초에 법명이 주괄(住括)이라는 노승이 있었는데, 나이는 90여 세였고 제자와 함께 남악(南嶽)의 형산사(衡山寺)에 와서 여러 스님을 찾아 만나며 그곳에 묵고 있었다. 한 달 남짓 지났을 때 노승이 갑자기 여러 스님들을 모아 놓고 자신이 사람을 죽인 죄과를 참회했다. 스님들이 이상해하자 노승이 말했다.

"그대들은 서경업에 대해 들어 보았소? 바로 내가 그 사람이오. 나는 군대가 패하자 대고산(大孤山)으로 들어가서 수도에 정진했는데, 이제 목숨이 끝나려고 하기 때문에 이 절에 온 것이오. 나는 이미 제사과(第四果)[45]를 깨달았소."

그러고는 자신이 죽을 날짜를 말했는데 과연 그 날짜에 죽자 형산에 장사 지냈다.

송지문(宋之問)이 강남에 이르러 영은사(靈隱寺)를 유

---

[45] 제사과(第四果) : 불교에서 말하는 깨달음의 네 단계[수다원과(須陀洹果) · 사다함과(斯陀含果) · 아나함과(阿那含果) · 아라한과(阿羅漢果)] 중에서 마지막 단계인 '아라한과'를 말한다.

람하다가 밤에 달이 아주 밝자 긴 회랑을 거닐면서 시를 읊조리고 또 다음과 같은 시를 지었다.

"취령(鷲嶺) 높은 봉우리 울창하고, 용궁은 적막하게 잠겨 있네."

송지문은 제2연에서 기발한 시구를 찾아 깊이 생각해 보았지만 끝내 마음에 들지 않았다. 그때 어떤 노승이 장명등(長明燈)46)을 밝히고 커다란 선상(禪床)에 앉아서 물었다.

"젊은이는 밤이 깊은데도 자지 않고 시를 읊조리며 매우 고심하니 무슨 일이오?"

송지문이 대답했다.

"제자는 시 짓는 것을 업으로 삼고 있는데, 마침 이 절에 대해 시를 지으려 하지만 아무리 생각해도 지어지지 않습니다."

노승이 말했다.

"한번 첫 연을 읊어 보시구려."

송지문이 읊어 주자 노승은 두세 번 따라 읊조리더니 말했다.

"어찌하여 '누대에서 창해(滄海)의 해를 바라보고, 문밖으로 절강(浙江)의 조수를 마주 대하네'라고 하지 않는 것이

---

46) 장명등(長明燈) : 불상이나 신상 앞에 밤낮으로 켜 두는 등불.

오?"

송지문은 깜짝 놀라며 그 시구의 아름다움에 감탄했다. 송지문은 계속해서 시를 끝까지 지었다.

"계수나무 열매 달에서 떨어지니, 하늘의 향기 구름 밖까지 퍼지네. 담쟁이 붙잡고 저 먼 탑에 오르고 싶고, 나무 깎아 저 아득한 샘물 마시고 싶네. 서리 엷게 내려도 꽃은 다시 피고, 얼음 얇게 얼어도 잎은 아직 떨어지지 않네. 천태로(天台路)에 들어갈 날 기다려서, 내가 석교(石橋) 건너가는 것을 지켜보시오."

노승이 지어 준 시구는 바로 전체 중에서 가장 생동적인 부분이 되었다. 날이 밝자 송지문은 다시 노승을 찾아갔지만 다시는 그를 볼 수 없었다. 절의 스님 중에 그를 아는 사람이 말했다.

"그 사람은 낙빈왕입니다."

서경업이 패했을 때 낙빈왕과 함께 도망쳤는데, 그들을 체포하려 했지만 잡지 못하자 장수들은 우두머리를 놓쳐서 예측할 수 없는 중벌을 받을까 봐 염려했다. 당시 죽은 사람이 수만 명이나 되었기에 두 사람과 비슷하게 생긴 사람을 찾아 그 머리를 상자에 담아 바쳤다. 나중에 비록 그들이 죽지 않았음을 알았지만 감히 체포해 압송하지 못했기 때문에 서경업은 형산(衡山)에서 승려가 되어 90여 세까지 살다 죽었다. 낙빈왕도 삭발하고 명산을 두루 유람하다가 영은사로

와서 1년 뒤에 죽었다. 당시 그들은 비록 패했지만 당나라의 부흥을 명분으로 삼았기 때문에 사람들이 대부분 그들을 보호해 법망을 벗어나게 해 주었다.

天寶初, 有老僧, 法名住括, 年九十餘, 與弟子至南嶽衡山寺 訪諸僧而居之. 月餘, 忽集諸僧徒, 懺悔殺人罪咎. 僧徒異 之, 老僧曰: "汝頗聞有徐敬業乎? 則吾身也. 吾兵敗, 入大 孤山, 精勤修道, 今命將終, 故來此寺. 吾已證第四果矣." 因 自言死期, 果如期而卒, 遂葬衡山.
宋之問至江南, 遊靈隱寺, 夜月極明, 長廊行吟, 且爲詩曰: "鷲嶺鬱苕嶢, 龍宮鎖寂寥." 第二聯搜奇覃思, 終不如意. 有 老僧點長命燈, 坐大禪床, 問曰: "少年夜久不寐, 而吟諷甚 苦, 何耶?" 之問答曰: "弟子業詩, 適欲題此寺, 而興思不 屬." 僧曰: "試吟上聯." 卽吟與之, 再三吟諷, 因曰: "何不云 '樓觀滄海日, 門對浙江潮?'" 之問愕然, 訝其遒麗. 又續終篇 曰: "桂子月中落, 天香雲外飄. 捫蘿登塔遠, 刳木取泉遙. 霜薄花更發, 冰輕葉未凋. 待入天台路, 看余度石橋." 僧所 贈句, 乃爲一篇之警策. 遲明更訪之, 則不復見矣. 寺僧有 知者曰: "此駱賓王也." 當徐敬業之敗, 與賓王俱逃, 捕之不 獲, 將帥慮失大魁, 得不測罪. 時死者數萬人, 因求類二人者 函首以獻. 後雖知不死, 不敢捕送, 故敬業得爲衡山僧, 年九 十餘乃卒. 賓王亦落髮, 遍遊名山, 至靈隱, 以周歲卒. 當時 雖敗, 且以興復唐朝爲名, 故人多護脫之.

* 이 고사는 《태평광기》 권91 〈이승·서경업〉과 〈낙빈왕〉에 실려 있다.

권15 석증부(釋證部)

석증(釋證)

15-1(0256) 아육왕의 상

아육왕상(阿育王像)

출《저궁유사(渚宮遺事)》

장사사(長沙寺)에 아육왕상(阿育王像)이 있었는데, 전해 오는 말에 따르면 아육왕(阿育王 : 아소카왕)의 딸이 만든 것이라고 한다. [동진] 태원(太元) 연간(376~396) 어느 날 밤에 아육왕상이 물에 떠서 강 나루터에 이르렀는데, 어부가 대낮처럼 밝은 기이한 빛을 보고 여러 사원에서 1000명이 영접했지만 우뚝하니 서서 움직이지 않았다. 장사사에서 각고의 노력으로 수행에 정진하는 익 법사(翼法師)란 스님이 10명의 승려를 이끌고 가서 지성으로 기도했더니, 즉시 아육왕상을 수레에 실을 수 있었다. 제(齊)나라 말에 이르러 아육왕상이 늘 밤에 돌아다녔는데, 이를 모르는 사람이 창으로 아육왕상을 찔렀더니 구리 부딪히는 소리를 내면서 넘어졌다. 남조(南朝)에 큰일이나 재앙과 전염병이 있을 때마다 반드시 아육왕상이 먼저 며칠 동안 땀을 흘렸다. 불교가 전해진 이래로 가장 영험한 일이었다.

평 : 살펴보니, 아육왕의 넷째 딸은 용모가 추해서 시집가지 못하자 여러 상서로운 불상을 두루 만들었는데, 이렇

게 몇 년이 지난 후에 이에 감동한 부처가 그녀의 모습을 바꿔 주었다.

長沙寺有阿育王像, 相傳是阿育王女所造. 太元中, 夜浮至江津, 漁人見異光如晝, 而諸寺以千人迎之, 嶷然不動. 長沙寺翼法師者, 操行精苦, 乃率十僧, 至誠祈啓, 卽時就輦. 至齊末, 像常夜行, 不知者以槊刺之, 作銅聲而倒. 每南朝大事及災疫, 必先流汗數日. 自像敎已來, 最爲靈應也.
評:按育王第四女, 貌醜不售, 乃遍造諸佛瑞像, 經年後, 感佛變形.

* 이 고사는 《태평광기》 권99 〈석증·아육왕상〉에 실려 있다.

15-2(0257) 서명사

서명사(西明寺)

출《옥당한화(玉堂閑話)》

장안성(長安城)의 서명사에 종이 있었는데, 난리가 일어난 후에 승려들이 떠나 버려 그 절은 몇 년 동안 텅 비어 있었다. 그 종의 구리를 탐낸 어떤 가난한 백성이 망치와 끌을 소매에 숨겨 가서 몰래 깎아 내 날마다 한두 근씩을 얻어 시장에 내다 팔았다.

이렇게 1년이 지나자 사람들이 모두 그 사실을 알게 되었지만 관리는 금하지 않았다. 나중에 그 사람이 갑자기 온데간데없이 사라지자, 구리를 사던 사람도 그가 오지 않는 것을 의아해했다. 나중에 관가에서 그 종을 다른 절로 옮기려고 가서 보았더니, 종이 종각 바닥 위에 똑바로 떨어져 있었다. 종을 뒤집었더니 종 도둑이 망치와 끌을 품은 채로 그 안에 그대로 앉아 있는 것이 보였는데, 이미 말라 죽은 지 오래였다.

長安城西明寺鐘, 寇亂之後, 緇徒流離, 闃其寺者數年. 有貧民利其銅, 袖鎚鑿往竊鑿之, 日獲一二斤, 鬻於闤闠. 如是經年, 人皆知之, 官吏不禁. 後其家忽失所在, 市銅者亦訝其不來. 後官欲徙其鐘於別寺, 見寺鐘平墮在閣上. 及仆之, 見盜鐘者抱鎚鏨儼然坐於其間, 旣已乾枯矣.

* 이 고사는 《태평광기》 권116 〈보응(報應)·서명사〉에 실려 있다.

15-3(0258) 배휴

배휴(裴休)

출《북몽쇄언(北夢瑣言)》

당(唐)나라 재상 배휴는 불교에 관심을 두었는데, 늘 털로 만든 납의(衲衣 : 승복)를 입고 가기원(歌妓院)에서 발우를 들고 탁발했다. 스스로 발원할 때마다 대대로 국왕이 되어 불법을 널리 수호하길 원했다. 나중에 우전국(于闐國)의 왕이 아들을 낳았는데, 손금에 '배휴'라는 두 글자가 있다는 소식이 중원의 조정에까지 들렸다. 배휴의 자제들이 그를 맞이해 오고자 했지만 그 나라에서 허락하지 않아서 그만두었다.

唐宰相裴休, 留心釋氏. 常被毳衲, 於歌妓院中持鉢乞食. 每自發願, 願世世爲國王, 弘護佛法. 後于闐國王生一子, 手文中有'裴休'二字, 聞於中朝. 其子弟請迎之, 彼國不允而止.

* 이 고사는《태평광기》권115〈보응·배휴〉에 실려 있다.

15-4(0259) 비숭선

비숭선(費崇先)

출《법원주림》

　송(宋 : 유송)나라의 비숭선은 오흥(吳興) 사람으로 젊어서부터 불법을 신봉했다. 태시(泰始) 3년(467)에 보살계(菩薩戒)를 받고 사혜원(謝慧遠)의 집에서 재계(齋戒)했는데, 24일 동안 밤낮으로 게으르지 않았다. 그는 불경을 들을 때마다 항상 작미향로(鵲尾香爐)47)를 무릎 앞에 놓아두었는데, 초재(初齋)의 사흘째 저녁에 용모와 옷이 비범한 한 사람이 나타나 곧장 그 향로를 들고 갔다. 비숭선이 무릎 앞을 보았더니 향로가 그대로 있었기에 비로소 신이(神異)함을 깨달았다. 스스로 생각해 보니 옷은 새로 빨아서 조금도 더러움이 없었으나 오직 그의 자리 옆에 타호(唾壺)가 있었기에 미 : 부정한 재계를 하는 자의 경계로 삼을 만하다. 타호를 치웠다. 그랬더니 그 사람이 다시 나타나 향로를 그의 앞에 도로 갖다 놓았는데, 그가 자리에 이르기 전에는 두 개의 향로가 보이더니 자리에 이르자 하나로 합쳐졌다. 그렇다면 이 신

---

47) 작미향로(鵲尾香爐) : 까치 꼬리처럼 기다란 손잡이가 달린 향로.

인(神人)이 들었던 것은 아마도 향로의 그림자였을 것이다.

宋費崇先, 吳興人, 少信佛法. 泰始三年, 受菩薩戒, 寄齋於謝慧遠家, 二十四日, 晝夜不懈. 每聽經, 常以鵲尾香爐置膝前. 初齋三夕, 見一人, 容服不凡, 逕來擧爐去. 崇先視膝前, 爐猶在, 方悟神異. 自惟衣裳新濯, 了無不淨, 唯坐側有唾壺, 眉:可爲齋不淨者戒. 旣撤去壺. 卽復見此人還爐於前, 未至席, 猶見二爐, 旣至, 卽合爲一. 然則此神人所提者, 蓋爐影耳.

* 이 고사는 《태평광기》 권114 〈보응·비승선〉에 실려 있다.

15-5(0260) 도엄

도엄(道嚴)

출《선실지》

　엄사(嚴師 : 도엄)는 성도(成都)의 실력사(實曆寺)에서 기거했다. [당나라] 개원(開元) 14년(726) 5월 어느 날에 불전(佛殿) 앞의 처마에 장명등(長明燈)을 켜 놓았는데, 갑자기 커다란 손 하나가 불전의 서쪽 처마에서 보였다. 도엄은 너무 두려워서 몸을 숙이고 움직이지 않았다. 한참이 지나 갑자기 허공에서 말소리가 들려왔다.

　"두려워하지 마시오! 나는 선신(善神)이오."

　도엄은 이 말을 듣고 두려움이 조금 풀리자 물었다.

　"단월(檀越 : 시주)님은 누구십니까?"

　허공에서 대답했다.

　"하늘이 나에게 사원의 땅을 보호하라고 명하셨소. 세상 사람들이 부처의 사당에 곧잘 침을 뱉는데, 미 : 사원에 침을 뱉는 자의 경계로 삼을 만하다. 그러면 나는 즉시 등을 갖다 대서 그 침을 받고 있소. 이 때문에 등에 종기가 생겨 내 피부까지 심하게 파고들었소. 원컨대 기름을 그 위에 발라 줄 수 있겠소?"

　도엄이 청유(淸油 : 식물성 기름)를 커다란 손에 놓자 그

손이 즉시 가져갔다. 도엄은 그에게 청했다.

"원컨대 내가 오늘 시주님의 모습을 보고 화공(畵工)에게 불전 벽에 그리게 하고 아울러 이 일을 적어 기림으로써, 세상 사람들이 감히 사원에 침을 뱉지 못하게 하기를 바랍니다."

신인이 말했다.

"내 모습이 너무 누추하니 법사가 보면 무섭지 않겠소?"

도엄이 말했다.

"걱정 마십시오."

그러자 즉시 서쪽 처마 아래에서 한 신인이 나왔는데, 매우 기이한 몸에 풍만한 머리, 커다란 콧대, 부리부리한 눈, 크게 벌린 입을 하고 있었으며, 몸집이 우람해서 몇 장(丈)이나 되었다. 도엄이 이를 보자마자 등에 땀을 비 오듯이 흘리자 그 신인은 곧바로 몸을 감추었다. 이에 도엄은 그 신인의 모습을 화공에게 말해 주어 서쪽 처마 벽에 그리게 했다.

有嚴師者, 居於成都實曆[1]寺. 開元十四年五月日, 於佛殿前軒燃長明燈, 忽見一巨手在殿西軒. 道嚴悸且甚, 俯而不動. 久之, 忽聞空中語云: "無懼! 吾善神也." 道嚴旣聞, 懼少解, 因問: "檀越何人?" 空中對曰: "天命我護佛寺之地. 以世人好唾佛祠地, 眉: 可爲唾佛地者戒. 我卽以背接之, 受其唾. 由是背有瘡, 潰吾肌且甚. 願以膏油傅其上, 可乎?" 道嚴遂以淸油置巨手中, 其手卽引去. 道嚴乃請曰: "吾今願見檀越之形, 使畫工寫於屋壁, 且書其事以表之, 冀世人無敢唾佛地者." 神曰 : "吾貌甚陋, 師見之, 無得慄然耶?" 道嚴曰 : "無傷也." 卽見西軒下有一神, 質甚異, 豐首巨準, 嚴目呀口, 體狀魁碩, 長數丈. 道嚴一見, 背汗如沃, 其神卽隱去. 於是具以神狀告畫工, 命圖於西軒之壁.

* 이 고사는《태평광기》권100〈석증·도엄〉에 실려 있다.
1 실력(實曆) :《태평광기》명초본에는 "보응(寶應)"이라 되어 있다.

15-6(0261) 혜응

혜응(惠凝)

출《낙양기(洛陽記)》

원위(元魏 : 북위)[48] 때 낙중(洛中 : 낙양)의 숭진사(崇眞寺)에 혜응이라는 스님이 있었는데, 죽은 지 이레 만에 다시 살아나 말했다.

"염라왕(閻羅王)께서 명부를 검열하시고 이름이 잘못되었다며 풀어 주셨소."

그러고는 자신이 본 것을 자세히 말했다.

"융각사(融覺寺)의 담모최(曇謨最)라고 하는 한 스님이 《열반경(涅槃經)》과 《화엄경(華嚴經)》을 강설해 중생 1000명을 인도했다고 하자, 염라왕이 말하길 '불경을 강설하는 사람은 마음에 너와 나를 구분하는 생각을 가지고 교만함으로 대상을 능멸하므로 비구의 일 중에서 가장 좋지 않은 행동이다. 지금은 오직 참선과 독송을 시험해 볼 뿐, 불경 강설에 대해서는 묻지 않는다'라고 했소. 미 : 근래에 불경을 강설하

---

[48] 원위(元魏) : 북위(北魏)를 말한다. 북위는 원래 탁발씨(拓跋氏)가 세운 나라인데 효문제(孝文帝)에 이르러 한족(漢族)의 영향으로 성을 원씨(元氏)로 바꿨다.

는 자의 경계로 삼을 만하다. 그러고는 그를 저승 관리에게 넘겨주라고 하자, 곧장 푸른 옷을 입은 열 사람이 담모최를 서북쪽 문으로 보냈는데, 집이 모두 어두컴컴한 것이 좋은 곳이 아닌 것 같았소. 또 선림사(禪林寺)의 도홍(道弘)이라고 하는 한 스님이 있었는데, 스스로 말하길 '네 명의 시주를 교화했고, 《일체경(一切經 : 대장경)》에 나오는 불상 10구를 만들었습니다'라고 했더니, 염라왕이 말하길 '사문(沙門 : 불문)에 들어온 사람은 반드시 마음을 가다듬고 도를 지키면서 세상사에 관여하지 않고 작위적인 일을 하지 않아야 한다. 비록 불경과 불상을 만들었다 하더라도 그것은 정작 다른 사람의 재물을 얻고자 한 것이었고, 재물을 얻고 나면 탐심이 일어나니 이는 바로 삼독(三毒)[49]에서 벗어나지 못해 번뇌에 빠지기에 충분하다'라고 했소. 그러고는 역시 저승 관리에게 넘겨주자 담모최와 함께 검은 문으로 들어갔소. 또 영각사(靈覺寺)의 보명(寶明)이라고 하는 한 스님이 있었는데, 스스로 말하길 '출가하기 전에 일찍이 농서태수(隴西太守)를 지내면서 영각사를 완공하자 즉시 관직을 버리고 불도에 들어갔습니다'라고 하자, 염라왕이 말하길 '그대는

---

49) 삼독(三毒) : 사람의 성명(性命)에 해가 되는 근본적인 세 가지 번뇌, 즉 탐욕(貪慾)・진에(瞋恚)・우치(愚癡)를 말하는데, 보통 줄여서 탐・진・치라고 한다.

태수로 있을 때 도리를 어기고 법을 왜곡해 백성의 재물을 약탈하고자 이 절을 짓는다는 핑계를 삼았으니 그대의 공력이 아니다'라고 했소. 미 : 사원을 지어 복을 바라는 것은 참된 선(善)이 아니다. 그렇지 않다면 하나의 선이 100가지 악을 없앨 수 있다. 그러고는 푸른 옷을 입은 사람에게 넘겨주어 검은 문으로 들여보냈소."

그 이후로 도성 일대의 스님들은 모두 참선과 독송을 중시했으며 더 이상 불경 강설에 뜻을 두지 않았다.

元魏時, 洛中崇眞寺有比丘惠凝, 死七日還活, 云 : "閻羅王檢閱, 以錯名放免." 具說所見 : "一比丘云是融覺寺曇謨最, 講《涅槃》·《華嚴》, 領衆千人, 閻羅王曰 : '講經者, 心懷彼我, 以驕凌物, 比丘中第一粗行. 今唯試坐禪誦經, 不問講經.' 眉 : 可爲近代講經者戒. 令付司, 卽有靑衣十人, 送曇謨最向西北門, 屋舍皆黑, 似非好處. 有一比丘云是禪林寺道弘, 自云 : '敎化四輩檀越, 造《一切經》像十軀.' 閻羅王曰 : '沙門必須攝心守道, 不干世事, 不作有爲. 雖造作經像, 正欲得他人財物, 旣得財物, 貪心旣起, 便是三毒不出, 其足煩惱.' 亦付司, 仍與曇謨最同入黑門. 有一比丘云是靈覺寺寶明, 自云 : '出家之先, 嘗作隴西太守, 造靈覺寺成, 卽棄官入道.' 閻羅王曰 : '卿作太守之日, 曲理枉法, 劫奪民財, 假作此寺, 非卿之力.' 眉 : 造寺希福, 非眞善也. 不然, 一善能消百惡矣. 付靑衣送入黑門." 自此以後, 京邑之比丘皆事禪誦, 不復以講經爲意.

* 이 고사는 《태평광기》 권99 〈석중·혜응〉에 실려 있다.

15-7(0262) 굴돌중임

굴돌중임(屈突仲任)

출《기문》

[당나라] 개원(開元) 연간(713~741)에 동관현령(同官縣令) 우함(虞咸)이 온현(溫縣)에 갔는데, 길 왼편에 작은 초당이 있었고 그 안에 살고 있는 어떤 사람이 자신의 팔을 찔러 나온 피에 주사(朱砂)를 섞어서 《일체경(一切經 : 대장경)》을 쓰고 있었다. 그 사람은 나이가 60세 가까이 되었으며 안색이 누렇고 수척했는데, 써 놓은 불경이 이미 수백 권이나 되었다. 그를 찾아오는 사람이 있으면 반드시 구걸을 했다. 어디서 왔는지 물었더니 그 사람이 말했다.

"내 성은 굴돌씨이고 이름은 중임이오."

그의 아버지 역시 군수(郡守)를 지냈고 온현에 장원이 있었는데, 오직 아들 굴돌중임 하나만 있었고 그가 어린 것을 가엽게 여겨 그가 하는 대로 내버려두었다. 굴돌중임은 천성적으로 책을 좋아하지 않았고 오로지 도박과 사냥을 일삼았다. 아버지가 죽었을 때 집안의 노복이 수십 명이었고 자산이 수백만 금이었으며 장원과 저택이 매우 많았지만, 굴돌중임은 제멋대로 여색과 음주와 도박을 즐기면서 가산을 팔아 치워 모두 탕진했다. 몇 년 뒤에는 오직 온현의 장원만

남아 있었다. 그나마도 전답은 팔아먹고 집도 쪼개서 팔아 그것도 이미 다 써 버렸으며, 오직 장원 안의 당(堂) 한 채만 덩그러니 남아 있었다. 노복과 첩들은 모두 떠나 버렸고 집은 가난해져서 살아갈 방도가 없자, 당 안에 땅을 파서 항아리 몇 개를 묻고 소와 말 등의 고기를 저장해 놓았다. 굴돌중임은 힘이 장사였고 막하돌(莫賀咄)이라 하는 노복 역시 장정 10명을 대적할 힘이 있었다. 매번 날이 어두워지고 나면 노복과 함께 소와 말을 훔치러 나갔는데, 훔치는 곳은 반드시 50리 밖이었다. 소를 맞닥뜨리면 바로 소의 두 뿔을 잡아 등에 뒤집어 짊어졌고, 말이나 나귀를 맞닥뜨리면 밧줄로 목을 묶어 역시 뒤집어 짊어졌다. 집에 도착해서 그것들을 땅에 내던지면 모두 죽었는데, 그러면 그 가죽을 벗겨 가죽과 뼈는 당 뒤의 커다란 구덩이에 넣거나 태워 버렸고, 고기는 땅속의 항아리에 저장해 두었다. 낮에 노복에게 성안의 시장에서 이를 팔게 해 쌀과 바꾸어 먹었다. 이처럼 지낸 지가 10여 년이나 되었지만 그들이 먼 곳에서 훔쳤기 때문에 의심하는 사람이 없었다. 굴돌중임은 천성적으로 살생을 좋아해 가지고 있는 활과 화살, 그물, 꼬챙이, 탄궁(彈弓)이 집에 가득했는데, 그가 잡아 죽인 날짐승과 들짐승이 셀 수 없이 많았고 그의 눈에 띄는 것은 목숨을 보전할 수 없었다. 고슴도치를 잡으면 진흙으로 싸서 불에 구웠다가 다 익었을 때 진흙을 제거해 고슴도치의 가죽과 가시가 진흙과 함께 떨어져 나가면 고기를 뜯어 먹었다. 그 잔혹함이 모두 이와 같았다. 나중에 막하돌이 병으로 죽고 나서 한 달 남짓 지나 굴돌중임도 갑자기 죽었는데 심장이 여전히 따뜻했다. 그의 유모는 늙었지만 여전히 살아 있었는데, 그의 시신을 지키며 아직 장사 지내지 않고 있던 차에 굴돌중임이 다시 살아나서 다음과 같이 말했다.

처음에 굴돌중임은 잡혀가서 노복과 함께 대질 심문을 받게 되었다. 한 커다란 관청에 이르렀더니 청사가 10여 칸이고 판관(判官) 여섯 명이 있었는데, 각 사람마다 두 칸씩 차지하고 있었다. 굴돌중임이 대질 심문을 받는 곳은 가장 서쪽이었는데, 판관이 자리에 없었기에 그를 당 아래에 세워 두었다. 잠시 후에 판관이 왔는데, 바로 굴돌중임의 고모부인 운주사마(鄆州司馬) 장안(張安)이었다. 장안은 굴돌중임을 보고 놀라며 그를 데리고 계단을 올라가서 말했다.

"그대는 세상에 있을 때 수천수만 마리의 짐승을 죽였는데, 오늘 갑자기 이곳에 왔으니 무슨 방도로 그대를 빼낼 수 있겠는가?"

굴돌중임이 몹시 두려워하면서 머리를 조아리고 애원하자 판관이 말했다.

"여러 판관들과 의논하길 기다리게."

그러고는 여러 판관들에게 말했다.

"내 처조카인 굴돌중임이 무수한 죄를 지었기에 오늘 이곳에 불려 들어와 대질 심문을 받게 되었소. 그 사람은 수명이 또한 아직 다하지 않았으니 살아날 길 하나를 열어 주려고 하는데 가능하겠소?"

판관들이 말했다.

"법에 밝은 자를 불러 물어보시지요."

법에 밝은 자가 왔는데, 미 : 저승에서도 문서를 다루는 법률가를 쓰다니 기이하도다! 푸른 옷을 입고 구부정하니 움츠린 모습이었다. 판관이 물었다.

"한 죄인을 내보내려 하는데 길이 있겠는가?"

그러고는 그간의 사정을 자세히 일러 주자 법에 밝은 자가 말했다.

"오직 한 가지 길이 있습니다."

판관이 말했다.

"어떻게 한단 말인가?"

법에 밝은 자가 말했다.

"여기 여러 동물들은 굴돌중임에게 살해당했으니 모두 그 몸과 목숨을 보상해 준 연후에 환생시켜 주어야 합니다. 한꺼번에 그들을 불러와서 권유하길 '굴돌중임이 지금 이곳에 왔으니 너희들이 그를 다 먹고 나면 바로 환생시켜 주겠다. 양은 다시 양이 될 것이고 말은 또 말이 될 것이니, 이는 너희들의 남은 업(業)이 아직 끝나지 않았기에 다시 축생의 몸을 받게 되는 것이다. 만약 굴돌중임이 다시 사람으로 환생해 옛날처럼 너희를 잡아먹게 되면 너희들의 업보는 끝이 없을 것이다. 지금 굴돌중임을 이승으로 돌려보내 너희들을 위해 명복을 빌게 한다면, 너희들은 각자 축생의 업을 버리고 모두 사람의 몸을 얻을 수 있게 되어 더 이상 사람에게 죽임을 당하지 않을 것이니 이 어찌 좋지 않겠느냐?'라고 말하십시오. 그러면 여러 축생들은 사람의 몸을 얻을 수 있다는 말을 듣고 필시 기뻐할 것이니, 이렇게 한다면 그를 놓아줄 수 있습니다. 만약 그들이 받아들이려 하지 않는다면 더 이상 다른 길은 없습니다."

그래서 굴돌중임을 쇠사슬로 묶어 청사 앞의 방에 두고, 굴돌중임에게 살해당한 동물들을 불러오게 했다. 청사 마당의 땅은 100이랑쯤 되었는데, 굴돌중임에게 살해당한 생명들이 그곳을 가득 채웠다. 소·말·나귀·노새·돼지·양·노루·사슴·꿩·토끼에서 고슴도치와 날짐승에 이르기까지 그 수가 수만 마리나 되었는데 모두들 말했다.

"무얼 하러 우리를 부르셨습니까?"

판관이 말했다.

"굴돌중임이 이미 도착했다."

동물들은 모두 으르렁거리고 크게 성내면서 뛰어오르고 발길질을 하며 말했다.

"어찌 우리의 빚을 갚지 않겠는가?"

동물들이 한창 분노하고 있을 때, 여러 돼지와 양의 몸이 말과 소만큼 커졌고, 소와 말 역시 보통 때보다 배는 커졌다. 판관이 법에 밝은 자를 들어오게 해서 동물들에게 알아듣도록 일러 주자, 축생들은 사람의 몸을 얻을 수 있다는 말을 듣고 모두 기뻐하며 몸이 다시 이전과 같아졌다. 이에 축생들을 모두 몰아서 들여보내고 굴돌중임을 나오게 했다. 두 옥졸이 손에 가죽 부대와 막대기를 들고 와서 굴돌중임을 부대 속에 넣고 막대기로 찌르자, 굴돌중임의 몸에서 나온 피가 자루의 모든 구멍으로 흘러나와 땅을 적시더니 청사 앞까지 흘러갔다. 잠시 후에 피가 계단에까지 이르렀는데 그 깊이가 3척쯤 되었다. 그런 연후에 굴돌중임을 부대에 넣은 채로 방 안에 던져 넣고 빗장을 잠갔다. 그러고는 여러 축생들을 불렀더니 모두 성을 내며 말했다.

"이 역적 놈이 내 몸을 죽였으니 오늘 네놈의 피를 마시리라!"

이에 날짐승까지 모두 굴돌중임의 피를 먹었는데, 피가 다 없어지자 모두들 마당의 흙이 보일 때까지 핥고서야 그만두었다. 피를 마실 때 축생들은 너무 분노해 몸이 모두 몇 배나 커졌으며 멈추지 않고 계속 욕을 해 댔다. 축생들이 피를 다 먹고 나자 법에 밝은 자가 또 말했다.

"너희는 이미 빚을 청산했으니 이제 굴돌중임을 돌아가도록 놓아주어 너희를 위해 명복을 빌게 함으로써 너희에게 인간의 몸을 얻게 해 줄 것이다."

여러 축생들이 모두 기뻐하며 각자 본래의 모습으로 돌아와 떠나갔다. 판관은 그런 연후에 부대 속에서 굴돌중임을 꺼내게 했는데, 그의 몸은 이전 그대로의 모습이었다. 판관이 말했다.

"이미 응보를 받았으니 노력해서 복을 쌓아라. 만약 바늘로 찔러 피를 내서《일체경》을 쓴다면 이런 죄들이 모두 없어질 것이다. 그러지 않고 다시 이곳에 오게 되면 영원히 나갈 가망이 없을 것이다."

굴돌중임은 다시 살아나서 마침내 그 뜻을 견실히 행했다.

開元間, 同官令虞咸往溫縣, 道左有小草堂, 有人居其中, 刺臂血和朱, 寫《一切經》. 其人年且六十, 色黃而瘠, 書經已數百卷. 人有訪者, 必丐焉. 問其所從, 其人曰: "吾姓屈突氏, 名仲任." 父亦典郡, 莊在溫, 唯有仲任一子, 憐念其少, 恣其所爲. 性不好書, 唯以樗蒱弋獵爲事. 父卒時, 家僮數十人, 資數百萬, 莊第甚衆, 而仲任縱色飲博, 賣易且盡. 數年後, 唯溫縣莊存焉. 卽貨易田疇, 拆賣屋宇, 又已盡矣, 唯莊內一堂歸然. 僕妾皆盡, 家貧無計, 乃於堂內掘地, 埋數甕, 貯牛馬等肉. 仲任多力, 有僮名莫賀咄, 亦力敵十夫. 每昏後, 與僮行盜牛馬, 盜處必五十里外. 遇牛卽執其兩角, 翻負於背, 遇馬驢皆繩束其頸, 亦翻負之. 至家投於地, 皆死, 乃剝之, 皮骨納之堂後大坑, 或焚棄, 肉則貯於地甕. 晝日令童於城市貨之, 易米而食. 如此者又十餘年. 以其盜遠, 故無疑者.

仲任性好殺，所居弓箭羅網叉彈滿屋焉，殺害飛走，不可勝數，目之所見，無得全者．乃至得刺蝟，亦以泥裹而燒之，且熟，除去其泥，而蝟皮與刺皆泥脫矣，則取肉而食之．其殘酷皆此類也．後莫賀咄病死，月餘，仲任暴卒，而心下暖．其乳母老矣，猶在，守之未瘞．而仲任復甦，言曰：初見捕去，與奴對事．至一大院，廳事十餘間，有判官六人，每人據二間．仲任所對最西頭，判官不在，立仲任於堂下．有頃，判官至，乃其姑夫鄆州司馬張安也．見仲任，驚而引之登階，謂曰："郎在世殺生千萬，今忽此來，何方相拔？"仲任大懼，叩頭哀祈，判官曰："待與諸判官議之．"乃謂諸判官曰："僕之妻姪屈突仲任造罪無數，今召入對事．其人年命亦未盡，欲開一路放生，可乎？"諸官曰："召明法者問之．"則有明法者來，眉：陰司亦用主文法家，奇哉！碧衣踼蹐．判官問曰："欲出一罪人，有路乎？"因以其告，明法者曰："唯有一路．"官曰："若何？"明法者曰："此諸物類爲仲任所殺，皆償其身命，然後托生．合召出來，當誘之曰：'屈突仲任今到，汝食噉畢，卽托生．羊更爲羊，馬亦爲馬，汝餘業未盡，還受畜生身．使仲任爲人，還依舊食汝，汝之業報，無窮已也．今令仲任還，爲汝追福，使汝各捨畜生業，俱得人身，更不爲人殺害，豈不佳哉？'諸畜聞得人身必喜，如此乃可放，若不肯，更無餘路．"乃鎖仲任於廳事前房中，召仲任所殺生類到．庭中地可百畝，仲任所殺生命，塡塞皆滿．牛馬驢騾猪羊麞鹿雉兔，乃至刺蝟飛鳥，凡數萬頭，皆曰："召我何爲？"判官曰："仲任已到．"物類皆咆哮大怒，騰振蹴踏而言曰："盍還吾債？"方忿怒時，諸猪羊身長大與馬牛比，牛馬亦大倍於常．判官乃使明法入曉諭，畜聞得人身，皆喜，形復如故．於是盡驅入諸畜，乃出仲任．有獄卒二人，手執皮袋㢠秘木至，則納仲任於袋中，以木秘之，仲任身血，皆於袋中諸孔中流出灑地，遍流廳前．須臾, 血深至階, 可有三尺. 然後兼袋投仲任房中, 又扃鎖之. 乃召諸畜等, 皆怒曰:"逆賊殺我身, 今飮汝血!"於是兼飛鳥等, 盡食其血, 血旣盡, 皆共舐之, 庭中土見乃止. 當飮血時, 畜生盛怒, 身皆長大數倍, 仍罵不止. 旣食已, 明法又告:"汝已得償, 今放屈突仲任歸, 爲汝追福, 令汝爲人身." 諸畜皆喜, 各復本形而去. 判官然後令袋內出仲任, 身則如故. 判官謂曰:"旣見報應, 努力修福. 若刺血寫《一切經》, 此罪當盡. 不然更來, 永無相出望." 仲任甦, 乃堅行其志焉.

* 이 고사는 《태평광기》 권100 〈석증·굴돌중임〉에 실려 있다.

15-8(0263) 손회박

손회박(孫回璞)

출《명상기》

당(唐)나라 전중시의(殿中侍醫) 손회박은 제음(濟陰) 사람이다. 정관(貞觀) 13년(639)에 그는 어가(御駕) 행차를 따라 구성궁(九成宮) 삼선곡(三善谷)으로 갔는데, 그 이웃에 위징(魏徵)의 집이 있었다. 한번은 밤 이경(二更)에 밖에서 어떤 사람이 손 시의(孫侍醫 : 손회박)를 부르는 소리를 들었다. 손회박은 그 사람이 위징의 명을 받고 온 것이라 생각해 나가서 보았더니 두 사람이 손회박에게 말했다.

"관부에서 부르십니다."

손회박이 말했다.

"나는 걸어서 갈 수 없소."

그러자 그들은 즉시 말을 가져와 손회박을 태웠다. 손회박은 두 사람을 따라갔는데, 이내 천지가 대낮처럼 환하게 밝아지는 것을 느끼면서 괴이하다고 생각했지만 감히 말은 하지 못했다. 그들은 삼선곡을 벗어나 조당(朝堂)의 동쪽을 거쳐 다시 동북쪽으로 6~7리쯤 가서 목숙곡(苜蓿谷)에 도착했다. 멀리서 보았더니 두 사람이 한봉방(韓鳳方)을 붙잡고 가면서 손회박을 데려가고 있는 두 사람에게 말했다.

"너희들은 잘못 잡아 왔으니 마땅히 그를 놓아주어야 한다."

그러자 두 사람이 즉시 손회박을 놓아주었다. 손회박은 왔던 길을 따라 돌아갔는데, 평상시에 다녔던 곳과 조금도 다름이 없었다. 손회박은 집에 도착한 뒤에 말을 매어 놓고 보았더니 하녀가 문 앞에서 잠들어 있었는데, 그녀를 불렀으나 대답이 없었다. 그래서 하녀를 넘어 문으로 들어가서 보았더니 자신의 몸이 부인과 함께 잠자고 있기에 다가가려고 했지만 그럴 수 없었다. 할 수 없이 남쪽 벽에 서서 큰 소리로 부인을 불렀지만 부인은 끝내 대답이 없었다. 집 안은 굉장히 밝았고 벽 모서리에 쳐진 거미줄에 파리 두 마리가 걸려 있었는데, 한 마리는 크고 한 마리는 작았다. 또 보았더니 대들보 위에 놓아두었던 약물도 아주 분명하게 보였지만, 오직 침상으로만 다가갈 수 없었다. 손회박은 자신이 죽은 것을 알고 몹시 괴로워하면서 부인과 작별도 할 수 없다는 사실을 한했다. 그는 남쪽 벽에 기대선 채로 한참 있다가 언뜻 잠이 들었는데, 갑자기 놀라 깨어나 보니 자신이 이미 침상 위에 누워 있었으며, 집 안이 컴컴해 보이는 것이 없었다. 그래서 손회박은 부인을 불러서 일어나 불을 켜게 했는데, 그때 그는 온몸에 식은땀이 흥건했다. 그가 일어나서 보았더니 거미줄은 [방금 전에 보았던 것과] 분명히 다르지 않았고 말도 땀을 마구 흘리고 있었다. 한봉방은 바로 그날 밤에 갑자기 죽었다. 그 후 정관 17년(643)에 손회박은 칙명을 받들어 역마를 타고 급히 제주(齊州)로 가서 제왕(齊王) 이우(李佑)의 병을 치료했는데, 돌아오는 길에 낙주(洛州) 동쪽의 효의역(孝義驛)에 이르렀을 때 갑자기 한 사람이 찾아와서 물었다.

"당신이 손회박입니까?"

손회박이 말했다.

"그렇습니다만, 당신은 왜 물으십니까?"

그 사람이 대답했다.

"나는 귀신인데, 태감(太監)께서 당신을 데려와 기실(記室)로 삼고자 하십니다."

그러면서 서찰을 꺼내 손회박에게 보여 주었다. 손회박이 보았더니 바로 위징이 서명한 것이었다. 손회박이 깜짝 놀라며 말했다.

"정국공(鄭國公 : 위징)은 죽지 않았는데 어떻게 당신을 보내 서찰을 전하게 했단 말입니까?"

귀신이 말했다.

"정국공은 이미 죽어서 지금 태양도록태감(太陽都錄太監)으로 계시는데, 미 : 위징이 태양도록태감이 되었다. 나를 보내 당신을 불러오게 하셨습니다."

손회박이 귀신을 잡아끌며 앉아서 함께 식사하자고 청하자, 귀신은 매우 기뻐하며 감사했다. 손회박이 귀신에게 부탁했다.

"나는 칙명을 받들고 사신으로 갔다가 아직 조정으로 돌아가지 못한 상태이니, 돌아가서 맡은 일을 모두 상주한 연후에 명을 따르겠습니다."

귀신이 그렇게 하라고 허락했다. 손회박이 맡은 일을 상주하고 나서 위징을 찾아갔더니 이미 죽은 뒤였는데, 그가 죽은 날을 따져 보았더니 바로 손회박이 효의역에 도착하기 전날이었다. 손회박은 자신이 반드시 죽을 것이라고 생각해 가족들과 작별했으며, 스님을 모셔 와 불사(佛事)를 행하면서 불상을 주조하고 불경을 베껴 썼다. 6~7일쯤 지났을 때 손회박의 꿈에서 이전에 만났던 귀신이 와서 부르더니 그를 데리고 높은 산으로 올라갔는데, 산꼭대기에 커다란 궁전이 있었다. 그곳으로 들어가서 보았더니 여러 군자들이 그를 맞이하며 말했다.

"이 사람은 복덕을 쌓았으므로 이곳에 머물게 할 수 없으니 돌려보내는 것이 좋겠소."

그러고는 곧장 손회박을 떠밀어 산 아래로 떨어뜨리자 손회박은 깜짝 놀라 깨어났다.

唐殿中侍醫孫回璞, 濟陰人也. 貞觀十三年, 從車駕幸九成宮三善谷, 與魏徵鄰家. 嘗夜二更, 聞外有人呼孫侍醫者. 璞謂是魏徵之命, 旣出, 見兩人謂璞曰: "官喚." 璞曰: "我不能步行." 卽取馬乘之. 隨二人行, 乃覺天地如晝日光明, 璞怪而不敢言. 出谷, 歷朝堂東, 又東北行六七里, 至苜蓿谷. 遙見有兩人持韓鳳方行, 語所引璞二人曰: "汝等錯追, 宜放之." 彼人卽放璞. 璞隨路而還, 了了不異平生行處. 旣至家, 繫馬, 見婢當戶眠, 喚之不應. 越度入戶, 見其身與婦並眠, 欲就之而不得. 但著南壁立, 大聲喚婦, 終不應. 屋內極明光, 壁角中有蜘蛛網, 中二蠅, 一大一小. 並見梁上所著藥物, 無不分明, 唯不得就床. 自知是死, 甚憂悶, 恨不得共妻別. 倚立南壁, 久之微睡, 忽驚覺, 身已臥床上, 而屋中暗黑無所見. 喚婦, 令起然火, 而璞方大汗流. 起視蜘蛛網, 歷然不殊, 見馬亦大汗. 鳳方是夜暴死. 後至十七年, 璞奉敕, 驛馳往齊州, 療齊王佑疾, 還至洛州東孝義驛, 忽見一人來問曰: "君是孫回璞?" 曰: "是, 君何問爲?" 答: "我是鬼耳, 監追君爲記室." 因出書示璞. 璞視之, 則魏徵署也. 璞驚曰: "鄭公不死, 何爲遣君送書?" 鬼曰: "已死矣, 今爲太陽都錄太監, 眉: 魏徵爲太陽都錄太監. 令我召君." 回璞引坐共食, 鬼甚喜謝. 璞請曰: "我奉敕使未還, 奏事畢, 然後聽命." 鬼許之. 璞旣奏事畢, 訪徵, 已薨, 校其薨日, 則孝義驛之前日也. 璞自以必死, 與家人訣別, 而請僧行道, 造像寫經. 可六七夜, 夢前鬼來召, 引璞上高山, 山巓有大宮殿. 旣入, 見衆君子迎謂曰: "此人修福, 不得留之, 可放去." 卽推璞墮山, 於是驚悟.

* 이 고사는 《태평광기》 권377 〈재생(再生)·손회박〉에 실려 있다.

15-9(0264) 형조진

형조진(邢曹進)

출《집이기(集異記)》

　당(唐)나라 때 사후에 공부상서(工部尙書)로 추증된 형조진은 하삭(河朔) 지방의 맹장이었다. 일찍이 반적(叛賊)을 토벌하다가 날아온 화살에 어깨를 맞았는데, 좌우 사람들이 화살을 빼냈으나 화살촉이 뼈에 박혀 그 끝만 약간 드러나 있었다. 그래서 즉시 쇠 집게를 가지고 힘센 자에게 그것을 빼내게 했으나, 화살촉은 단단히 박혀 꼼짝도 하지 않았다. 형조진은 통증이 심했으나 어떻게 할 방법이 없었다. 처자식들은 단지 불사(佛事)를 널리 행하면서 자비로운 은혜를 내려 주기만 바랐다. 며칠 지나지 않아서 형조진은 밧줄로 자신의 몸을 침상에 묶고 다시 화살촉을 빼내라고 명했지만, 이전 그대로 꼼짝하지 않았다. 형조진은 신음 속에 아픔을 참아 내면서 죽기만을 기다릴 뿐이었다. 하루는 문득 낮잠을 자다가 꿈을 꾸었는데, 한 호승(胡僧)이 뜰에 서 있기에 형조진은 곧장 그에게 간절히 하소연했다. 호승은 한참 있다가 말했다.

　"미즙(米汁)을 그 속에 흘려 넣으면 틀림없이 저절로 낫게 될 것입니다."

형조진이 꿈에서 깨어나 의원에게 그 말을 했더니 의원이 말했다.

"미즙은 바로 쌀뜨물인데 그것으로 상처를 적시는 것이 어찌 타당하겠습니까?"

형조진은 사람들에게 널리 물어보게 했지만 자세히 아는 사람이 없었다. 다음 날 문득 호승이 형조진의 집을 찾아와서 탁발을 하자 황급히 그를 불러들였는데, 형조진이 중당(中堂)에서 멀리 보았더니 바로 어젯밤 꿈에 나타났던 사람이었다. 그래서 즉시 그를 가까이 맞이해 극심한 고통을 하소연하자 호승이 말했다.

"어찌하여 한식날의 물엿을 흘려 넣지 않습니까? 그러면 당연히 신비한 효험을 알게 될 것입니다."

형조진은 마침내 물엿이 미즙임을 깨닫고 호승이 일러준 방법대로 상처에 떨어뜨렸더니, 금세 시원해지면서 한순간에 통증이 덜어졌다. 그날 밤에 상처가 약간 가려워지자 즉시 이전처럼 화살촉을 뽑아내게 했는데, 집게가 닿자마자 화살촉이 갑자기 빠져나왔다. 그런 뒤에 약을 발랐더니 열흘도 안 되어 상처가 나았다.

唐故贈工部尙書邢曹進, 河朔之健將也. 曾因討叛, 飛矢中肩, 左右與之拔箭, 而鏃留於骨, 微露其末焉. 卽以鐵鉗遣有力者拔之, 堅不可動. 曹進痛楚, 計無所施. 妻孥輩但爲廣修佛事, 用希慈蔭. 不數日, 則以索縛身於床, 復命出之, 而堅牢如故. 曹進呻吟忍耐, 俟死而已. 忽因晝寢, 夢一胡僧立庭中, 曹進則以所苦訴之. 胡僧久而謂曰: "能以米汁注其中, 當自愈." 及寤, 言於醫工, 醫工曰: "米汁卽泔, 豈宜漬瘡哉?" 遂令廣詢於人, 莫有諭者. 明日, 忽有胡僧詣門乞食, 因遽召入, 而曹進中堂遙見, 乃昨所夢者也. 卽延之附近, 告以危苦, 胡僧曰: "何不灌以寒食餳? 當知神驗." 曹進遂悟餳爲米汁, 如法以點, 應手淸凉, 頓減酸疼. 其夜, 瘡稍癢, 卽令如前鑷之, 鉗纔及, 鏃已突然而出. 後傅藥, 不旬日而瘥.

* 이 고사는 《태평광기》 권101 〈석증·형조진〉에 실려 있다.

15-10(0265) 연주의 부인

연주부인(延州婦人)

출《속현괴록(續玄怪錄)》

    옛날 연주에 어떤 부인이 있었는데, 살빛이 희고 자태가 매우 아름다웠으며 나이는 스물네댓 살가량이었다. 혼자 성안의 저잣거리를 돌아다니면 젊은 남자들이 모두 그녀와 함께 놀았는데, 남자들이 잠자리를 같이하자고 치근대더라도 어느 하나 물리치는 경우가 없었다. 몇 년 뒤에 그녀가 죽자, 연주 사람들이 모두 애석해하면서 함께 돈을 추렴하고 상구(喪具)를 마련해 장사 지내 주었는데, 그녀에게 집이 없었기에 길옆에 묻었다. 대력(大曆) 연간(766~779)에 문득 어떤 호승(胡僧)이 서역에서 왔는데, 그녀의 묘를 보더니 결가부좌를 하고 앉아 향을 피우고 경배한 뒤, 며칠 동안 주위를 돌면서 찬탄했다. 사람들이 이를 보고 그에게 말했다.

    "이 사람은 일개 음탕한 여자인데 스님은 어찌하여 경배합니까?"

    호승이 말했다.

    "그건 단월(檀越 : 시주)님이 알 수 있는 바가 아니오. 이분은 바로 위대하신 성인으로, 자비를 희사해 세속의 욕망까지도 따르지 않음이 없으셨소. 이분은 바로 쇄골보살(鎖

骨菩薩)이시니 믿지 못하겠다면 관을 열어 확인해 보시오."

미 : 분별상(分別相)50)이 있게 되면 다 버리지 못한다. 보살이 버리지 못함이 없는 것은 돌아봄이 없기 때문이다.

사람들이 즉시 묘를 열어서 살펴보았더니, 온몸의 뼈가 모두 쇠사슬 모양으로 연결되어 있는 것이 과연 호승의 말 그대로였다. 연주 사람들은 이 일을 기이하게 여겨 큰 재(齋)를 올리고 불탑을 세웠다.

평 : 살펴보니, 부처의 몸에는 사리골(舍利骨)이 있고 보살의 몸에는 쇄골이 있다.

昔延[1]有婦女, 白晳頗有姿貌, 年可二十四五. 孤行城市, 年少之子, 悉與之遊, 狎昵薦枕, 一無所却. 數年而歿, 州人莫不悲惜, 共釀喪具, 爲之葬焉, 以其無家, 瘞於道左. 大曆中, 忽有胡僧自西域來, 見墓, 遂趺坐具, 敬禮焚香, 圍繞讚嘆數日. 人見謂曰 : "此一淫縱女子, 和尙何敬耶?" 僧曰 : "非檀越所知. 斯乃大聖, 慈悲喜捨, 世俗之欲, 無不徇焉. 此卽鎖骨菩薩, 不信, 可啓驗之." 眉 : 才有分別相, 便不盡捨. 菩薩無不捨, 由無相顧. 衆人卽開墓, 視遍身之骨, 鈎結皆如鎖狀, 果如僧言. 州人異之, 爲設大齋起塔.

---

50) 분별상(分別相) : 온갖 분별로써 마음속으로 지어낸 허구적인 차별상.

評 : 按佛身有舍利骨, 菩薩身有鎖骨.

* 이 고사는 《태평광기》 권101 〈석증·연주부인〉에 실려 있다.
1 연(延) : 《태평광기》에는 이 뒤에 "주(州)" 자가 있는데, 문맥상 뜻이 보다 분명하다.

15-11(0266) 진주의 철탑

진주철탑(鎭州鐵塔)

출《북몽쇄언》

당(唐)나라 천우(天祐) 연간(904~907)에 태원(太原)의 승려 혜조(惠照)는 꿈속에서 진주 남쪽 30리의 허물어진 상국사(相國寺)에 묻혀 있는 철탑을 보고 특별히 그곳을 찾아갔다. 진주의 경계에 이르렀을 때, 혜조는 주장(主將)인 왕용(王熔)에게 알려져 관아에 초청되어 공양을 받았다. 아장(衙將) 임우의(任友義)는 그가 이웃 주(州)에서 보낸 첩자라면 혹 예기치 못한 일이 일어날까 염려해 그를 내쫓아야 한다고 간청했다. 주장이 처음에 의심하자, 혜조는 철탑을 찾아 나서게 된 연유를 갖추어 대답했다. 주장이 급히 관부의 남쪽 30리로 사람을 파견해 찾아보게 했는데, 과연 상국사의 옛터가 나왔고 그 불전 계단 앞을 파서 철탑을 얻었다. 그 위에는 3000명의 성명이 새겨져 있었는데, 모두 현재 상산군(常山郡 : 진주)에 있는 장교와 휘하 군인들이었으며, 오직 임우의 한 사람만 이름이 없었다.

唐天祐中, 太原僧惠照因夢鎭州南三十里廢相國寺中埋鐵塔, 特往訪之. 至界上, 爲元戎王熔所知, 延在衙署供養. 衙將任友義慮是鄰道諜人, 或致不測, 懇請逐之. 元戎始疑, 惠具以尋塔爲對. 遽差於府南三十里訪之, 果得相國寺古基, 掘其殿砌之前, 得鐵塔. 上刻三千人姓名, 悉是見在常山將校親軍, 唯任友義一人無名.

* 이 고사는 《태평광기》 권101 〈석증·진주철탑〉에 실려 있다.

15-12(0267) 대합조개에서 나온 불상과 계란

합상 · 계란(蛤像 · 鷄卵)

출《유양잡조》 출《선실지》

　수(隋)나라 황제는 대합조개를 좋아해 식사 때마다 반드시 대합조개 음식을 곁들였는데, 이미 수천만 개 이상을 먹었다. 갑자기 대합조개 하나가 망치로 때려도 그대로 있기에 황제는 이상히 여겨 안석 위에 잘 놓아두었는데, 을야(乙夜 : 이경)에 대합조개에서 빛이 났다. 날이 밝자 대합조개 살이 저절로 껍질을 열고 나왔는데, 그 속에 불상 하나와 보살상 두 개가 들어 있었다. 황제는 슬피 후회하면서 대합조개를 먹지 않겠다고 맹세했다.

　[당나라] 문종(文宗)은 부도씨(浮屠氏 : 불교)가 큰 교화에 보탬이 없고 사람을 해치기만 한다고 생각해 모두 없애려고 했다. 때마침 주방의 상식리(尙食吏 : 천자의 수라를 담당하는 관리)가 수라 음식을 만들면서 솥에 계란을 삶고 있었는데, 한창 불을 때고 있을 때 갑자기 솥 안에서 사람이 말하는 듯한 아주 가느다란 소리가 들려왔다. 가까이 다가가서 들어 보았더니, 다름 아닌 계란들이 관세음보살을 부르고 있었는데, 그 소리가 심히 처량했으며 마치 하소연하는 바가 있는 듯했다. 상식리가 이를 아뢰자 황제가 좌우 신

하에게 명해 확인해 보라 했더니 상식리가 아뢴 것과 같았기에 황제는 기이함에 탄식했다. 다음 날 황제는 상식리에게 명해 계란으로 음식을 만들지 말라고 했다. 그러고는 여러 군국(郡國)에 조서를 내려 각각 정사(精舍)에 관세음보살상을 만들라고 했다.

隋帝嗜蛤, 所食必兼蛤味, 逾數千萬矣. 忽有一蛤, 椎擊如舊, 帝異之, 安置几上, 乙夜有光. 及明, 肉自脫, 中有一佛二菩薩像. 帝悲悔, 誓不食蛤.
文宗以浮屠氏無補大化而蠹於物, 欲盡去之. 會尙食廚吏修御膳, 以鼎烹鷄卵, 方燃火, 忽聞鼎中有聲極微如人言者. 迫而聽之, 乃群卵呼觀世音菩薩也, 聲甚悽咽, 似有所訴. 尙食吏以聞, 帝命左右驗之, 如所奏, 帝嘆異. 翌日, 敕尙食吏無以鷄卵爲膳. 因頒詔郡國, 各於精舍塑觀世音菩薩像.

* 이 고사는 《태평광기》 권99 〈석증·합상〉, 권101 〈석증·계란〉에 실려 있다.

15-13(0268) 유성

유성(劉成)

출《선실지》

　선성군(宣城郡) 당도현(當塗縣)에 유성과 이휘(李暉)라는 백성이 있었는데, 그들은 모두 농사일은 몰랐으며 대신 일찍이 큰 배를 이용해 생선과 게를 싣고 오월(吳越) 사이에서 팔았다. [당나라] 천보(天寶) 13년(754) 봄 3월에 그들은 함께 신안강(新安江)에서 생선과 게를 싣고 단양군(丹陽郡)으로 갔는데, 선성군에서 40리 떨어진 하사포(下査浦)에 이르렀을 때 마침 날이 저물었기에 배를 정박하고 두 사람은 모두 뭍으로 올라갔다. 그때 이휘는 하사포의 언덕에 있는 촌락으로 가고 유성 혼자만 강가에 있었다. 사방을 둘러보니 구름 낀 섬뿐이었고 인적이라곤 전혀 없는데, 갑자기 배 안에서 잇달아 아미타불을 부르는 소리가 아주 크게 들렸다. 유성이 깜짝 놀라 살펴보았더니 커다란 물고기 한 마리가 배 안에서 수염을 떨고 머리를 흔들면서 사람 목소리로 아미타불을 부르고 있었다. 유성은 두렵고도 떨려서 머리카락이 모두 쭈뼛쭈뼛해졌으며, 곧장 갈대 사이에 몸을 숨기고 상황을 엿보았다. 잠시 뒤에 배 안에 있던 수많은 물고기들이 모두 펄쩍 뛰면서 아미타불을 불렀는데, 그 소리에 땅이 흔들렸다. 유성은 몹시 두려운 나머지 급히 배에 올라 물고기들을 모두 강 속으로 던졌다. 협 : 옳은 일이다. 잠시 후에 이휘가 돌아오자 유성이 그간의 일을 이휘에게 자세히 말해 주었더니 이휘가 화를 내며 말했다.

"이놈이 어찌 요망한 짓을 할 수 있단 말인가?"

이휘가 한참 동안 침을 뱉고 욕을 해 댔지만, 유성은 스스로를 해명할 길이 없자 곧장 자신의 옷가지와 돈으로 그 값을 물어 주었다. 협 : 더욱 옳은 일이다. 얼마 후에 유성은 남은 100냥으로 억새 10여 다발과 바꾸어서 강 언덕에 놓아두었다. 이튿날 억새 다발을 배 안으로 옮기려고 했는데, 갑자기 들 수 없을 정도로 무겁게 느껴져 억새 다발을 풀고 보았더니, 돈 15꿰미가 나왔고 "당신에게 물고기값을 돌려드립니다"라고 적힌 쪽지가 있었다. 유성은 더욱 기이하게 생각했다. 그날 유성은 과주(瓜洲)에서 스님들을 모아 공양하면서 그 돈꿰미를 모두 시주했다.

宣城郡當塗民有劉成·李暉者, 俱不識農事, 嘗用巨舫載魚蟹, 鬻於吳越間. 天寶十三年春三月, 皆自新安江載往丹陽郡, 行至下查浦, 去宣城四十里, 會天暮, 泊舟, 二人俱登陸. 時李暉往浦岸村舍中, 獨劉成在江上. 四顧雲島, 闃無人迹, 忽聞舫中有連呼阿彌陀佛者, 聲甚厲. 成驚而視之, 見一大魚自舫中振鬐搖首, 人聲而呼阿彌陀佛焉. 成且懼且悚, 毛髮盡勁, 卽匿身蘆中以伺之. 俄而舫中萬魚, 俱跳躍呼佛, 聲動地. 成大恐, 遽登舫, 盡投群魚於江中. 夾 : 是. 有頃而李暉至, 成具以告暉, 暉怒曰:"竪子安得爲妖妄乎?"唾罵且久, 成無以自白, 卽用衣資酬其直. 夾:更是. 旣而餘百錢, 易荻草十餘束, 致于岸. 明日, 遷於舫中, 忽覺重不可擧, 解而視之, 得緡十五千, 簽題云:"歸汝魚直." 成益奇之. 是日, 於瓜洲會群僧食, 並以緡施焉.

* 이 고사는 《태평광기》 권470 〈수족(水族)·유성〉에 실려 있다.

숭경상(崇經像)

15-14(0269) 조문창

조문창(趙文昌)

출《법원주림》미 : 이하는 모두《금강경》의 보응이다(以下俱《金剛經》報應).

수(隋)나라 개황(開皇) 11년(591)에 태부시승(太府寺丞) 조문창이 갑자기 죽었다가 다시 살아나서 다음과 같이 말했다.

어떤 사람이 그를 데리고 염라왕이 있는 곳으로 갔더니 염라왕이 물었다.

"너는 일생 동안 무슨 복업(福業)을 지었느냐?"

조문창이 대답했다.

"오직 마음을 다해《금강반야경(金剛般若經)》을 지니고 독송했습니다."

염라왕은 이 말을 듣더니 합장하고 고개를 숙이며 훌륭하다고 칭찬한 뒤, 즉시 조문창을 집으로 돌아가도록 놓아주고 그를 데리고 남문으로 나가게 했다. 문 입구에 도착해서 보니 주(周 : 북주)나라 무제(武帝)가 문 옆의 방 안에서 삼중으로 된 칼과 쇠사슬을 차고 있다가 조문창을 부르며 말했다.

"나를 알아보겠는가?"

조문창이 절하며 대답했다.

"신은 옛날에 폐하를 숙위(宿衛)했습니다."

무제가 말했다.

"경은 나의 옛 신하였으니 지금 집으로 돌아가거든 나를 위해 수나라 황제에게 '내가 지은 여러 죄는 모두 해명해 끝내려고 하지만 오직 불법을 멸하고자 했던 죄는 무거워서 면할 수 없을 것 같으니, 부디 나를 위해 작은 공덕을 세워 그 복의 도움으로 내가 지옥에서 벗어날 수 있기를 바란다'고 말해 주게."

조문창은 무제의 부탁을 받고 가다가 남문을 나가서 보았더니, 커다란 똥구덩이 속에 어떤 사람의 머리카락이 위로 나와 있었다. 조문창이 물었더니 그를 데려가는 사람이 대답했다.

"저 사람은 진(秦)나라의 장수 백기(白起)[51]인데, 그 죄과가 아직 끝나지 않아서 여기에 감금되어 있는 것입니다."

조문창은 집에 도착해서 다시 살아났으며, 마침내 그 일을 황제에게 상주했다. 황제는 천하에 구전(口錢 : 인두세)을 내도록 해서 주나라 무제를 위해 《금강반야경》을 독송하

---

51) 백기(白起) : 전국 시대 진(秦)나라의 명장으로 병법(兵法)의 대가였다. BC 260년에 장평(長平)에서 조(趙)나라 군대를 격파해 40만 명의 포로를 생매장했는데, 나중에 이를 후회해 자살했다. 본문에서 언급한 백기의 죄과는 이것을 말한다.

고 사흘 동안 크게 공양을 올리게 했으며, 이 일의 상황을 기록해 수나라 역사에 넣게 했다.

隋開皇十一年, 大府寺丞趙文昌暴卒復活, 云 : 有人引至閻羅王所, 王問曰 : "汝一生作何福業?" 昌答云 : "唯專心持誦《金剛般若經》." 王聞語, 合掌低首, 讚言善哉, 卽放昌還家, 令引文昌從南門出. 至門首, 見周武帝在門側房內, 著三重鉗鎖, 喚昌云 : "識我否?" 文昌拜答云 : "臣昔宿衛陛下." 帝云 : "卿旣我舊臣, 今還家, 爲吾向隋皇帝說 : '吾諸罪並欲辯了, 唯滅佛法罪重, 未可得免, 望與吾營少功德, 冀茲福祐, 得離地獄.'" 昌受辭而行, 及出南門, 見一大糞坑中, 有人頭髮上出. 昌問之, 引人答云 : "此是秦將白起, 寄禁於此, 罪尤未了." 昌至家得活, 遂以其事上奏. 帝令天下出口錢, 爲周武帝轉《金剛般若經》, 設大供三日, 仍錄事狀, 入於隋史.

* 이 고사는《태평광기》권102〈보응·조문창〉에 실려 있다.

15-15(0270) 신번현의 서생

신번현서생(新繁縣書生)

출《삼보감통기(三寶感通記)》

익주(益州) 신번현 서쪽 40리의 왕리촌(王李村)에 수(隋)나라 때 성이 구씨(苟氏)인 서생이 있었는데, 그는 왕희지(王羲之)의 서법에 뛰어났다. 한번은 왕리촌 동쪽 공중의 사방에 《금강반야경(金剛般若經)》을 쓰기 시작해 며칠에 걸쳐 다 쓰고 나서 미: 허공을 향해서 쓴 것이다. 말했다.

"이 불경은 천상의 여러 신들이 독송할 것이다."

사람들은 처음에 무슨 영문인지 깨닫지 못했다. 나중에 천둥이 치고 비가 오던 날, 소 치는 목동이 《금강반야경》을 썼던 곳에 서 있었더니 옷이 젖지 않았는데, 한 장(丈) 남짓 되는 땅이 바짝 말라 있었다. 그 후로도 비가 올 때마다 아이들이 늘 그곳에 모여들었다. 당(唐)나라 무덕(武德) 연간(618~626)에 어떤 이승(異僧)이 마을 사람들에게 말했다.

"이 땅의 공중에 《금강반야경》이 적혀 있는데, 천상의 여러 신들이 위에서 보개(寶蓋: 天蓋)를 펼쳐서 덮어 주고 있으니 함부로 침범해서는 안 되오."

益州新繁縣西四十里王李村, 隋時有書生, 姓苟氏, 善王書. 嘗於村東室[1]中四面書《金剛般若經》, 數日便了, 眉: 向空而書. 云:"此經擬諸天讀誦." 人初不之覺也. 後值雷雨, 牧牛小兒於書經處立, 而不沾濕, 其地乾燥, 可有丈餘. 爾後每雨, 小兒常集其中. 唐武德中, 有異僧語村人曰:"此地空中有《金剛般若經》, 諸天於上設寶蓋覆之, 不可輕犯."

* 이 고사는 《태평광기》 권102 〈보응·신번현서생〉에 실려 있다.

1 　실(室) : 《태평광기》 명초본에는 "공(空)"이라 되어 있는데 문맥상 타당하다.

15-16(0271) 괴무안

괴무안(蒯武安)

출《보응기(報應記)》

　수(隋)나라의 괴무안은 채주(蔡州) 사람으로, 힘이 장사였고 활 솜씨가 뛰어나 늘 호랑이를 활로 쏘아 잡았다. 때마침 숭산(嵩山) 남쪽에서 호랑이의 횡포가 심했기에 그곳으로 호랑이를 사냥하러 갔다. 점점 깊은 산에 이르렀을 때 갑자기 야인처럼 생긴 한 이물(異物)이 손으로 호랑이 가죽을 펼쳐 들어 괴무안의 몸 위에 씌우더니 골짜기 아래로 밀어 떨어뜨렸다. 괴무안이 일어났더니 자신이 이미 호랑이로 변해 있었다. 괴무안은 두렵기도 하고 놀랍기도 해 어찌할 바를 몰랐다. 그때 갑자기 종소리가 들려, 괴무안은 그곳이 스님의 거처임을 알고 도움을 청하러 갔다. 과연 한 스님이 《금강경(金剛經)》을 염송하고 있는 것이 보여, 즉시 눈을 감고 그 앞에 엎드렸다. 그 스님이 손으로 그의 머리를 쓰다듬는 순간 갑자기 굉음이 나면서 호랑이 머리가 이미 갈라졌다. 괴무안은 그 속에서 나와 이전의 일을 자세히 말해 주었다. 스님이 다시 그의 등을 문지르자 손 가는 대로 호랑이 가죽이 벗겨졌다. 다 나온 뒤에 보았더니 온몸의 의복까지 모두 그대로였으며 호랑이 털이 조금 붙어 있었는데, 아마도 이전에 뜸을 놓았던 상처에 털이 달라붙은 것 같았다. 괴무안은 그 이후에 출가해 오로지 《금강경》을 염송했다.

隋蒯武安, 蔡州人, 有巨力, 善弓矢, 常射大蟲. 會嵩山南爲暴甚, 往射之. 漸至深山, 忽有異物如野人, 手開大蟲皮, 冒武安身上, 因推落澗下. 及起, 已爲大蟲矣. 惶怖震駭, 莫知所爲. 忽聞鐘聲, 知是僧居, 往求救. 果見一僧念《金剛經》, 卽閉目俯伏. 其僧以手摩頭, 忽爆作巨聲, 頭已破矣. 武安乃從中出, 卽具述前事. 又撫其背, 隨手而開. 旣出, 全身衣服盡在, 有少大蟲毛, 蓋先灸瘡之所粘也. 從此遂出家, 專持《金剛經》.

* 이 고사는 《태평광기》 권102 〈보응·괴무안〉에 실려 있다.

15-17(0272) 장 어사

장어사(張御史)

출《광이기(廣異記)》

　장 아무개는 당(唐)나라 천보(天寶) 연간(742~756)에 어사판관(御史判官)이 되어 명을 받들고 회남(淮南)으로 사건을 조사하러 갔다. 장차 회수(淮水)를 건너려 할 때 누런 적삼을 입은 사람이 뒤에서 달려오더니 급한 일이 있다고 하면서 배에 태워 달라고 부탁했다. 뱃사공이 그를 때리려고 하자 장 아무개가 말했다.

　"때리지 말게."

　그러고는 도리어 소유관(所由官 : 담당 관리)을 꾸짖으며 말했다.

　"백성 하나를 더 태워 회수를 건넌다고 해서 무슨 어려움이 있겠는가?"

　장 아무개가 친히 남은 음식을 주면서 먹게 하자, 그 사람은 몹시 부끄러워했다. 회수를 건너간 후에 그 사람은 장 아무개와 헤어져 다른 길로 갔는데, 잠시 후에 앞에 있는 역으로 와서 이미 문 앞에 있었다. 장 아무개는 또 부탁하려는 것이라고 생각해 내심 매우 불쾌해하면서 말했다.

　"내가 방금 그대를 건네주었는데 어찌하여 다시 왔는가?

바로 빨리 떠나게."

그 사람이 말했다.

"저는 사실 사람이 아닙니다. 판관과 일을 의논하고자 하는데, 이는 좌우의 사람들이 들을 바가 아닙니다."

이에 장 아무개가 좌우의 사람들을 물리치자 그 사람이 말했다.

"명을 받아 당신을 데려가야 하는데, 당신은 회수에서 익사해야 했습니다. 아까 당신의 후한 은혜를 받았기에 당신을 하루만 더 머물게 해 드리겠습니다."

장 아무개가 집으로 돌아가길 청하면서 유언할 것이 있다고 하자 귀신이 말했다.

"하루 이상은 감히 어겨서는 안 됩니다."

장 아무개가 앞으로 다가가서 구해 달라고 청하려 하자 귀신이 말했다.

"사람과 귀신은 길이 다르니 가까이 다가오면 안 됩니다."

장 아무개가 멀리서 절을 하자 귀신이 말했다.

"하루 안에 《속명경(續命經)》을 1000번 염송하면 목숨을 연장할 수 있습니다."

귀신은 말을 마치고 문까지 갔다가 다시 돌아와 말했다.

"《속명경》을 아십니까?"

장 아무개가 처음에 그 말뜻을 알아채지 못하자 귀신이

말했다.

"바로 인간 세상의 《금강경(金剛經)》을 말합니다."

장 아무개가 말했다.

"지금 날이 이미 저물었는데, 어떻게 1000번을 염송한단 말인가?"

귀신이 말했다.

"누구라도 염송만 하면 됩니다."

장 아무개는 곧장 객사에 있는 사람들과 다른 백성 수십 명을 불러 함께 《금강경》을 염송했는데, 이튿날 해 질 무렵이 되어서야 1000번의 염송을 끝냈다. 그러자 귀신이 다시 와서 말했다.

"판관께서는 이미 죽음을 면했지만 그래도 잠시 지부(地府: 저승)에 들러야 합니다."

사람들은 모두 누런 적삼을 입은 관리가 장 아무개와 함께 문을 나서는 것을 보았다. 장 아무개가 염라왕을 알현하고 《속명경》을 1000번 염송했다고 말하자, 염라왕은 10년의 수명을 더 살게 하는 것이 마땅하다고 하면서 곧바로 장 아무개를 놓아주어 다시 살아나게 했다. 장 아무개가 문에 이르렀을 때 이전에 그를 잡아 왔던 관리가 말했다.

"판관을 늦게 잡아 온 죄로 지금 이미 채찍을 맞았습니다."

저승 관리가 웃통을 벗어 보여 주면서 약간의 돈을 요청하자 장 아무개가 말했다.

"나는 가난한 선비이고 또한 객사에 있어서 형편이 좋지 않네."

귀신이 말했다.

"그저 200관(貫 : 1관은 1000냥)이면 됩니다."

장 아무개가 말했다.

"만약 지전(紙錢)이라면 당연히 500관이라도 주겠네."

귀신이 말했다.

"당신의 두터운 은혜에 감사하지만 평소 제가 쌓은 덕이 옅으니, 어떻게 당신께 그런 많은 돈을 받겠습니까? 그저 200관이면 됩니다."

장 아무개가 말했다.

"지금은 나도 귀신일 뿐이니, 밤에 객사로 돌아가면 일을 처리하기가 쉽지 않을 것이네."

귀신이 말했다.

"판관께서 그저 마음속으로 부인께 제게 돌려주라고 생각만 하시면 일이 절로 처리될 것입니다."

장 아무개가 마침내 마음으로 간절히 생각하자 귀신이 말했다.

"이미 받았습니다."

하지만 잠시 후에 다시 와서 말했다.

"부인께서는 주고자 하시지만 어머님께서 주려고 하지

않으십니다."

귀신이 다시 장 아무개에게 마음속으로 어머니를 생각하게 하더니 잠시 후에 귀신이 말했다.

"받았습니다."

장 아무개는 멍해져서 마치 깊은 구덩이에 떨어지는 것 같더니 마침내 다시 살아났다. 장 아무개가 휴가를 청하고 집으로 돌아와서 자신이 겪었던 일을 자세히 말해 주었더니 부인이 말했다.

"그날 저녁 꿈에 당신이 나타나 이미 죽었다면서 200관의 지전을 달라고 하기에 바로 시장으로 가려 했는데, 어머님께서 '꿈속의 일을 어찌 믿을 수 있겠느냐?'라고 말씀하셨습니다. 그런데 그날 밤에 어머님도 또 같은 꿈을 꾸셨기에 지전을 마련할 수 있었습니다."

張某, 唐天寶中爲御史判官, 奉使淮南推覆. 將渡淮, 有黃衫人自後奔來, 謂有急事, 求附載. 御船者欲毆擊之, 某云: "無擊." 反責所由云: "載一百姓渡淮, 亦何苦也?" 親以餘食哺之, 其人甚愧惡. 旣濟, 與某分路, 須臾, 至前驛, 已在門所. 某意是囑請, 心甚嫌之, 謂曰: "吾適渡汝, 何爲復至? 可卽遽去." 云: "已實非人. 欲與判官議事, 非左右所聞." 因屛左右, 云: "奉命取君, 合淮中溺死. 適蒙厚恩, 祗可一日停留耳." 某求還至舍, 有所遺囑, 鬼云: "一日之外, 不敢違也." 某欲前請救, 鬼云: "人鬼異路, 無宜相逼." 某遙拜, 鬼云: "能一日之內, 轉千卷《續命經》, 當得延壽." 言訖出去,至門又回云:"識《續命經》否?"某初未知, 鬼云:"卽人間《金剛經》也." 某云:"今日已晚, 何由轉得千卷?" 鬼云:"但是人轉皆可." 某乃大呼傳舍中及他百姓等數十人同轉, 至明日晚, 終千遍訖. 鬼又至云:"判官已免, 會須暫謁地府." 衆人皆見黃衫吏與某相隨出門. 旣見王, 具言千遍《續命經》足, 當更得十載壽, 便放重生. 至門, 前所追吏云:"坐追判官遲回, 今已遇捶." 乃袒示之, 願乞少錢, 某云:"我貧士, 且逆旅不便." 鬼云:"唯二百千." 某云:"若紙錢, 當奉五百貫." 鬼云:"感君厚意, 但我德素薄, 何由受汝許錢? 二百千正可." 某云:"今我亦鬼耳, 夜還逆旅, 未易辦得." 鬼云:"判官但心念, 令妻子還我, 自當得之." 某遂心念甚至, 鬼云:"已領訖." 須臾復至, 云:"夫人欲與, 阿奶不肯." 又令某心念阿奶, 須臾曰:"得矣." 某因冥然如落深坑, 因此遂活. 求假還家, 具說其事, 妻云:"是夕夢君已死, 求二百千紙錢, 欲便市造, 阿奶云: '夢中事何足信?' 其夕, 阿奶又夢, 因得."

* 이 고사는 《태평광기》 권112 〈보응·장어사〉에 실려 있다.

15-18(0273) 위극근

위극근(韋克勤)

출《보응기》

　당(唐)나라의 위극근은 젊어서부터《금강경(金剛經)》을 염송했다. 중랑장(中郎將)이 되어 군대를 따라 요(遼)나라를 정벌하러 갔다가 고려(高麗 : 고구려)에서 포로가 되었다. 정관(貞觀) 연간(627~649)에 태종(太宗)이 요나라 정벌에 나섰는데, 위극근은 멀리서 관군을 보고 밤에 빠져나와 관군에게 가려고 했다. 어두워서 길을 알 수 없자 지극한 마음으로《금강경》을 염송했더니, 별안간 횃불이 앞을 인도하는 것이 보였다. 그는 횃불을 따라가서 마침내 당군(唐軍)의 진영에 이르렀다.

唐韋克勤少持《金剛經》. 爲中郎將, 從軍伐遼, 沒高麗. 貞觀中, 太宗征遼, 克勤望見官軍, 乃夜出投之. 暗不知路, 乃至心念經, 俄見炬火前導. 隨火而去, 遂達漢軍.

* 　이 고사는《태평광기》권102〈보응·위극근〉에 실려 있다.

15-19(0274) 사마교경

사마교경(司馬喬卿)

출《법원주림》

당(唐)나라의 사마교경은 영휘(永徽) 연간(650~656)에 양주(揚州)의 사호조(司戶曹)가 되었다. 모친상을 당해 상중에 있으면서 몸을 망칠 정도로 수척해졌지만, 자신을 찔러 흘린 피로《금강반야경(金剛般若經)》2권을 썼다. 얼마 지나지 않아 여막 옆에서 영지초 두 줄기가 자라나더니 아흐레 만에 길이가 1척 8촌이나 되었고 녹색 줄기에 붉은 갓을 하고 있었다. 사마교경은 날마다 즙을 내서 한 되씩 마셨는데 맛이 꿀처럼 달았으며, 그것을 따고 나면 다시 자라났다.

唐司馬喬卿, 永徽中, 爲揚州司戶曹. 丁母憂, 居喪毁瘠, 刺血寫《金剛般若經》二卷. 未幾, 於廬側生芝草二莖, 九日長尺有八寸, 綠莖朱蓋. 日瀝汁一升食之, 味甘如蜜, 取而復生.

* 이 고사는《태평광기》권103〈보응·사마교경〉에 실려 있다.

15-20(0275) 진문달

진문달(陳文達)

출《법원주림》

당(唐)나라의 진문달은 재주(梓州) 처현(郪縣) 사람이다. 늘 《금강경(金剛經)》을 지니고서 돌아가신 부모님을 위해 8만 4000권을 염송해 상서로운 일이 많았다. 또한 다른 사람을 위해 《금강경》을 암송해 주면 근심과 재난이 모두 사라졌다. 동산현(銅山縣) 사람 진약(陳約)이 일찍이 저승 관리에게 잡혀갔는데, 저승에 세워진 누대를 보고 물었더니 저승 관리가 말했다.

"이것은 반야대(般若臺)로 진문달을 기다리고 있소."

唐陳文達, 梓州郪縣人. 常持《金剛經》, 願與亡父母念八萬四千卷, 多有祥瑞. 爲人轉經, 患難皆免. 銅山縣人陳約曾爲冥司所追, 見地下築臺, 問之, 云:"此是般若臺, 待陳文達."

* 이 고사는 《태평광기》 권103 〈보응·진문달〉에 실려 있다.

15-21(0276) 우이회

우이회(于李回)

출《보응기》

우이회는 진사(進士)에 응시했다가 [당나라] 원화(元和) 8년(813)에 낙방해 장차 돌아가려 했는데, 어떤 스님이 그에게 권유했다.

"그대는 빨리 급제하고 싶다면 어찌하여 《금강경(金剛經)》을 읽지 않소?"

그래서 우이회는 날마다 수십 번 《금강경》을 염송했다. 왕교(王橋)에 이르러 투숙하면서 달빛을 밟으며 걷다가 한 아름다운 여자와 말을 나누었는데, 결국 그녀에게 끌려 10여 리를 가서 한 시골집에 도착해 아주 시끄럽게 떠들며 웃고 놀았다. 여자가 그를 이끌고 당으로 올라가니 대여섯 사람이 보였는데 모두 아가씨들이었다. 우이회가 그녀들이 요괴라고 생각해 곧바로 은밀히 《금강경》을 염송했더니, 갑자기 이상한 빛이 입에서 나와 여자들이 놀라 벌벌 떨면서 달아났으며 비릿한 냄새만 날 뿐이었는데, 아마도 여우들이 살던 곳인 것 같았다. 가시덤불만 눈에 가득하자 우이회는 망연자실하며 어디로 가야 할지 몰랐다. 별안간 서리나 눈보다 더 흰 백구가 나타나 우이회를 인도해 앞장서서 가는 것 같았는데, 입 속에서 빛이 나와 다시 길을 비추었으며 잠시 후에 본래 투숙하던 곳에 이르렀다.

于李回擧進士, 元和八年, 下第將歸, 有僧勸曰:"郎君欲速及第, 何不讀《金剛經》?" 遂日念數十遍. 至王橋宿, 因步月, 有一美女與言, 遂被誘去, 十餘里至一村舍. 戲笑甚喧, 引入升堂, 見五六人, 皆女郎. 李回慮是精怪, 乃陰念經, 忽有異光自口出, 群女震駭奔走, 但聞腥穢之氣, 蓋狐狸所宅. 榛棘滿目, 李回茫然不知所適. 俄有白犬, 色逾霜雪, 似導李回前行, 口中有光, 復照路, 逡巡達本所.

* 이 고사는 《태평광기》 권107 〈보응·우이회〉에 실려 있다.

15-22(0277) 강중척

강중척(康仲戚)

출《보응기》

　　강중척은 당(唐)나라 원화(元和) 11년(816)에 해동(海東)으로 갔다가 몇 년 동안 돌아오지 않았다. 그의 어머니는 그 아들 하나뿐이었으므로 오랫동안 그를 생각하며 염려했다. 한 스님이 탁발하러 오자 어머니가 사정을 자세히 말했더니 스님이 말했다.

　　"그저 《금강경(金剛經)》을 염송하면 아드님이 속히 돌아올 것입니다."

　　어머니는 글자를 몰랐기에 다른 사람에게 《금강경》을 베껴 쓰게 해서 집 기둥을 뚫어 그 안에 넣고 그 위에 옻칠을 한 뒤에 아침저녁으로 공경히 예를 올렸다. 미 : 지극한 정성은 글자를 알고 염송하는 것보다 더 낫다. 어느 날 저녁에 천둥이 크게 치더니 그 기둥을 뽑아 갔다. 한 달 남짓 지나서 아들이 과연 돌아왔는데, 비단 주머니에 커다란 나무를 담아 집에 도착해서 방으로 들어와 무릎을 꿇고 어머니에게 절을 했다. 어머니가 어찌 된 일인지 물었더니 강중척이 말했다.

　　"바다에서 풍랑을 만나 배가 부서지는 바람에 물에 빠졌는데, 갑자기 천둥이 치더니 이 나무가 파도 위에 떨어졌습니다. 그래서 제가 나무를 타고 물에 떠서 해안에 이를 수 있었습니다. 제 목숨은 이것이 준 것이니 어찌 감히 공경히 받들지 않겠습니까?"

어머니가 깜짝 놀라며 말했다.

"내가 《금강경》을 넣어 두었던 그 기둥이 틀림없다."

즉시 기둥을 쪼개 보았더니 과연 《금강경》이 나왔다. 모자는 늘 함께 《금강경》을 염송했다.

康仲戚, 唐元和十一年往海東, 數歲不歸. 其母唯一子, 日久憶念. 有僧乞食, 母具語之, 僧曰: "但持《金剛經》, 兒疾回矣." 母不識字, 令寫得經, 乃鑿屋柱以陷之, 加漆其上, 晨暮敬禮. 眉: 精誠之至, 更勝識字持誦. 一夕, 雷霆大震, 拔此柱去. 月餘, 兒果還, 以錦囊盛巨木以至家, 入拜跪母. 母問之, 仲戚曰: "海中遇風, 舟破隆水, 忽有雷震, 投此木於波上. 某因就浮之, 得至岸. 某命是其所與, 敢不尊敬?" 母驚曰: "必吾藏經之柱." 卽破柱得經. 母子常同誦念.

* 이 고사는 《태평광기》 권107 〈보응 · 강중척〉에 실려 있다.

15-23(0278) 견행립

견행립(开行立)

출《보응기》

 당(唐)나라의 견행립은 섬주(陝州) 사람으로 글자를 몰랐다. 장경(長慶) 연간(821~824) 초에 늘 《금강경(金剛經)》 한 권을 몸에 지니고 다니면서 염송하고 가는 곳마다 향을 사르며 예불을 드렸다. 견행립은 갑자기 물품을 싣고 동주(同州)를 출발했다가 도적 10여 명을 만나자 물품을 버리고 달아났다. 물품의 무게는 50~60근도 되지 않았는데, 도적들이 그것을 들었지만 끝내 움직일 수 없었다. 도적들은 서로 쳐다보며 놀라고 이상해하다가 견행립을 쫓아가서 물었더니 견행립이 대답했다.

 "그 속에 《금강경》이 있으니 아마도 부처님의 힘인가 봅니다."

 도적들이 자루를 열어 보았더니 정말 그 속에 《금강경》이 들어 있었다. 도적들은 도리어 견행립에게 100여 관(貫)을 주고 그 《금강경》을 가져가겠다고 청하면서, 다시는 도적질을 하지 않고 종신토록 《금강경》을 지니고 염송하겠다고 맹세했다.

唐开行立, 陝州人, 不識字. 長慶初, 常持《金剛經》一卷隨身, 到處焚香拜禮. 忽馳貨出同州, 遇十餘賊, 行立棄貨而逃. 不五六十斤, 賊擧之, 竟不能動. 相視驚異, 追行立問之, 對曰: "中有《金剛經》, 恐是神力." 賊發囊, 果有經焉. 却與百餘千, 請其經去, 誓不作賊, 受持終身.

* 이 고사는 《태평광기》 권107 〈보응・견행립〉에 실려 있다.

15-24(0279) 왕은

왕은(王殷)

출《유양잡조》

촉(蜀)의 좌영(左營) 군졸 왕은은 늘 《금강경(金剛經)》을 염송했다. [당나라] 대화(大和) 4년(830)에 곽소(郭釗)가 촉 지방을 진수했는데, 곽소는 성격이 엄하고 조급해서 조금이라도 마음에 맞지 않으면 모조리 죽였다. 왕은은 포상을 받아 창고 관리가 되었기에 곽소에게 비단을 바쳤는데, 곽소는 비단의 품질이 조악한 것을 못마땅하게 여겨 왕은의 웃통을 벗기고 등을 드러내 장차 죽이려 했다. 곽소에게 이역(異域)의 개가 있었는데, 밤낮으로 곽소를 따라다녔으며 집에서 부리지 않는 사람을 만나면 번번이 물어뜯었다. 그런데 그 개가 갑자기 짖더니 일어나 왕은의 등을 끌어안았으며, 내쫓아도 떠나지 않았다. 곽소는 이를 이상히 여겼고 그의 노기도 마침내 풀어졌다.

蜀左營卒王殷, 常讀《金剛經》. 大和四年, 郭釗鎭蜀, 郭性嚴急, 小不如意皆死. 王殷爲賞設庫子, 因呈錦纈, 郭嫌其惡弱, 令袒背, 將斃之. 郭有蕃狗, 隨郭臥起, 非使宅人, 逢之輒噬. 忽吠聲, 立抱王殷之背, 驅逐不去. 郭異之, 怒遂解.

* 이 고사는 《태평광기》 권108 〈보응·왕은〉에 실려 있다.

15-25(0280) 이허

이허(李虛)

출《기문》

　　당(唐)나라 개원(開元) 15년(727)에 전국 방방곡곡의 불당 중에서 작은 것은 한꺼번에 없애고 큰 것은 모두 봉쇄하라는 칙령이 내려졌다. 전국에서 불교를 믿지 않는 무리는 이런 시류를 틈타 불당을 훼손했는데, 비록 큰 불당과 불상일지라도 역시 훼손했다. 칙령이 예주(豫州)에 도착했을 때, 신식현령(新息縣令) 이허는 술을 좋아하고 고집이 셌으며 일을 시행하면서 위반을 잘했는데, 그가 한창 취해 있을 때 주부(州府)의 공문서가 도착했으며 겨우 사흘의 기한을 두고 결과를 보고하라고 했다. 이허는 크게 화를 내면서 아전에게 명해 경내에서 불당을 훼손하는 자는 사형에 처한다고 했다. 그리하여 온 현에 있는 불당과 불상이 모두 온전했다. 이허는 당시 불당을 아껴서 그랬던 것이 아니라 기한을 정해 두고 일을 처리하라고 한 것에 화가 나서 불당과 불상을 보전했던 것이었다. 1년 남짓 지나 이허는 병이 들어 죽었는데, 당시는 한창 무더운 때라 즉시 염을 하고 다음 날 장차 시신을 안치하려 했다. 어머니와 아들이 관을 둘러싸고 통곡하다가 밤이 깊어서 곡을 멈추었는데, 관 속에서 소리가 들렸다. 처음에는 쥐인가 싶어서 알아차리지 못했는데, 금세 소리가 더 심해지자 아내와 자식은 놀라 달아났다. 어머니 혼자 떠나지 않고 관을 열라고 했더니 이허가 살아 있었다. 이허는 몸이 많이 썩어 문드러졌으나 한 달 남짓 지나자 평소대로 회복했다. 이허가 다음과 같이 말했다.

처음에 두 저승사자가 그를 붙잡아 염라왕 앞으로 갔더니 염라왕은 보이지 않고 계단 앞에 하급 관리가 보였는데, 그는 신식현의 관리로서 죽은 지 1년이 지난 사람이었다. 그는 이허를 보고 절하며 물었다.

"장관께서는 어떻게 오셨습니까?"

이허가 말했다.

"방금 붙잡혀 왔네."

관리가 말했다.

"장관께서는 평생 오직 살생을 즐기고 죄와 복을 알지 못했기에 지금 틀림없이 응보를 받게 될 터이니 어찌합니까?"

이허가 두려워하며 구해 달라고 청하자 관리가 말했다.

"작년에 불당을 허물었을 때 장관의 경내만 온전했으니 그 공덕은 아주 큽니다. 장관은 비록 죽었지만 이곳으로 끌고 온 것은 부당합니다. 잠시 후에 염라왕이 물으면 다른 말은 많이 하지 마시고 단지 그 일만 가지고 대답하십시오." 미: 불경을 강설하고 불상을 만들고 사원을 세운 자는 염라왕도 그의 죽을죄를 용서해 준다. 이허는 불당을 훼손하지 않았고 제멋대로 성질을 부린 거친 사람일 뿐인데, 굳이 그에게 죄를 묻는 것은 어째서인가?

이허는 그 일을 생각하고 있었다. 잠시 후 염라왕이 자리에 앉자 주관하는 사람이 이허를 데려가서 염라왕을 알현했다. 염라왕이 선악부(善惡簿)를 찾자 즉시 어떤 사람이 한 아름이나 되는 문서 한 통을 들고 왔다. 염라왕이 문서를 펼쳐 그의 죄를 읊으라고 명하자 관리가 읽었다.

"오직 양 다리를 베길 좋아했으니, 그의 몸에서 살 100근을 베어 내는 것이 마땅하다."

그러자 이허가 말했다.

"작년에 불당을 부수고 불상을 훼손하라는 칙령이 있었지만, 저의 경내에서만 그것을 보전했으니 이 공덕이라면 죄를 면할 수도 있지 않겠습니까?"

염라왕이 놀라며 말했다.

"정말로 그런 일이 있었느냐?"

신식현의 관리가 나아가 말했다.

"복부(福簿)는 천당에 있으니 조사해 보십시오."

염라왕이 말했다.

"속히 조사하라."

궁전 앞의 담장 남쪽에 몇 칸짜리 누대가 있었는데, 관리가 그 누대로 올라가서 조사했다. 관리가 아직 도착하지 않았을 때, 스님 두 명이 와서 염라왕 앞에 이르렀는데 그중 한 명이 말했다.

"일찍이 《금강경(金剛經)》을 독송했습니다."

다른 한 명이 말했다.

"항상 《금강경》을 염송하고 있습니다."

염라왕이 일어나 합장하며 말했다.

"법사들께서는 계단으로 올라오십시오."

염라왕의 자리 뒤에 높은 자리가 둘 있었는데, 오른쪽은 금좌였고 왼쪽은 은좌였다. 염라왕은 《금강경》을 염송한 법사를 금좌에 앉히고, 《금강경》을 독송한 법사를 은좌에 앉혔다. 자리에 다 앉고 나서 불경을 펼치자 염라왕은 합장하고 들었다. 염송과 독송이 끝날 즈음에 갑자기 오색구름이 금좌 앞에 이르고 자색 구름이 은좌 앞에 이르더니, 두 스님이 구름을 타고 공중으로 날아갔다. 염라왕이 계단 아래의 사람들에게 말했다.

"두 스님을 보았느냐? 모두 천계에서 태어나실 것이다."

그때 선부(善簿)를 조사하러 갔던 관리가 도착했는데, 종이 한 장만 들고 와서 읽었다.

"작년에 불당을 부수라는 칙령이 내려졌는데 신식현 한 경내에서만 불당이 온전했으니, 평생에 지은 죄를 면해 주고 수명을 30년 연장시키며 선도(善道)[52]에서 환생하게 하

---

52) 선도(善道) : 선업(善業)에 대한 인과응보로 중생이 태어나는 곳으

는 것이 마땅하다."

말이 끝나자 죄부(罪簿)의 권축 속에서 불이 나오더니 그것을 완전히 불태웠다. 염라왕이 말했다.

"이 명부(李明府 : 이허)를 석방해 돌려보내 드려라."

그러고는 두 관리에게 명해 이허를 성의 남문 밖까지 전송하게 했다. 가면서 보았더니 길 양옆으로 높은 누각이 늘어서 있고, 크고 작은 남녀가 섞여 앉아 즐거이 술을 마시면서 생황을 불고 노래를 불렀다. 이허는 음악을 좋아하기에 그것을 보고 기뻐하자 두 관리가 말했다.

"빨리 이곳을 지나가고 돌아보지 마십시오. 돌아보면 틀림없이 손해가 있을 것입니다."

이허가 술 마시는 곳을 보고 차마 떠날 수 없다고 생각하며 우두커니 서서 보았더니, 주점 안에 있던 사람이 불렀다.

"어서 오시오."

관리가 말했다.

"여기는 좋은 곳이 아니지만 이미 믿지 않으니 마음대로 가 보십시오."

이허가 깨닫지 못하고 술 마시는 곳에 이르자, 사람들이 모두 일어났다가 자리로 가서 악기를 연주했다. 술이 나오

로, 인간·천상·제불(諸佛)의 정토(淨土)를 말한다.

자 이허가 잔을 다 돌리고 나서 막 마시려 했는데, 술잔 가득 똥물이었고 더러운 냄새가 특히 심했다. 이허가 마시려 하지 않자 곧장 우두 옥졸(牛頭獄卒)이 평상 아래에서 나오더니 갈퀴로 그를 찔러 가슴이 뚫리자 이허는 황급히 몇 잔을 마시고 바로 나왔다. 관리가 이허를 데리고 남쪽으로 가서 황량한 밭에 나 있는 오솔길로 들어서니, 멀리 등불 하나가 밝게 빛나는 것이 보였다. 등불 옆에는 커다란 구덩이가 있었는데, 캄캄하게 어두워서 바닥이 보이지 않았다. 두 관리가 그 구덩이 속으로 이허를 밀어 떨어뜨려 마침내 이허는 다시 살아났다.

唐開元十五年, 有敕天下村坊佛堂, 小者並拆除, 大者皆令閉封. 天下不信之徒, 並望風毀拆, 雖大屋大像, 亦殘毀之. 敕到豫州, 新息令李虛嗜酒倔强, 行事違戾, 方醉而州符至, 仍限三日報. 虛大怒, 便約胥正, 界內毀拆者死. 於是一界並全. 虛當時非惜佛宇也, 但以忿限故全之. 歲餘虛病死, 時正暑月, 卽斂, 明日將殯. 母與子繞棺哭之, 夜久哭止, 聞棺中有聲. 初疑鼠, 未之悟也, 斯須增甚, 妻子驚走. 母獨不去, 命開棺而虛生矣. 身頗瘡爛, 月餘平復. 虛曰 : 初爲兩卒拘至王前, 王不見, 見階前典吏, 乃新息吏也, 亡經年矣. 見虛拜問曰 : "長官何得來?" 虛曰 : "適被錄至." 吏曰 : "長官平生唯嗜殺害, 不知罪福, 今當受報, 若何?" 虛懼請救, 吏曰 : "去歲拆佛堂, 長官界內獨全, 此功德彌大. 長官雖死, 亦不合此間追攝. 少間王問, 更勿多言, 但以此對." 眉 : 講經造像建寺者, 閻羅且原心厚誅. 李虛不毀佛宇, 鹵人使性, 偏得准罪, 何耶?虛方憶之.頃王坐,主者引虛見王.王索善惡簿,卽有人持一通案至,大合抱.王命啓牘唱罪,吏讀曰:"專好割羊脚,合割其身肉百斤."虛曰:"去歲有敕拆佛堂,毀佛像,虛界內獨存,此功德可折罪否?"王驚曰:"審有此否?"新息吏進曰:"有福簿在天堂,可檢之."王曰:"促檢."殿前垣南有樓數間,吏登樓檢之.未至,有二僧來至王前,一曰:"嘗讀《金剛經》."一曰:"常誦《金剛經》."王起合掌曰:"請法師登階."王座之後,有二高座,右金左銀.王請誦者坐金座,讀者坐銀座.坐訖,開經,王合掌聽之.誦讀將畢,忽有五色雲至金座前,紫雲至銀座前,二僧乘雲飛去空中.王謂階下人曰:"見二僧乎?皆生天矣."於是吏檢善簿至,唯一紙,因讀曰:"去歲敕拆佛堂,新息一境獨全,合折一生中罪,延年三十,仍生善道."言畢,罪簿軸中火出,焚燒之盡.王曰:"放李明府歸."仍敕兩吏送出城南門.見夾道並高樓,大小男女雜坐,樂飲笙歌.虛好絲竹,見而悅之,兩吏謂曰:"急過此無顧.顧當有損."虛見飮處,意不能忍行,佇立觀之.店中人呼曰:"來."吏曰:"此非善處,旣不相信,可任去."虛未悟,至飮處,人皆起,就坐,奏絲竹.酒至,虛酬酢畢,將飮之,乃一杯糞汁也,臭穢特甚.虛不肯飮,卽有牛頭獄卒,出於床下,以叉刺之,洞胸,遽飮數杯,乃出.吏引虛南入荒田小徑中,遙見一燈炯然.燈旁有大坑,昏黑不見底.二吏推墮之,遂甦.

* 이 고사는《태평광기》권104〈보응·이허〉에 실려 있다.

15-26(0281) 전 참군

전참군(田參軍)

출《광이기》

  역주(易州)의 참군 전씨(田氏)는 본디 사냥을 좋아했다. [당나라] 천보(天寶) 연간(742~756) 초에 전씨는 역주에서 매사냥을 하다가 잡목이 우거진 숲의 가시나무 위에서 한 권의 책을 발견했는데, 그것을 가져다 보았더니 《금강경(金剛經)》이었다. 전씨는 이때부터 작심하고 《금강경》을 지니고 염송해 수년 동안 2000여 번이나 염송했지만 사냥도 그만두지 않았다. 나중에 병에 걸려 갑자기 죽어서 며칠 뒤에 저승으로 붙잡혀 갔다가 보았더니, 여러 새와 짐승들이 몇 이랑이나 그를 둘러싸고 그에게 목숨을 내놓으라고 했다. 잠시 후에 염라왕을 배알하자 염라왕이 담당 관리에게 그를 데려가서 심문하게 했다. 심문받는 무리 열 명이 부서에 도착하자, 관리가 입을 열게 해서 환약 하나를 입 속에 던져 넣으니 곧바로 세찬 불길이 온몸에 타올랐다. 잠시 후에 재가 되었다가 금방 다시 사람이 되었는데, 예닐곱 명을 이와 같이 심문했다. 전씨 차례가 되어 환약을 세 알이나 넣었지만 불타는 모습이 보이지 않자, 관리가 괴이하게 여겨 다시 그를 데리고 염라왕을 배알했다. 염라왕이 그에게 살아 있을 때 무슨 복업(福業)을 지었느냐고 묻자 전씨가 말했다.

"《금강경》을 지니고 염송하길 이미 2000여 번이나 했습니다."

염라왕이 말했다.

"바로 이것이 모든 죄를 없앴도다."

그러고는 좌우 신하에게 명해 전씨의 복부(福簿)를 조사하게 했는데, 신하가 돌아와서 그가 말한 대로라고 아뢰었다. 염라왕이 전씨에게 《금강경》을 염송하게 하자, 전씨가 겨우 세 장을 염송하고 돌아보았더니 뜰에 있던 금수들이 모두 더 이상 보이지 않았다. 염송을 마치자 염라왕이 훌륭하다고 칭찬하며 말했다.

"2000번을 염송했으니 15년의 수명을 연장해 주겠다."

마침내 전씨는 풀려나 이승으로 돌아올 수 있었다.

易州參軍田氏, 性好畋獵. 天寶初, 易州放鷹, 於叢林棘上見一卷書, 取視之, 乃《金剛經》也. 自爾發心持誦, 數年, 已誦二千餘遍, 然畋獵亦不輟. 後遇疾暴卒, 數日, 被追至地府, 見諸鳥獸, 周回數畝, 從已徵命. 頃之見王, 王令所由領往推問. 其徒十人至吏局, 吏令啓口, 以一丸藥擲口中, 便成烈火遍身. 須臾灰滅, 俄復成人, 如是六七輩. 至田氏, 累三丸而不見火狀, 吏乃怪之, 復引見王. 王問在生作何福業, 田氏云: "持誦《金剛經》, 已二千餘遍." 王云: "正此滅一切罪." 命左右檢田氏福簿, 還白如言. 王自令田氏誦經, 纔三紙, 回視庭中禽獸, 並不復見. 誦畢, 王稱美之, 云: "誦二千遍, 延十五年壽." 遂得放還.

* 이 고사는 《태평광기》 권104 〈보응 · 전씨(田氏)〉에 실려 있다.

15-27(0282) 손함

손함(孫咸)

출《유양잡조》

당(唐)나라 때 양주(襄州)의 소장(小將) 손함이 갑자기 죽었다가 이틀 밤 만에 도로 살아나서 다음과 같이 말했다.

어느 한 곳에 당도했더니 군왕이 거처하는 곳 같았으며 의장과 호위가 매우 삼엄했다. 관리가 한 승려를 끌고 와서 심문하고 있었는데, 그 승려는 법명이 회수(懷秀)였고 죽은 지 이미 1년이 넘은 상태였다. 그는 살아 있을 때 계율을 너무 많이 범했으며 저승에 들어올 즈음에 기록할 만한 선행이 없자 속여서 말했다.

"나는 늘 손함에게 《법화경(法華經)》을 베껴 쓰라고 당부했습니다."

그래서 손함을 불러들여 대질 심문을 하라고 명을 내렸다. 처음에 손함은 무슨 영문인지 몰랐으나 그 승려가 한사코 고집하는 바람에 한참이 지나도록 판결을 하지 못했다. 그때 갑자기 어떤 스님이 나타나 말했다.

"지장왕(地藏王)께서 '만약 제자가 인정한다면 또한 스스로 보호받을 수 있다'고 말씀하셨소." 미 : 명부(冥府)를 속일 수 있는 것을 믿지 못하겠고, 지장왕이 사람에게 거짓말하게 하는 것도 믿지 못하겠다.

그래서 손함이 그 말대로 해서 그 승려는 무사할 수 있었다.

손함이 또 다음과 같이 말했다.

대질 심문을 하고 있을 때 보았더니, 한 서융 왕(西戎王)이 호위병 수백 명을 거느리고 밖에서 들어왔다. 그러자 저승 왕이 계단을 내려가서 그와 함께 나란히 대전에 올랐는데, 자리에 앉은 지 오래되지 않아 큰 바람이 불어와 서융 왕을 말아 가지고 떠났다. 또 보았더니 한 사람이 죄와 복에 대해 심문을 받고 있었는데, 그 사람은 늘 《금강경(金剛經)》을 염송하면서도 육식을 좋아했다. 그래서 왼쪽에는 불경 수천 두루마리가 있었고 오른쪽에는 쌓여 있는 고기가 산을 이루었는데, 고기가 더 많아서 장차 중죄에 처할 예정이었다. 그런데 잠시 후 불경 무더기 속에서 불씨 하나가 고기 산으로 날아가더니 순식간에 고기를 모두 녹여 버렸고, 그 사람은 허공을 밟고 떠나갔다. 손함이 지장왕에게 물었다.

"아까 외국 왕은 바람에 날려 어디로 갔습니까?"

지장왕이 말했다.

"그 왕은 무간지옥(無間地獄 : 아비지옥)으로 들어갔으며, 아까 불었던 바람은 바로 업풍(業風)이다."

그러고는 손함을 데리고 가서 지옥을 구경시켜 주었는데, 지옥문에 도착했더니 연기와 화염이 활활 타올랐으며 바람과 천둥 같은 소리가 났기에 두려워서 감히 바라보지 못했다. 손함은 끓는 가마솥에 다가가서 보다가 튀어 오른 물방울이 왼쪽 정강이에 떨어져 그 통증이 뼛속까지 스며들었다. 지장왕은 한 관리에게 명해 손함을 돌려보내 주게 했다.

 손함이 돌아왔을 땐 마치 꿈을 꾼 듯했으며, 처자식이 그를 둘러싸고 울고 있었는데 이미 하루가 지난 뒤였다. 손함은 마침내 가산을 모두 처분해 불경을 베껴 쓰고 출가하기를 청했다. 꿈속에서 끓는 물방울에 덴 곳에 상처가 생겼는데 종신토록 낫지 않았다.

唐襄州小將孫咸暴卒, 信宿却甦, 言：至一處, 如王者所居, 儀衛甚嚴. 有吏引一僧對事, 僧法號懷秀, 亡已經年. 在生極犯戒, 及入冥, 無善可錄, 乃紿云："我常囑孫咸寫《法華經》." 敕咸被追對. 初咸不省, 僧固執之, 經時不決. 忽見沙門, 曰："地藏語云：'若弟子招承, 亦自獲祐.'" 眉：不信冥司可紿, 又不信地藏教人紿. 咸乃依言, 因得無事. 又說：對勘時, 見一戎王, 衛者數百, 自外來. 冥王降階, 齊級升殿, 坐未久, 乃大風捲去. 又見一人被考覆罪福, 此人常持《金剛經》, 又好食肉. 左邊有經數千軸, 右邊積肉成山, 以肉多, 將入重論. 俄經堆中有火一星, 飛向肉山, 頃刻銷盡, 此人遂履空而去. 咸問地藏："向來外國王, 風吹何處？" 地藏王云："彼王當入無間, 向來風, 卽業風也." 因引咸看地獄, 及門, 烟焰煽赫, 聲若風雷, 懼不敢視. 臨視鑊湯, 跳沫滴落左股, 痛入心髓. 地藏令一吏送歸. 及回如夢, 妻兒環泣, 已一日矣. 遂破家寫經, 因請出家. 夢中所滴處成瘡, 終身不差.

* 이 고사는 《태평광기》 권106 〈보응・손함〉에 실려 있다.

15-28(0283) 송간

송간(宋旰)

출《보응기》

　송간은 강회(江淮) 사람으로 명경과(明經科)에 응시했다. [당나라] 원화(元和) 연간(806~820) 초에 하음현(河陰縣)에 갔다가 질병으로 학업을 그만두고 염철원(鹽鐵院)의 필경수가 되어 월급 2000냥을 받았으며, 부인을 얻고 편안히 살면서 다른 생업은 생각하지 않았다. 1년이 지났을 때, 미강(米綱)[53] 때문에 삼문협(三門峽)을 통과하려는 자가 있었는데 글자를 몰랐기에, 송간에게 동행해 장부책을 관리해 달라고 청하면서 월급으로 8000냥을 주겠다고 했다. 그래서 송간이 부인에게 말했다.

　"지금 몇 달을 일해도 8000냥을 벌지 못하는데, 겨우 한 달에 그 돈을 다 벌 수 있으니 정말 이로운 일이오."

　부인 양씨(楊氏)는 매우 현명했기에 송간에게 가지 말라고 권하면서 말했다.

　"삼문의 뱃길은 몹시 험난하니, 만에 하나 신상에 급작스

---

[53] 미강(米綱) : 관미(官米)를 운반하는 집단의 조직.

런 위험이 닥친다면 이득을 구해서 무얼 하겠습니까?"

그러나 송간은 부인의 말을 받아들이지 않고 마침내 떠났다. 그곳에 도착했더니 과연 폭풍을 만나 배들이 모두 침몰했다. 송간은 물속으로 들어가서 볏짚 한 다발을 붙잡고 가까운 강기슭까지 표류하다가 볏짚이 떠오른 덕분에 살아났다. 나머지 수십 명은 모두 구조되지 못했다. 그래서 송간은 볏짚을 끌어안고 감사하며 말했다.

"나의 하찮은 목숨은 네가 살려 준 것이니, 맹세컨대 살거나 죽거나 너를 버리지 않겠다!"

송간이 볏짚을 끌어안고 몇 리를 급히 갔더니, 혼자 사는 노파가 차를 파는 두 칸짜리 띳집이 있기에 그곳을 찾아가서 묵었다. 송간이 사정을 자세하게 말했더니 노파가 불쌍히 여기며 죽을 차려 주었다. 다음 날 아침에 집 남쪽에서 옷을 말리다가 그 볏짚을 풀어 햇볕에 쪼이려고 했는데, 볏짚 속에서 대나무 통 하나가 나오기에 열어 보았더니 바로《금강경(金剛經)》이었다. 곧 노파에게 물어보았으나 노파도 자세한 사정을 알지 못했다. 노파가 말했다.

"이것은 그대의 부인이 그대가 떠나온 후로 고생하면서도 경건하게 염불하고 간절한 정성으로 불경을 베껴 썼기 때문에 그대를 구할 수 있었던 것이오."

송간이 감동의 눈물을 흘리며 돌아갈 것을 청하자, 노파가 동남쪽의 한 길을 가리키며 200리를 가면 집에 도착할 수 있을 것이라고 하면서 쌀 두 되를 주었다. 송간은 감사의 절을 올린 뒤 마침내 출발해서 과연 이틀 만에 하음현에 도착했다. 부인을 만나 부끄러워하면서 감사하자, 부인이 놀라며 물었다.

"어떻게 그 사실을 알았습니까?"

그래서 송간은 《금강경》을 꺼내고 자초지종을 모두 말해 주었다. 양원(楊媛 : 양씨)은 눈물을 흘리며 머리를 땅에 대고 절을 했다. 송간이 말했다.

"무엇으로 표식을 해 두었소?"

양원이 말했다.

"불경을 베껴 쓸 때 붓을 든 사람이 '나한(羅漢)'이란 글자를 잘못 써서 '유(維)' 자 위에 '사(四)' 자54)를 빼놓았습니다. 그래서 호국사(護國寺)에서 참선하는 화상을 찾아가 첨가해 달라고 청했는데, 연로해 눈이 침침한 화상이 필묵을 너무 진하게 하는 바람에 글자가 모두 시커멓게 되었습니다. 그 후로 열흘 동안 그 불경이 어디로 갔는지 알 수 없었습니다."

송간이 확인해 보았더니 과연 부인의 말대로였다. 송간이 양원에게 말했다.

---

54) '사(四)' 자 : 실제로는 '망(罒)' 자다.

"강가의 노파를 잊을 수 없소."

그러고는 심부름꾼을 보내 밀봉한 차와 비단을 노파에게 보내 주었다. 심부름꾼이 도착했으나 그 집과 노파가 모두 보이지 않으므로 목동에게 물어보았더니 목동이 말했다.

"이 강물이 불어나 끝없이 넘실거리고 있는데, 어디에 차 파는 사람이 있겠습니까?"

송간은 비로소 신의 조화임을 알게 되었다.

宋衎, 江淮人, 應明經擧. 元和初, 至河陰縣, 因疾病廢業, 爲鹽鐵院書手, 月錢兩千, 娶妻安居, 不議他業. 年餘, 有爲米綱過三門者, 因不識字, 請衎同去, 通管簿書, 月給錢八千文. 衎謂妻曰: "今數月不得八千, 苟一月而致, 極爲利也." 妻楊氏甚賢, 勸不令往, 曰: "三門舟路, 頗爲險惡, 身或驚危, 利亦何救?" 衎不納, 遂去. 至其所, 果遇暴風, 群船盡沒. 衎入水, 捫得粟藁一束, 漸漂近岸, 浮藁以出, 乃活. 餘數十人皆不救. 因抱藁以謝曰: "吾之微命, 爾所賜也, 誓存沒不相捨!" 遂抱藁疾行數里, 有孤姥鬻茶之所, 茅舍兩間, 遂詣宿焉. 具以事白, 姥憫之, 乃爲設粥. 及明旦, 於屋南曝衣, 解其藁以曬, 於藁中得一竹筒, 開之, 乃《金剛經》也. 尋以訊姥, 且不知其詳. 姥曰: "是汝妻自汝來後, 蓬頭禮念, 寫經誠切, 故能救汝." 衎感泣請歸, 姥指東南一徑, 去二百里, 可以到家, 與米二升. 拜謝遂發, 果二日達河陰. 見妻愧謝, 妻驚問: "何以知之?" 衎乃出經, 盡述根本. 楊媛涕泣, 拜禮頂戴. 衎曰: "用何爲記?" 曰: "寫時, 執筆者誤'羅漢'字, 空'維'上無'四'. 遂詣護國寺禪和尙處請添, 和尙年老眼昏, 筆點過濃, 字皆昏黑. 但十日來, 不知其所在." 驗之, 果如其說. 衎謂楊媛曰:"河濱之姥, 不可忘也." 遣使封茶及絹與之. 使至, 其居及人皆不見, 詰於牧竪, 曰:"此水漲無涯際, 何有人鬻茶?" 方知乃神化也."

* 이 고사는《태평광기》권106〈보응·송간〉에 실려 있다.

15-29(0284) 삼도사

삼도사(三刀師)

출《광이기》

[당나라] 건원(乾元) 연간(758~760)에 수주(壽州)의 건아(健兒)55)로 있던 장백영(張伯英)은 성품이 지극히 효성스러웠는데, 아버지가 영주(穎州)에 계셨기에 관마(官馬)를 훔쳐 타고 뵈러 갔다. 회음(淮陰)에 이르렀을 때 수비병에게 붙잡혔는데, 자사(刺史) 최소(崔昭)가 그를 성 밖으로 끌고 가서 요참형(腰斬刑)에 처했다. 망나니가 그를 칼로 두 번이나 베었지만 조금도 상처를 입히지 못하자, 날카로운 칼로 바꾸어 베었지만 여전히 상처를 입히지 못했다. 망나니가 놀라며 말했다.

"내가 그를 베려고 그의 몸에 다가가면 손에 힘이 풀리니 무슨 영문인지 모르겠구나!"

망나니는 황급히 최소에게 아뢰었다. 최소가 장백영에게 어찌 된 일인지 묻자 그가 대답했다.

---

55) 건아(健兒) : 당나라 때 변방의 군진(軍鎭)에 속한 사병. 당나라 중기 이후에는 건아의 가족들도 함께 변경 지역으로 오게 해 땅과 집을 주고 살게 했다.

"열다섯 살에 훈채(葷菜)와 육식을 끊고 10여 년간《금강경(金剛經)》을 염송했습니다. 호란(胡亂)이 일어난 이래로 군대에 있었기에 더 이상 염송하지 못하다가, 어제는 헤아릴 수 없는 큰 죄를 지었기에 오직 한마음으로 불경을 염송했을 뿐입니다."

최소는 탄식하며 그를 놓아주었다. 장백영은 마침내 머리를 깎고 출가했으며, 큰 철령(鐵鈴)을 들고 다니며 탁발해서 1000명의 공양 음식을 하루 만에 마련했다. 당시 사람들은 그를 "삼도사"라 불렀다.

乾元中, 張伯英爲壽州健兒, 性至孝, 以其父在潁州, 乃盜官馬往省. 至淮陰, 爲守過者所得, 刺史崔昭令出城腰斬. 刀再斬, 初不傷損, 乃換利刀, 不損如故. 劊者驚曰: "我砍至其身則手憚, 不知何也!" 遽白之. 昭問所以, 答曰: "年十五, 絶葷血, 誦《金剛經》十餘年. 自胡亂以來, 身在軍中, 不復念誦, 昨因被不測罪, 唯志心念經爾." 昭嘆息捨之. 遂削髮出家, 著大鐵鈴乞食, 修千人齋供, 一日便辦. 時人呼爲三刀師.

* 이 고사는《태평광기》권105 〈보응·삼도사〉에 실려 있다.

15-30(0285) 풍주의 봉화대 군졸

풍주봉자(豊州烽子)

출《유양잡조》

    당(唐)나라 영태(永泰) 연간(765~766) 초에 풍주(豊州)의 봉화대 군졸이 저녁에 나갔다가 당항족[黨項族 : 탕구트족. 옛 서강족(西羌族)의 한 지파]에게 잡혀서 서번(西蕃 : 토번)으로 끌려가 말을 기르게 되었다. 서번 왕(西蕃王)은 명을 내려 그의 어깨뼈를 뚫고 가죽끈을 꿰었으며, 말 수백 마리를 그에게 배당했다. 반년이 지나 말의 수가 배로 늘자, 서번 왕은 그에게 양가죽 수백 장을 상으로 주고 아장(牙帳 : 본영에 친 장막) 가까이로 거처를 옮겨 주었다. 찬보(贊普 : 토번 왕에 대한 칭호)는 그가 일을 잘 처리하는 것을 좋아해 마침내 옆에서 독(纛)56) 깃발을 들게 하고 남은 고기와 타락을 주었다. 또 반년이 지났을 때 타락과 고기를 주었는데, 그가 슬피 울며 먹지 않았다. 찬보가 까닭을 물었더니 그가 말했다.

    "늙은 어머님이 계신데 밤에 꿈속에 자주 나타납니다."

---

56) 독(纛) : 쇠꼬리 또는 꿩의 꽁지로 장식한 큰 깃발로, 군왕의 수레 또는 대장의 앞에 세우던 의장용 깃발.

찬보는 자못 인자한 사람이었기에 이 말을 듣고 슬퍼하며 밤에 장막 안으로 그를 불러 말했다.

"서번의 법은 매우 엄해서 포로를 석방해 돌려보낸 예가 없다. 그러나 내가 너에게 힘센 말 두 필을 주고 어떤 길에서 네가 돌아가도록 놓아줄 테니, 내가 도왔다는 말은 하지 마라."

봉화대 군졸이 말을 타고 너무 빨리 치달린 탓에 결국 말이 모두 지쳐서 죽자, 그는 낮에는 숨고 밤에는 걸어서 도망쳤다. 며칠 후에 가시에 발을 찔려 상처가 나서 사막에 쓰러졌다. 그때 갑자기 바람에 어떤 물건이 불려 와 사르륵하며 그의 앞으로 지나가기에 그것을 잡아서 발을 싸맸다. 잠시 후 더 이상 아프지 않자 시험 삼아 일어났더니 걷는 것이 예전과 같았다. 하룻밤을 지나 풍주의 경계에 도착했다. 집으로 돌아갔더니 어머니는 여전히 살아 계셨으며 그를 보고 희비가 교차해 말했다.

"네가 사라진 뒤로 나는 오직 《금강경(金剛經)》을 염송하면서 잘 때나 먹을 때나 멈추지 않고 너를 보게 해 달라고 빌었는데, 오늘에 과연 소원이 이루어졌구나!"

그러고는 불경을 가져와서 보았더니 몇 폭이 없어졌는데 그 연유를 알지 못했다. 아들이 사막에서 발을 다친 일을 이야기하자 어머니가 그의 발을 풀게 해서 보았더니, 상처를 싸맸던 것은 바로 몇 폭의 불경이었다.

唐永泰初, 豊州烽子暮出, 爲黨項縛入西蕃養馬. 蕃王令穴肩骨, 貫以皮索, 以馬數百蹄配之. 經半歲, 馬息一倍, 蕃王賞以羊革數百, 因轉近牙帳. 贊普子愛其了事, 遂令執纛左右, 有剩肉餘酪與之. 又居半年, 因與酪肉, 悲泣不食. 贊普問之, 云: "有老母, 頻夜夢見." 贊普頗仁, 聞之悵然, 夜召帳中語云: "蕃法嚴, 無放還例. 我與爾馬有力者兩匹, 於某道縱爾歸, 無言我也." 烽子得馬極騁, 俱乏死, 遂晝潛夜走. 數日後, 爲刺傷足, 倒磧中. 忽風吹物窸窣過其前, 因攬之裹足. 有頃, 不復痛, 試起, 步走如故. 經宿, 方及豊州界. 歸家, 其母尙存, 悲喜曰: "自失爾, 我唯念《金剛經》, 寢食不廢, 以祈見爾, 今果其誓!" 因取經, 亡數幅, 不知其由. 子因道磧中傷足事, 母令解足視之, 裹瘡乃數幅經也.

* 이 고사는 《태평광기》 권105 〈보응 · 풍주봉자〉에 실려 있다.

15-31(0286) 연주의 군장

연주군장(兗州軍將)

출《보응기》

[당나라] 건부(乾符) 연간(874~879)에 연주절도사(兗州節度使) 최 상서(崔尙書)는 법령을 준엄하게 집행했다. 일찍이 한 군장(軍將)이 아참(衙參)[57]에 오지 않자, 최 상서는 크게 노해 아문(衙門)에서 그를 참수하게 했다. 그 군장은 참수당한 후에도 안색이 변하지 않았기에 사람들이 모두 기이하게 여겼다. 군장이 그날 밤 삼경에 집으로 돌아갔다가 다음 날 아침에 관아에 들어가 사죄하자, 최 상서가 놀라며 말했다.

"너는 무슨 환술을 부렸기에 이렇게 할 수 있느냐?"

군장이 말했다.

"저는 평소에 환술을 부린 적이 없으며, 어려서부터 《금강경(金剛經)》을 날마다 세 번씩 염송했는데, 어제도 불경을 염송하다가 아참의 시간을 넘겨 버렸습니다."

최 상서가 물었다.

---

[57] 아참(衙參) : 관리가 아침저녁으로 회의에 참석해 업무를 보고하는 것을 말한다.

"참수당한 때를 기억하느냐?"

군장이 말했다.

"처음에 극문(戟門) 밖으로 끌려오자마자 곧바로 술에 깊이 취한 듯했으므로 참수당한 때를 전혀 기억하지 못합니다."

최 상서가 또 물었다.

"염송하던 불경은 어디에 있느냐?"

군장이 말했다.

"집의 자물쇠를 채운 상자 안에 있습니다."

그래서 불경을 가져오게 했더니 자물쇠는 그대로였는데, 자물쇠를 부수고 불경을 보았더니 이미 둘로 토막 나 있었다.

乾符中, 兗州節度使崔尙書, 法令嚴峻. 嘗有一軍將衙參不到, 崔大怒, 令就衙門處斬. 其軍將就戮後, 顏色不變, 衆咸異之. 是夜三更歸家, 明旦入謝, 崔驚曰：" 爾有何幻術能致?" 軍將云："素無幻術, 自少讀《金剛經》, 日三遍, 昨日誦經, 所以過期." 崔問："記得斬時否?" 云："初領到戟門外, 便如沉醉, 都不記斬時." 崔又問："所讀經何在?" 云："在家鎖函子內." 及取到, 鎖如故, 毁鎖見經, 已爲兩斷.

* 이 고사는 《태평광기》 권108 〈보응 · 연주군장〉에 실려 있다.

15-32(0287) 해외 무역 상인

판해객(販海客)

출《보응기》

　당(唐)나라에 한 부유한 상인이 있었는데,《금강경(金剛經)》을 염송하면서 늘 불경 두루마리를 몸에 지니고 다녔다. 일찍이 외국에서 장사하다가 저녁에 바다 섬에서 묵었는데, 다른 상인들이 그의 재물을 탐내 함께 그를 죽인 뒤 커다란 대광주리에 담고 큰 돌을 넣어 불경과 함께 바닷속에 빠뜨렸다. 날이 밝자 다른 상인들의 배는 출발했다. 그런데 밤에 정박했던 섬은 바로 승원(僧院)이었다. 그 승원의 스님은 매일 저녁만 되면 깊은 바다 밑에서 누군가《금강경》을 염송하는 소리를 들었다. 스님이 이를 매우 기이하게 여겨 헤엄을 잘 치는 사람을 시켜 잠수해서 찾아보게 했는데, 한 노인이 대광주리 안에서 불경을 읽고 있기에 그를 끌어당겨 올렸다. 스님이 그 까닭을 묻자 상인이 말했다.

　"피살되어 바다에 빠졌지만 대광주리 안이라는 것은 몰랐는데, 갑자기 몸이 궁전에 있는 것을 깨달았으며 늘 어떤 사람이 음식을 가져다주어 안락하고 자유롭게 지냈습니다."

唐有一富商, 誦《金剛經》, 每以經卷自隨. 嘗賈販外國, 夕宿於海島, 衆商利其財, 共殺之, 盛以大籠, 加巨石, 並經沉於海. 平明, 衆商船發. 而夜來所泊之島, 乃是僧院. 其院僧每夕, 則聞人念《金剛經》聲, 深在海底. 僧大異之, 因命善泅者沉水訪之, 見一老人在籠中讀經, 乃牽挽而上. 僧問其故, 云: "被殺沉於海, 不知是籠中, 忽覺身處宮殿, 常有人送飲食, 安樂自在也."

* 이 고사는《태평광기》권108 〈보응 · 판해객〉에 실려 있다.

15-33(0288) 사문 법상

사문법상(沙門法尙)

출《양고승전(梁高僧傳)》미 : 이하는 《법화경》의 보응이다(以下《法華》報應).

    제(齊)나라 무제(武帝) 때 동산(東山) 사람이 흙을 파다가 한 물건을 발견했는데, 그 모양이 두 입술 같고 그 안에 선홍색의 혀가 있었다. 이 일을 상주하자 무제가 도인과 속인들에게 물었더니 사문 법상이 말했다.

    "이는 《법화경(法華經)》을 염송한 사람이 죽은 뒤에 썩지 않은 것입니다. 1000번을 채워서 염송하면 그 징험이 나타날 것입니다."

    그래서 《법화경》을 염송할 사람들을 모아 그것을 둘러싸고 염송했더니, 소리를 내자마자 그 입술과 혀가 동시에 움직였기에 보고 있던 사람들의 털이 곤두섰다. 이 일을 상주하자 무제는 조서를 내려 그것을 석함(石函)에 넣어 봉하게 했다.

齊武帝時, 東山人掘土, 見一物, 狀如兩唇, 其中舌鮮紅赤色. 以事奏聞, 帝問道俗, 沙門法尙曰 : "此持《法華》者亡相不壞也. 誦滿千遍, 其驗徵矣." 乃集持《法華》, 圍繞誦經, 纔發聲, 其唇舌一時鼓動, 見者毛堅. 以事奏聞, 詔石函緘之.

* 이 고사는 《태평광기》 권109 〈보응 · 사문법상〉에 실려 있다.

15-34(0289) 비구니 법신

이법신(尼法信)

출《명보기(冥報記)》

당(唐)나라 무덕(武德) 연간(618~626) 때 하동(河東)에 불도를 수행하는 비구니 법신이 있었는데 늘《법화경(法華經)》을 염송했다. 그는 글씨를 잘 쓰는 사람 하나를 찾아 몇 배의 대가를 주고 특별히 그를 위해 깨끗한 방을 준비해서 《법화경》을 베껴 쓰게 했다. 그는 사경(寫經)하는 사람에게 새벽에 일어나 목욕하고 향을 피우고 옷을 갈아입게 했으며, 사경하는 방에 벽을 뚫어 구멍을 내고 대롱 하나를 꽂아 놓고 사경인이 숨을 내쉬려고 할 때마다 대롱을 입에 물고 벽 밖으로 숨을 내뱉게 했다. 7권을 사경하는 데 8년이 지나서야 끝나자, 비구니 법신은 정성스럽게 공양하면서 극진히 공경했다. 용문사(龍門寺)의 승려 법단(法端)이 일찍이 대중을 모아 놓고《법화경》을 강설하면서 비구니 법신의 불경이 치밀하고 정확하다고 생각해 사람을 보내 빌려 달라고 청했으나 비구니 법신은 한사코 사양하며 허락하지 않았다. 법단이 비구니 법신을 꾸짖자 비구니 법신은 하는 수 없이 직접 보내 주었다. 법단 등이 경을 읽으려고 펴 보니 오직 누런 종이만 보일 뿐 글자는 하나도 없었다. 다시 다른 권도 펴

보았으나 모두 이와 같았다. 법단 등은 부끄럽고 두려워서 즉시 불경을 비구니 법신에게 돌려보냈다. 비구니 법신은 슬피 울며 받아 들고 향수로 불경함을 씻고는 목욕하고 그것을 머리에 이고 불상 주위를 행도(行道)58)하면서 이레 동안 밤에도 쉬지 않았다. 그런 후에 불경을 펼쳐 보았더니 글자들이 처음처럼 그대로 있었다.

唐武德時, 河東有練行尼法信, 常讀《法華經》. 訪工書者一人, 數倍酬直, 特爲淨室, 令寫此經. 晨起沐浴, 然香更衣, 仍於寫經之室, 鑿壁通竅, 加一竹筒, 令寫經人每欲出息, 徑含竹筒, 吐氣壁外. 寫經七卷, 八年乃畢, 供養殷重, 盡其恭敬. 龍門僧法端嘗集大衆講《法華經》, 以此尼經本精定, 遣人請之, 尼固辭不許. 法端責讓之, 尼不得已, 乃自送付. 法端等開讀, 唯見黃紙, 了無文字. 更開餘卷, 悉皆如此. 法端等慚懼, 卽送還尼. 尼悲泣受, 以香水洗函, 沐浴頂戴, 遶佛行道, 七日夜不休. 旣而開視, 文字如初.

* 이 고사는 《태평광기》 권109 〈보응·이법신〉에 실려 있다.

---

58) 행도(行道): 불상에 경배하고 불상 주위를 오른쪽으로 도는 것을 말한다.

15-35(0290) 오진사의 승려

오진사 승(悟眞寺僧)

출《선실지》

[당나라] 정관(貞觀) 연간(627~649)에 왕순산(王順山) 오진사의 스님이 밤에 남계(藍溪)에 갔는데, 문득 《법화경(法華經)》을 염송하는 소리가 가늘고 멀게 들렸다. 달빛 아래 사방 수십 리가 고요하고 아무것도 보이지 않았다. 스님은 오싹하니 두려움을 느껴 절로 가서 이 일을 스님들에게 말했다. 다음 날 저녁에 모두 남계에서 들어 보았더니, 경을 염송하는 소리가 땅속에서 들려오기에 그곳에 표식을 해 두었다. 다음 날 표식을 해 둔 곳 아래를 팠더니 흙 속에 묻혀 있는 두개골 하나가 나왔는데, 그 뼈는 말라 있었지만 유독 그 혀와 입술만 생기가 돌고 윤기가 있었다. 마침내 그것을 가지고 절로 돌아와 돌함에 넣어 천불전(千佛殿)의 서쪽 처마 아래에 두었다. 이때부터 매일 저녁이면 늘 돌함 속에서 《법화경》을 염송하는 소리가 났다. 장안의 남녀들 중 구경하러 오는 사람이 수천 명이었다. 나중에 신라(新羅) 승려가 그 돌함을 훔쳐 가지고 떠났다.

貞觀中, 王順山悟眞寺僧, 夜如藍溪, 忽聞有誦《法華經》者, 其聲纖遠. 月下四望數十里, 闃然無睹. 僧慘然有懼, 及至寺, 述於群僧. 明夕, 俱於藍溪聽之, 乃聞經聲自地中發, 於是以標表其所. 明日, 窮表下, 得一顱骨, 在積壤中, 其骨槁然, 獨唇吻與舌, 鮮而且潤. 遂持歸寺, 乃以石函置於千佛殿西軒下. 自是每夕, 常有誦《法華經》聲在石函中. 長安士女, 觀者千數. 後爲新羅僧竊函而去.

* 이 고사는 《태평광기》 권109 〈보응·오진사승〉에 실려 있다.

15-36(0291) 이산룡

이산룡(李山龍)

출《명보기》

 당(唐)나라의 이산룡은 풍익(馮翊) 사람이다. 무덕(武德) 연간(618~626)에 갑자기 죽었지만 심장이 차가워지지 않았다가 이레 만에 다시 살아나서 스스로 다음과 같이 말했다.

 그가 죽었을 때 붙잡혀서 한 관서로 갔더니, 마당 앞에 수천 명의 죄인이 칼과 쇠고랑, 족쇄와 수갑 등을 차고 모두 북쪽을 향해 서 있었다. 염라왕이 물었다.

 "너는 몸소 어떤 복업(福業)을 지었느냐?"

 이산룡이 말했다.

 "하루에 두 권씩《법화경(法華經)》을 염송했습니다."

 그러자 염라왕이 즉시 일어나서 말했다.

 "매우 훌륭하도다!"

 북쪽에 높은 자리가 있었는데, 염라왕이 그에게 계단으로 올라와 그 자리에 앉아 불경을 염송하라고 했다. 이산룡이 자리에 앉고 나자 염라왕은 곧 그를 향해 앉았다. 이산룡이 불경을 펼치며 말했다.

 "《묘법연화경(妙法蓮華經)》〈서품제일(序品第一)〉."

염라왕이 말했다.

"법사는 아래로 내려가시오."

이산룡이 다시 계단 아래에 서서 마당 앞에 있던 죄수들을 돌아보았더니 이미 모두 떠나고 없었다. 염라왕이 말했다.

"당신이 불경을 염송한 복덕은 자신만을 이롭게 한 것이 아니라 여러 죄수들도 불경을 듣고 모두 이미 죄를 면했으니 어찌 훌륭하지 않겠소! 지금 당신을 석방해 돌려보내 주겠소."

염라왕이 관리에게 말했다.

"이 사람을 데려가서 여러 지옥을 차례로 구경시켜 주도록 하라."

관리가 그를 데리고 동쪽으로 100여 보를 갔더니 철성(鐵城)이 하나 보였는데 굉장히 넓고 컸다. 성에는 작은 창이 두루 많았는데, 보았더니 남녀들이 땅에서 날아올라 와 창으로 들어가면 다시 나오지 않았다. 이산룡이 이상해하며 물었더니 관리가 말했다.

"이곳은 대지옥인데 그 안에 구분이 되어 있어서 각각 본인의 업보에 따라 지옥으로 가서 벌을 받는 것입니다."

이산룡은 그 말을 듣고 슬프고 두려운 나머지 나무아미타불을 불렀다. 관리에게 청해 그곳을 나갔더니 맹렬한 불에 펄펄 끓는 커다란 가마솥이 보였는데, 그 옆에 두 사람이 앉아 있고 누워 있었다. 이산룡이 물었더니 두 사람이 말했다.

"우리는 지은 죄의 업보로 이 끓는 가마솥에 들어갔는데, 현자께서 나무아미타불을 부르신 덕분에 지옥의 죄인들이 모두 하루 동안 휴식을 얻어 곤한 잠을 자고 있습니다."

唐李山龍, 馮翊人. 武德中, 暴亡而心不冷, 至七日而甦, 自說云：當死時, 被錄至一官署, 庭前有數千囚人, 枷鎖杻械, 皆北面立. 王問："汝身作何福業?" 山龍曰："誦《法華經》, 日兩卷." 王卽起立曰："大善!" 北間有高座, 王令升階登座誦經. 山龍坐訖, 王乃向之而坐. 山龍開經曰："《妙法蓮華經》〈序品第一〉." 王曰："請法師下." 山龍復立階下, 顧庭前囚, 已盡去矣. 王曰："君誦經之福, 非唯自利, 衆因聞經, 皆已獲免, 豈不善哉! 今放君還," 謂吏曰："可將此人歷觀諸獄." 吏卽引東行百餘步, 見一鐵城, 甚廣大. 城旁多小窓, 見諸男女從地飛入窓中, 卽不復出. 山龍怪問之, 吏曰："此是大地獄, 中有分隔, 各隨本業, 赴獄受罪." 山龍聞之悲懼, 稱南無佛. 請吏求出院, 見有大鑊, 火猛湯沸, 旁有二人坐臥. 山龍問之, 二人曰："我罪報入此鑊湯, 蒙賢者稱南無佛, 故獄中諸罪人, 皆得一日休息疲睡耳."

* 이 고사는 《태평광기》 권109 〈보응 · 이산룡〉에 실려 있다.

15-37(0292) 반과

반과(潘果)

출《법원주림》

　　당(唐)나라의 도성 사람인 반과는 약관(弱冠)이 되지 않은 나이에 무덕(武德) 연간(618~626) 때 도수소리(都水小吏)에 임명되었다. 그는 집으로 돌아온 뒤에 젊은이 몇 명과 어울려 들로 나가 놀았는데, 무덤 사이를 지나다가 보았더니 목동이 잃어버린 양 한 마리가 홀로 풀을 뜯어 먹고 있었다. 반과는 젊은이들과 함께 그 양을 붙잡아서 집으로 돌아가려 했는데, 양이 도중에 소리 내 울자 주인이 그 소리를 들을까 봐 두려워서 양의 혀를 뽑아냈다가 밤에 잡아먹었다. 그 후로 1년이 지났을 때 반과는 혀가 점차 움츠러들어 없어지자 사직을 청하는 진정서를 올렸다. 부평현령(富平縣令) 정여경(鄭餘慶)은 그가 거짓말한다고 의심해 입을 벌리게 해서 확인해 보았더니, 겨우 콩알만 한 혀뿌리만 없어지지 않고 남아 있었다. 어찌 된 연유인지 한사코 물었더니, 반과는 종이를 가져와 글로 써서 대답했다. 관아에서는 양을 위해 명복을 빌어 주고《법화경(法華經)》을 쓰게 했다. 반과는 발심해 불교를 믿고 재계를 그치지 않았다. 그 후로 1년이 지나자 혀가 점점 자라나더니 예전처럼 회복되었다. 반과가 다시 관아를 찾아가 진정서를 올리자, 현관(縣官)은 그를 이정(里正:이장)으로 임용했다.

唐京師人, 姓潘名果, 年未弱冠, 以武德時, 任都水小吏. 歸家, 與少年數人出田遊戲, 過於冢間, 見一羊爲牧人所遺, 獨立食草. 果因與少年捉之, 將以歸家, 其羊中路鳴喚, 果懼主聞, 乃拔却羊舌, 於夜殺食之. 後經一年, 果舌漸縮盡, 陳牒解吏. 富平縣令鄭餘慶疑其虛詐, 令開口驗之, 見舌根纔如豆許不盡. 固問因由, 果取紙書以答之. 官令爲羊追福, 寫《法華經》. 果發心信敎, 齋戒不絶. 後經一年, 舌漸得生, 平復如故. 又詣官陳牒, 縣官用爲里正.

* 이 고사는 《태평광기》 권439 〈축수(畜獸) · 반과〉에 실려 있다.

15-38(0293) 석벽사의 승려

석벽사승(石壁寺僧)

출《명보습유(冥報拾遺)》

당(唐)나라의 병주(並州) 석벽사(石壁寺)에 한 노승이 있었는데, 참선과 불경 염송을 업으로 삼아 수행에 정진했다. 정관(貞觀) 연간(627~649) 말에 구관조가 그의 방 기둥 위에 둥지를 틀고 새끼 두 마리를 먹여 길렀다. 법사는 매번 남은 음식이 있을 때마다 늘 새 둥지로 가져가서 먹였다. 구관조 새끼는 나중에 점차 자랐으나 날개가 아직 완성되지 않았는데 나는 것을 배우다가 모두 땅에 떨어져 죽어서, 노승이 거두어 묻어 주었다. 열흘쯤 지난 후에 노승이 밤에 꿈을 꾸었는데, 두 어린아이가 나타나 말했다.

"저희들은 전생에 작은 죄를 지어 결국 구관조의 몸을 받았으나, 근래에 날마다 법사님의《법화경(法華經)》염송을 듣고 신묘한 법문을 깨달아 사람의 몸을 받게 되었습니다. 저희들은 이제 이 절에서 10여 리 떨어진 어떤 마을의 어떤 성명을 가진 집에 아들로 환생하게 될 것입니다."

노승이 출생 기일에 맞춰 가서 보았더니, 그 집의 부인이 과연 아들 쌍둥이를 낳았다. 아이들이 만 한 달이 되었을 때 노승이 욕아(鴝兒)라고 부르자 함께 "예"라고 대답했다.

唐並州石壁寺有一老僧, 禪誦爲業, 精進練行. 貞觀末, 有鴝巢其房檐上, 哺養二鶵. 法師每有餘食, 常就巢哺之. 鴝鶵後雖漸長, 羽翼未成, 因學飛, 俱墜地死, 僧收瘞之, 經旬後, 僧夜夢二小兒曰: "某等爲先有小罪, 遂受鴝身, 比來日聞法師誦《法華》, 旣聞妙法, 得受人身. 兒等今於此寺側十餘里某村姓名家託生爲男." 僧乃依誕期往視之, 見此家婦果雙育二子. 因爲作滿月, 僧呼爲鴝兒, 並應曰: "唯."

* 이 고사는 《태평광기》 권109 〈보응 · 석벽사승〉에 실려 있다.

15-39(0294) 스님 개달

석개달(釋開達)

출《법원주림》 미 : 이하는《관음경》의 보응이다(以下《觀音經》報應).

진(晉)나라의 사문 스님 개달은 융안(隆安) 2년(398)에 농산(隴山)에 올라 감초를 캐다가 강족(羌族)에게 사로잡혔다. 그해는 큰 기근이 들어서 강족들이 서로 잡아먹었기에, 스님 개달을 목책(木柵)에 가둬 두고 곧 잡아먹으려 했다. 그 전에 목책 안에는 10여 명이 있었는데, 강족들이 매일 저녁 이들을 삶아 절였고 오직 스님 개달만 아직 살아남아 있었다. 스님 개달은 붙잡혔을 때부터 곧바로 은밀히 《관세음경(觀世音經)》을 염송하는 것을 마음속으로 게을리하지 않았다. 다음 날이면 스님 개달도 잡아먹히게 되었는데, 그날 새벽 막 동이 틀 무렵에 갑자기 커다란 호랑이가 멀리서부터 강족들을 위협하면서 분노하고 포효하자, 강족들이 두려움에 떨며 흩어져 달아났다. 호랑이는 곧 앞으로 와서 목책의 나무를 물어뜯어 사람이 지나다닐 만한 작은 구멍을 만들고 나더니 천천히 떠나갔다. 스님 개달은 처음에 호랑이가 목책을 물어뜯는 것을 보고 필시 해를 당할 것이라고 여겼는데, 호랑이가 목책을 뚫어 놓고도 들어오지 않자 마음속으로 이상하다고 생각했다. 스님 개달은 곧장 목책을 뚫고 도망쳐 밤에는 가고 낮에는 숨은 끝에 마침내 화를 면했다.

晉沙門釋開達, 隆安二年, 登隴採甘草, 爲羌所執. 時年大饑, 羌胡相啖, 乃置達柵中, 將食之. 先在柵中十有餘人, 羌日夕烹菹, 唯達尙存. 自達被執, 便潛誦《觀世音經》, 不懈於心. 及明日, 當見啖, 其晨始曙, 忽有大虎, 遙逼群羌, 奮怒號吼, 羌各駭怖迸走. 虎乃前噬柵木, 得成小缺, 可容人過, 已而徐去. 達初見虎噬柵, 謂必見害, 柵旣穿不入, 心疑其異. 便穿柵逃走, 夜行晝伏, 遂免.

* 이 고사는 《태평광기》 권110 〈보응·석개달〉에 실려 있다.

15-40(0295) 손경덕

손경덕(孫敬德)

출《명보록(冥報錄)》

　　동위(東魏)의 손경덕은 천평(天平) 연간(534~537)에 정주(定州)에서 모집된 병사였다. 불교를 신봉해 일찍이 관세음보살상을 만들어 놓고 스스로 예불을 올렸다. 그는 나중에 적군에게 끌려가서 모진 고문을 견딜 수 없었는데, 갑자기 꿈에 한 스님이 나타나 그에게 관세음보살을 1000번 염송하면서 목숨을 구해 달라고 하라고 했다. 포박당해 처형에 임박했을 때, 관세음보살을 염송한 횟수가 1000번이 다 차자, 칼이 저절로 부러졌으며 목에는 아무런 상처도 없었다. 세 번이나 칼을 바꿨으나 결국 이전처럼 부러졌다. 담당 관리가 장계를 올려 아뢰었더니, 승상(丞相) 고환(高歡)이 표문을 올려 그의 사형을 면하게 해 달라고 청원했다. 손경덕이 집으로 돌아와 집에 모셔 둔 관세음보살상을 살펴보았더니 목에 세 개의 칼자국이 있었다. 그래서 고환은 명을 내려 그 불경을 베껴 써서 세상에 유포하게 했는데, 지금 그것을 《고왕관세음경(高王觀世音經)》이라 부른다.

東魏孫敬德, 天平中, 定州募士. 奉釋教, 嘗造觀音像, 自加禮敬. 後爲劫賊所引, 不勝拷楚, 忽夢一沙門, 令誦救生觀世音千遍. 執縛臨刑, 誦念數滿, 刀自折, 膚頸不傷. 三易其刀, 終折如故. 所司以狀奏聞, 丞相高歡表請免死. 及歸, 睹其家觀音像, 項有刃跡三. 敕寫其經布於世, 今謂《高王觀世音經》.

* 이 고사는 《태평광기》 권111 〈보응・손경덕〉에 실려 있는데, 출전이 "《명상기(冥祥記)》"라 되어 있다.

15-41(0296) 동산의 사미승

동산사미(東山沙彌)

출《법원주림》

　　수(隋)나라 개황(開皇) 연간(581~600) 초에 양주(揚州)의 승려가 있었는데 그의 이름은 잊어버렸다. 그는 《열반경(涅槃經)》 염송을 자부해 자신의 생업으로 삼았다. 한편 기주(岐州) 동산(東山) 아래 마을의 사미승은 《관세음경(觀世音經)》을 염송했다. 어느 날 두 사람 모두 갑자기 죽어 함께 염라왕이 있는 곳으로 갔는데, 염라왕은 사미승을 금고좌(金高座)에 앉히고 매우 공경했지만 《열반경》을 염송한 승려는 은고좌(銀高座)에 앉히고 공경하는 마음도 다소 소홀했다. 그 승려는 몹시 분해하면서 사미승이 사는 곳을 물었다. 나중에 다시 소생해 남쪽에서 기주로 가서 사미승을 찾아가 그 연유를 물었더니 사미승이 말했다.

　　"《관세음경》을 염송할 때마다 별채에서 정갈한 옷을 입고 명향(名香)을 피우고 축원한 연후에 염송했는데, 이러한 법식을 게을리하지 않았을 뿐입니다."

　　그 승려가 사죄하며 말했다.

　　"내 죄가 깊소. 내가 《열반경》을 염송할 때는 위의(威儀)도 단정하게 하지 않고 몸과 입도 청결하지 못했으니, 지금 그것이 증명된 것이오."

隋開皇初, 有揚州僧, 忘其名. 誦通《涅槃》, 自矜爲業. 岐州東山下村中沙彌, 誦《觀世音經》. 二俱暴死, 同至閻羅王所, 乃處沙彌金高座, 甚敬之, 處涅槃僧銀高座, 敬心稍惰. 僧大恨, 問沙彌住處. 旣甦, 從南來至岐州, 訪得沙彌, 具問所由, 沙彌云:"每誦《觀音》, 於別所衣淨衣, 燒名香咒願, 然後乃誦, 斯法不怠." 謝曰:"吾罪深矣. 所誦《涅槃》, 威儀不整, 身口不淨, 於今驗矣."

* 이 고사는 《태평광기》 권111 〈보응·동산사미〉에 실려 있다.

15-42(0297) 장흥

장흥(張興)

출《명상기》

송(宋 : 유송)나라의 장흥은 신흥(新興) 사람으로, 불법을 깊이 믿어 일찍이 사문 승융(僧融)과 담익(曇翼)에게서 팔계(八戒)를 받았다. 원가(元嘉) 연간(424~453) 초에 장흥이 적군에게 끌려갔다가 도망쳤는데, 대신 그의 부인이 옥에 갇혀 여러 날 동안 곤장을 맞았다. 당시 현에 불이 나자 죄수를 꺼내 길옆에 세워 놓았는데, 마침 승융과 담익이 함께 가다가 우연히 죄수들 곁을 지나갔더니 부인이 놀라 외쳤다.

"사리(闍梨 : 승려)께서는 어찌하여 구해 주지 않으십니까?"

승융이 말했다.

"빈도(貧道)는 힘이 약해 구할 수 없으니 어찌하겠소? 오직 관세음보살을 열심히 염송하면 아마도 화를 면할 수 있을 것이오."

그래서 부인은 곧장 밤낮으로 관세음보살을 염송하며 기도했는데, 열흘쯤 지났을 때 밤에 꿈을 꾸었더니 한 스님이 나타나 그녀를 발로 건드리며 말했다.

"어허! 일어나시오."

부인이 곧바로 놀라서 일어났더니 칼과 쇠사슬, 차꼬와 수갑은 모두 풀려 있었지만 여전히 문이 닫혀 있고 경비병이 지키고 있어서 나갈 방법이 없었다. 부인은 다른 사람이 알아챌까 염려해서 다시 형구를 찼다. 또 꿈속에 이전의 스님이 나타나 말했다.

"문은 이미 열렸소."

부인이 깨어나 달려 나갔더니 수비병들이 모두 잠들어 있어서 안전하게 도망칠 수 있었다. 부인은 남몰래 몇 리를 가다가 갑자기 한 사람을 만나 두려워서 땅에 넘어졌는데, 잠시 후 물어보니 그 사람이 바로 남편이었기에 서로 바라보며 희비가 교차했다. 그들이 밤중에 담익을 찾아갔더니 담익이 숨겨 주어 화를 면했다.

宋張興, 新興人, 頗信佛法, 常從沙門僧融·曇翼時受八戒. 元嘉初, 興嘗爲劫賊所引, 逃避, 妻繫獄, 掠笞積日. 時縣失火, 出囚路側, 會融·翼同行, 偶經囚邊, 妻驚呼: "闍梨何不賜救?" 融曰: "貧道力弱, 不能救, 如何? 唯勤念觀世音, 庶獲免耳." 妻便晝夜祈念, 經十日許, 夜夢一沙門以足躡之曰: "咄咄! 可起." 妻卽驚起, 鉗鎖桎梏俱解, 然閉戶警防, 無由得出. 慮有覺者, 乃却自械. 又夢向者沙門曰: "戶已開矣." 妻覺而馳出, 守備俱寢, 安步而逸. 暗行數里, 卒値一人, 妻懼蹕地, 已而相訊, 乃其夫也, 相見悲喜. 夜投僧翼, 翼匿之, 獲免.

* 이 고사는 《태평광기》 권110 〈보응·장흥〉에 실려 있다.

15-43(0298) 왕법랑
왕법랑(王法朗)

출《녹이기(錄異記)》미:《도덕경》의 보응이다(《道德經》報應).

 당(唐)나라 때 기주(蘷州)의 도사 왕법랑은 혀가 크고 길어서 글을 읽을 때 그다지 전아하거나 정확하지 않았기에 늘 이를 한스러워했다. 그래서 발원하며《도덕경(道德經)》을 읽었는데, 꿈에 노군(老君:노자)이 나타나 그 혀를 잘라 주었다. 깨어났더니 말하는 것이 가볍고 순조로웠다.

唐蘷州道士王法朗, 舌大而長, 呼文字不甚典切, 常以爲恨. 因發願讀《道德經》, 夢老君與剪其舌. 覺而言詞輕利.

* 이 고사는《태평광기》권162〈감응(感應)·왕법랑〉에 실려 있다.

15-44(0299) 우등

우등(牛騰)

출《기문》미 : 이하는 주문 염송의 보응이다(以下持咒報應).

당(唐)나라의 우등은 자가 사원(思遠)이며, 정성을 다해 불교를 믿었다. 그는 늘 도잠(陶潛 : 도연명)의 오류선생(五柳先生)이란 호를 흠모했기 때문에 스스로를 포의공자(布衣公子)라 칭했다. 그는 바로 하동후(河東侯) 배염(裵炎)의 외종질이었다. 배염은 약관의 나이가 되기 전에 명경과(明經科)에 급제했으며, 다시 우위기조참군(右衛騎曹參軍)에 선발되었다. 배염이 해를 입게 되자, 포의공자는 장가군(牂牁郡) 건안현승(建安縣丞)으로 폄적되었다. 폄적지로 떠나려 할 때 당시 중승(中丞) 최찰(崔察)이 정권을 좌지우지하고 있었기에 폄적된 관리들은 모두 그에게 작별 인사를 하러 갔는데, 그중에서 평소 밉보였던 사람들을 간혹 붙잡아서 죽이는 경우가 꽤 많았다. 당시 측천무후(則天武后)는 한창 혹리(酷吏)를 신임하고 있었는데, 최찰이 이전부터 하동후와 사이가 좋지 않았기에 그를 모함했던 것이다. 포의공자는 두려워서 어찌할 바를 몰랐다. 문득 큰길에서 한 사람을 만났는데, 그는 모습이 훌륭하고 황색 옷을 잘 차려입고 있었다. 그가 포의공자에게 물었다.

"중승을 만나러 가려 하지만 죽을까 두렵지 않습니까?"

포의공자가 놀라며 말했다.

"그렇습니다!"

그 사람이 또 말했다.

"공은 무소뿔로 만든 칼을 가지고 있습니까?"

포의공자가 말했다.

"가지고 있습니다."

이인(異人)이 말했다.

"공이 칼을 가지고 있다니 정말 잘됐습니다. 제가 공에게 신령한 주문을 드릴 테니, 중승을 만날 때 그저 엎드려 겹결(掐訣)[59]하면서 협 : 무소뿔로 만든 칼을 차고 수결(手訣)을 해야 주문을 외울 수 있음을 말한 것이다. 그 수결은 왼손 가운뎃손가락 셋째 마디의 가로 손금을 엄지손톱으로 누르는 것이다. 은밀히 주문을 일곱 번 외우면 반드시 보이는 것이 있을 것이니 걱정하지 않아도 됩니다. 미 : 신령한 주문으로 악인을 막을 수 있다니 정말 신기하도다! 주문은 이렇습니다. '길중길(吉中吉), 가수율(迦

---

[59] 겹결(掐訣) : 도교 법술의 기본 방법 가운데 하나로, 도사가 주문을 외울 때 엄지손가락으로 다른 손가락의 특정한 관절을 누르는 것을 말한다. 악결(握訣)·염결(捻訣)·날결(捏訣)·법결(法訣)·수결(手訣)·신결(神訣)·두결(斗訣)이라고도 하고 줄여서 결(訣)이라고 한다.

戌律), 제중유율(提中有律), 다아바가하(陀阿婆迦呵)!"

포의공자가 머리를 숙이고 주문을 받아 외우는 사이에 갑자기 이인이 사라져 버렸다. 포의공자는 곧장 최찰을 만나러 갔는데, 함께 찾아온 30여 명 중에서 포의공자의 이름은 20번째에 있었다. 앞의 19명은 각자 이름을 부르면 들어갔는데, 최찰과 사이가 좋지 않아서 붙잡혀 그 자리에서 참살된 사람이 절반이었다. 포의공자는 차례가 되자 이인의 말대로 주문을 외었더니, 키가 한 장(丈)이 넘고 의용(儀容)이 비범한 한 신인(神人)이 서쪽 계단에서 곧장 최찰 앞으로 가더니 오른손으로 그 어깨를 꺾고 왼손으로 그 머리를 비틀어 얼굴이 똑바로 등을 향하게 만들었다. 그러나 사람들은 단지 최찰이 머리를 숙이고 말을 하지 않은 채 손으로 글자를 짚고 있는 것만 보았을 뿐이었다. 포의공자는 마침내 화를 벗어날 수 있었다.

唐牛騰, 字思遠, 精心釋敎. 常慕陶潛五柳先生之號, 故自稱布衣公子. 卽河東侯裴炎之甥也. 未弱冠, 明經擢第, 再選右衛騎曹參軍. 炎遇害, 公子謫爲牂牁建安丞. 將行, 時中丞崔察用事, 貶官皆辭之, 素有嫌者, 或留之, 誅殛甚衆. 時天后方任酷吏, 而崔察先與河東侯不協, 陷之. 公子懼, 不知所爲. 忽衢中遇一人, 形甚瑰偉, 黃衣盛服. 乃問公子: "欲過中丞, 得無懼死乎?" 公子驚曰: "然!" 又曰: "公有犀角刀子乎?" 曰: "有." 異人曰: "公有刀子, 甚善. 授公以神咒, 見中丞時, 但俯伏招訣, 夾: 言帶犀角刀子, 招手訣, 乃可以誦咒.

其訣, 左手中指第三節橫文, 以大指爪掐之. 而密誦咒七遍, 當有所見, 可無患矣. 眉: 神咒可禦惡人, 大奇! 咒曰: '吉中吉, 迦成律, 提中有律, 陀阿婆迦呵!'" 公子俯誦, 忽失異人所在. 卽見察, 同過三十餘人, 公子名當二十. 前十九人, 各呼名過, 有郤則留處絞斬者半. 次至公子, 如言誦咒, 見一神人, 長丈餘, 儀質非常, 自西階直至察前, 右拉其肩, 左捩其首, 面正當背. 而諸人但見崔察低頭不言, 手注定字而已. 公子遂得脫.

* 이 고사는 《태평광기》 권112 〈보응·우등〉에 실려 있다.

15-45(0300) 스님 징공

승징공(僧澄空)

출《집이기》미 : 이하는 불상 조성의 보응이다(以下造像報應).

　수(隋)나라 개황(開皇) 연간(581~600)에 스님 징공은 갓 스무 살이 되었는데, 진양현(晉陽縣) 분수(汾水) 서쪽에 70척 높이의 철 불상을 주조하겠다고 부처님께 서원했다. 그가 쇠와 석탄을 모으면서 경비를 구한 지 만 20년이 되어서 물자와 인력이 마련되었다. 좋은 날을 택해 불상을 주조하자 원근의 사람들이 크게 모였는데, 연기가 걷힌 뒤에 거푸집을 열었더니 불상이 완성되지 않았다. 징공은 깊이 스스로 참회하면서 다시금 전날의 서약을 굳건히 지켜 힘들게 고생하며 부지런히 힘썼다. 또 20년에 걸쳐 일에 필요한 비용을 다시 준비했는데, 주물을 열었더니 불상이 이번에도 완성되지 않았다. 그러자 징공은 하늘을 부르고 애원하면서 머리를 조아리고 벌을 청했으며, 처음처럼 부지런히 힘썼다. 또 20년에 걸쳐 공력을 다시 모은 후에 좋은 날을 택해 다시 불상을 주조했다. 기일이 되자 징공은 까마득히 높은 거푸집 꼭대기로 직접 올라가서 큰 소리로 구경꾼들에게 말했다.

　"나는 젊어서 큰 불상을 주조하기로 서원했는데 지금까

지 여러 해를 허비했소. 만약 이번에도 전철을 밟는다면 나는 대중을 볼 낯이 없소. 화로를 열길 기다렸다가 쇳물에 뛰어들어 목숨을 바쳐서, 한편으로는 여러 부처님께 사죄하고 한편으로는 선한 대중에게 정성을 나타내겠소. 만약 대불상이 원만하게 주조되면 50년 후에 내가 반드시 중각(重閣)을 세울 것이오."

당시 구경하던 수많은 사람들이 소리치며 그만두라고 말렸으나 징공은 듣지 않았다. 잠시 후 쇳물을 들이붓자 벌겋게 빛을 내면서 튀어 올랐다. 마침내 징공은 손을 흔들며 작별 인사를 하고 나서 나는 새처럼 몸을 던져 쇳물 속으로 들어갔다. 이윽고 거푸집을 열자 장엄한 부처님의 상호(相好)가 터럭 하나까지 모두 갖추어져 있었다. 이후로 병주(並州) 사람들은 누각을 세워 불상을 그 안에 안치하고자 했으나, 불상이 너무 커서 굉장히 많은 공력과 비용이 필요했기에 특별한 도움이 없으면 이룰 방법이 없었다. 당(唐)나라 개원(開元) 연간(713~741) 초에 이고(李暠)가 태원군절도사(太原軍節度使)가 되어 유람하러 나갔다가 그 불상을 우러러보고 탄식하며 말했다.

"이렇게 훌륭한 부처님의 상호가 바람과 햇볕에 침식되니 마음이 아프구나!"

그러고는 즉시 돈 백만 꿰미를 보시해 1년 안에 중각을 완성했는데, 지금 북도(北都 : 태원)에서 평등각(平等閣)이라 부르는 것이 이것이다. 스님 징공이 죽은 날부터 이고가 중각을 세운 때까지를 계산해 보니 꼭 50년이었다. 불법(佛法)으로 그것을 추측해 보면, 이고는 징공의 후신(後身)이 아니겠는가? 미 : 이고는 징공의 후신이다.

隋開皇中, 僧澄空, 年甫二十, 誓願於晉陽汾西鑄鐵像, 高七十尺. 鳩集金炭, 經求用度, 周二十年, 物力乃辦. 選日寫像, 遐邇大集, 及烟滅啓爐, 其像無成. 空深自懺悔, 復堅前約, 精勤艱苦. 又二十年, 事費復備, 及啓鑄, 像復無成. 空於是呼天求哀, 叩頭請罪, 勤勵如初. 又二十年, 功力復集, 然後選日, 復寫像焉. 及期, 空乃身登爐巔, 百尺懸絶, 揚聲謂觀者曰: "吾少發誓願, 鑄寫大佛, 今虛費積年. 如或踵前, 吾亦無面見大衆也. 俟其啓爐, 欲於金液而捨命, 一以謝愆於諸佛, 一以表誠於衆善. 倘大像圓滿, 後五十年, 吾當爲建重閣耳." 時觀者萬衆, 號呼諫止, 空不聽. 俄而金液注射, 赫耀踊躍. 澄空於是揮手辭謝, 投身如飛鳥而入. 及開爐, 相好莊嚴, 毫髮皆備. 自是並州之人, 謀起閣以覆之, 而佛身洪大, 功用極廣, 自非殊力, 無由而致. 唐開元初, 李暠爲太原軍節度使, 出遊, 因仰像嘆曰: "如此好相, 而爲風日所侵, 痛哉!" 卽施錢百萬緡, 周歲之內, 重閣成就, 至今北都謂之平等閣者是也. 計僧死至暠, 正五十年矣. 以佛法推之, 則暠也得非澄空之後身歟? 眉 : 李暠是澄空後身.

* 이 고사는 《태평광기》 권114 〈보응·승징공〉에 실려 있다.

15-46(0301) 양양의 노파

양양노모(襄陽老姥)

출《기문》

[당나라] 신룡(神龍) 연간(705~707)에 양양(襄陽)에서 불상을 주조하려 했다. 아주 가난한 한 노파가 있었는데, 보시할 것을 구해 보았지만 끝내 얻을 수 없었다. 노파에게는 어렸을 때 어머니가 주었던 동전이 하나 있었는데, 60여 년간 그것을 보물로 간직해 왔다. 불상을 주조할 때가 되자 노파는 가지고 있던 동전을 들고 거듭 발원한 뒤 화로 속에 던져 넣었다. 거푸집을 깨고 불상을 꺼냈더니 노파가 보시한 동전이 불상의 가슴에 붙어 있었다. 그래서 그것을 갈아 없앴지만 하룻밤이 지나면 동전이 또 그대로 있었기에 스님들이 경이로워했다. 그 동전은 지금도 남아 있다.

神龍中, 襄陽將鑄佛像. 有一老姥至貧, 營求助施, 不得. 姥有一錢, 則爲女時母所賜也, 寶之六十餘年. 及鑄像時, 姥持所有, 因發重願, 投之爐中. 及破爐出像, 姥所施錢, 著佛胸臆. 因磨錯去之, 一夕, 錢又如故, 僧徒驚異. 錢至今存焉.

* 이 고사는 《태평광기》 권115 〈보응·양양노모〉에 실려 있다.

15-47(0302) 한광조

한광조(韓光祚)

출《기문》

 도림현령(桃林縣令) 한광조는 가족들을 데리고 임지로 가는 도중에 화산묘(華山廟)를 지나게 되자 수레에서 내려 참배하려 했는데, 사당 문을 들어서자 그의 애첩이 갑자기 죽었다. 그래서 무당에게 화산묘신께 청해 보게 했더니 무당이 말했다.

 "삼랑(三郎 : 화산묘신)께서 당신의 애첩을 좋아하십니다. 지금은 제가 부탁해서 잠시 살아나기는 했으나 현에 도착하면 분명 다시 잡아갈 것입니다."

 한광조는 현에 도착하자 은밀히 대장장이를 불러 금으로 관세음보살상을 주조하게 했다. 닷새 뒤에 애첩이 갑자기 죽었다가 반나절 만에 다시 살아나서 말했다.

 "방금 화산부군(華山府君 : 화산묘신)이 거마를 준비해 저를 맞이하러 왔기에 제가 문을 나섰는데, 몸이 온통 금빛인 한 스님이 그 앞을 가로막는 바람에 거마가 감히 지나가지 못했습니다. 그러자 신이 '잠시 머물러 있으면 사흘 뒤에 다시 맞이하러 오겠다'라고 말했습니다."

 한광조는 그 까닭을 알고 또 돈 1000냥을 들여 보살상을 그리게 했다. 화산묘신이 말한 기일이 되자, 애첩은 또 죽었다가 잠시 후에 다시 살아나서 말했다.

"방금 신이 또 저를 맞이하러 왔는데, 이번에는 두 명의 스님이 있었습니다. 제가 수레에 오르기 전에 신이 '아직은 데려갈 수 없으니 사흘 뒤에 다시 데리러 오겠다'라고 말했습니다."

한광조는 또 1000냥을 들여 대장장이를 불러 다시 보살상을 만들게 했다. 대장장이는 그 돈을 가지고 현을 나갔다가 어떤 사람이 돼지를 잡아 삶으려는 광경을 목격했는데, 불쌍한 마음이 들어서 그 돈을 다 털어 돼지를 샀다. 보살상이 아직 만들어지기 전에 애첩은 또 죽었다가 잠시 후에 다시 살아나서 말했다.

"이미 화를 면했습니다. 방금 신이 또 저를 맞이하러 왔는데, 거마가 더욱 많아졌지만 두 스님이 문을 지키고 있어서 들어올 수 없었습니다. 또 말처럼 커다란 돼지가 저들의 거마로 돌진해 향하는 곳마다 뒤집어엎자 거마가 도망쳤습니다. 결국 신이 '더 이상 이 여자를 데려가지 마라'라고 말을 전하자, 그들은 흩어져 떠나갔습니다." 미 : 그렇다면 불상 조성은 또한 방생만 못하다.

한광조가 어떻게 돼지가 그들을 막았는지 괴이하게 생각하자 대장장이가 그 연유를 말해 주었다. 이로 말미암아 한광조는 내교(內敎 : 불교)를 더욱 믿었다.

桃林令韓光祚, 携家之官, 途經華山廟, 下車謁之, 入廟門, 而愛妾暴死. 令巫請之, 巫言："三郎好汝妾. 旣請且免, 至縣當取." 光祚至縣, 乃密召金工鑄金爲觀世音菩薩像. 五日, 妾暴卒, 半日方活, 云："適華山府君備車騎見迎, 出門, 有一僧金色, 遮其前, 車騎不敢過. 神曰：'且留, 更三日迎之.'" 光祚知其故, 又以錢一千圖菩薩像. 如期又死, 有頃乃甦曰："適又見迎, 乃有二僧在, 未及登車. 神曰：'未可取, 更三日取之.'" 光祚又以千錢召金工, 令更造像. 工以錢出縣, 遇人執猪, 將烹之, 工愍焉, 盡以其錢贖之. 像未之造也, 而妾又死, 俄卽甦曰："已免矣. 適又見迎, 車騎轉盛, 二僧守其門, 不得入. 有豪猪大如馬, 衝其騎, 所向顚仆, 車騎却走. 神傳言曰：'更勿取之.' 於是散去." 眉：然則造像又不如放生也. 光祚怪何得有猪拒之, 金工乃言其故. 由是益信内敎.

* 이 고사는 《태평광기》 권303 〈신(神)·한광조〉에 실려 있다.

태평광기초 3

엮은이 풍몽룡
옮긴이 김장환
펴낸이 박영률

초판 1쇄 펴낸날 2024년 11월 28일

커뮤니케이션북스(주)
출판등록 제313-2007-000166호(2007년 8월 17일)
02880 서울시 성북구 성북로 5-11
전화 (02) 7474 001, 팩스 (02) 736 5047
commbooks@commbooks.com
www.commbooks.com

ⓒ 김장환, 2024

지식을만드는지식은
커뮤니케이션북스(주)의 고전 출판 브랜드입니다.
이 책은 저작권자와 계약해 발행했으므로, 본사의 서면 허락 없이는
어떠한 형태나 수단으로도 이 책의 내용을 이용할 수 없습니다.

ISBN 979-11-7307-007-5 94820
    979-11-7307-000-6 94820 (세트)

책값은 뒤표지에 있습니다.